Lavendelduft und Madeleines

Sandra Haussmann

Sandra
Haussmann

LAVENDELDUFT UND *Madeleines*

Roman

Deutsprachige Erstaugabe 2019

AutorenService
c/o Sandra Haussmann
Von-der-Tann-Str. 17b
82346 Andechs

Korrektorat: Ulrike Weinhart, www.schoener-texten.de
Covergestaltung und Satz: Wolkenart Media Design, www.wolkenart.com
Bildmaterial: ©iulila_n, ©Anna Vershynina, ©ronnybas frimages, ©mexrix - Shutterstock.com
Printed by Amazon Distribution
1. Auflage
ISBN: 9781657059559

Gewidmet all denjenigen,
die sich selbst nicht vergessen

Kapitel 1

Mit zittrigen Fingern tippte Isabell auf der Tastatur ihres Laptops, während acht Augenpaare sie gespannt anstarrten.

»Frau Jacoby! Wir warten!« Die Stimme des Besprechungsleiters klang ungeduldig und genervt.

Isabell wagte nicht aufzublicken und flog mit dem Cursor über ihre Ordnerstruktur. Wo hatte sie nur die Präsentation abgelegt? Sie hatte doch alles vorbereitet und in den entsprechend überschriebenen Ordner kopiert. Warum konnte sie ihn nun nicht finden? Nervös startete sie die Suchfunktion des Programms.

Doch hier, zum Glück, da war er! Erleichtert atmete Isabell auf, öffnete den Ordner und schaltete ihren Rechner auf den Beamer um. Sie holte tief Luft und wollte gerade mit ihrer Ausführung beginnen, als der Besprechungsleiter energisch zu gestikulieren begann.

»Frau Jacoby, meine Zeit ist zu kostbar, um mich von Ihnen auf den Arm nehmen zu lassen. Was bieten Sie uns hier eigentlich für eine Show?«

Isabell folgte verwirrt den Blicken der Besprechungsteilnehmer zur Leinwand. Da war nichts! Gar nichts! Alles, was sie sah, waren leere Folien. Hektisch scrollte sie durch ihre Arbeit. Entsetzten packte sie! Ihre Grafiken, ihre mühsam zusammengetragenen Zahlen, die Auswertungen der letzten Quartale – nichts existierte mehr! Verzweifelt suchte sie weiter in ihrer Struktur. Das konnte doch nicht wahr sein!

Der Besprechungsleiter erhob sich abrupt von seinem Stuhl und baute sich vor Isabell auf.

»Ich war schon immer der Meinung, dass Sie in Ihrer gegenwärtigen Position vollkommen überfordert sind!« Seine Stimme wurde lauter. Einige der Besprechungsteilnehmer sahen Isabell schadenfroh an, einer grinste sogar hämisch. Es bereitete ihnen offensichtlich Freude, zuzusehen, wie Isabell litt.

Der Cursor auf der Leinwand zitterte, weil Isabell die Maus kaum noch bedienen konnte. Sie schaffte es nicht mehr, eine Zeile anzuklicken und mit einem Mal verschwand auch noch ihre Ordnerstruktur. Was passierte hier? Ihre Ordner, ihre Präsentationen – alles war weg! Die gesamte Arbeit des letzten Jahres löste sich vor ihren Augen auf!

»Es tut mir leid, aber ich kann es nicht freundlicher formulieren: Sie sind einfach inkompetent! Wer hat *Sie* eigentlich mit dieser Aufgabe betraut?« Die Stimme des Besprechungsleiters wechselte von zynisch zu verärgert.

Schweißperlen bildeten sich auf Isabells Stirn, sie wollte etwas erwidern, doch ihre Stimme versagte kläglich.

Der Besprechungsleiter stand nun dicht vor ihr und beugte sich über sie. Seine Augen funkelten böse und Isabell wich in ihrem Stuhl immer weiter zurück. Am liebsten wäre sie weggerannt, aber der Mann, der noch dazu immer breiter zu werden schien, stützte sich auf die Armlehnen, hielt sie förmlich in ihrem Stuhl gefangen. Isabells Herz pochte wie wild, Angst überfiel sie. Sie fühlte sich erniedrigt, hilflos, gefangen in ihrer Verzweiflung. Schweiß rann ihr von der Schläfe – und die anderen Teilnehmer lächelten immer noch süffisant. Und plötzlich meldete sich ihr Computer zurück. Er fing an zu piepsen und wurde immer lauter und lauter.

Die Konturen des Besprechungsleiters begannen langsam vor ihren Augen zu verschwimmen. Seine bedrohliche Stimme wurde leiser und entfernte sich immer weiter. Lediglich das quälende Piepsen nahm immer noch an Lautstärke zu, während Isabell unter Aufbietung aller Kräfte versuchte, sich aus dieser Umklammerung zu befreien.

Zitternd und schweißgebadet saß sie aufrecht in ihrem Bett. Sie griff sich an die Stirn – was für ein grauenvoller Traum! Dann brachte sie ihren nervtötenden Wecker zur Ruhe, ließ sich zurück in die Kissen sinken und starrte an die dunkle Zimmerdecke.

Es war vier Uhr fünfzehn. Isabell versuchte, ihren Pulsschlag unter Kontrolle zu bringen, schloss dann die Augen und bemühte sich um eine ruhige und gleichmäßige Atmung. Tief einatmen – langsam ausatmen. Es half nichts. Sie musste sich eingestehen, dass der Job sie stresste und das aktuelle Projekt ihr offenbar mehr zu schaffen machte, als sie gedacht hatte. Um sechs Uhr dreißig würde ihr Flug von München nach Hannover gehen und dort stünde ihr ein extrem wichtiges Meeting mit der Firma KMT bevor. Sie fühlte sich gerädert, nicht im Geringsten so fit und munter, wie sie hätte sein müssen. Am Vorabend hatte sie zwar bis nach neun Uhr noch an ihrem Vortrag gearbeitet, war aber danach sofort zu Bett gegangen. Dennoch hatte Isabell sehr unruhig geschlafen.

Sie schob die Bettdecke zur Seite, setzte sich auf und rieb sich mit beiden Händen das Gesicht. In letzter Zeit wiederholte sich dieser Traum, ja, er verfolgten sie regelrecht. Immer ging es um dasselbe, um ihr Versagen! Obwohl es doch keinen Grund dafür gab. Isabell beherrschte ihre Arbeit, hatte alles im Griff. Ihre Vorgesetzten waren zufrieden mit ihren Leistungen – ihre Selbstzweifel jedoch, das Gefühl, nicht gut genug zu sein, waren in den letzten paar Monaten immer stärker geworden.

Sie warf einen Blick auf die leere Betthälfte. Simon hatte die Nacht in seiner Wohnung verbracht. Sie und Simon waren beide für Matexa-Consulting tätig und auch er hatte noch bis spät in die Nacht arbeiten müssen. Da er morgens hatte ausschlafen wollen, während Isabell extrem früh aus den Federn musste, hatte er die Ruhe seiner eigenen vier Wände vorgezogen. Seine eigenen vier Wände, schoss es Isabell durch den Kopf. Warum waren sie nicht längst zusammengezogen? Sie hätte sich jetzt so gerne noch an ihn gekuschelt. Simon liebte sie, sicher, aber eben auch seine Unabhängigkeit. Und Isabell war so sehr mit ihrer eigenen Arbeit beschäftigt, dass sie sich über ihre Beziehung ernsthaft keine Gedanken machen konnte. Und auch jetzt war nicht der richtige Zeitpunkt dafür – sie musste sich fertigmachen und zum Flughafen fahren.

Seufzend quälte Isabell sich aus dem Bett, schlurfte ins Bad und wusch sich. Dann wählte sie einen schwarzen Hosenanzug, dazu eine weiße Spitzenbluse. Hochhackige Schuhe – fertig war das elegante Business-Outfit. Frühstück fiel aus – dafür hatte sie jetzt keine Zeit mehr: Sie würde irgendetwas am Flughafen essen. Dann griff sie sich ihre Laptoptasche und betrachtete sich im Flurspiegel. Ihr gegenüber stand eine erfolgreiche Geschäftsfrau im besten Alter. Schlank, kurze Haare, dunkelbraun mit blonden Strähnchen. Ihr Blick vermittelte Entschlossenheit, Zielstrebigkeit und Souveränität. Nur eines wollte nicht in dieses perfekte Bild passen - ihre dunklen Augenringe! Auch funkelten ihre Augen nicht mehr so wie früher. Sie musste sich eingestehen, dass sie müde und erschöpft aussah und dass ihr Make-up diesen Eindruck nur ungenügend verdeckte. Nach diesem Auftrag, so schwor sich Isabell, würde sie sich eine Pause gönnen. Ein wenig ausspannen. Urlaub vielleicht. Bei dem Gedanken atmete sie tief durch, aber auch für diese Gedanken, war jetzt nicht die richtige Zeit. Sie musste sich sputen, denn das Flugzeug würde nicht auf sie warten.

Um fünf Uhr morgens schlief München noch, einige Ampeln waren sogar noch ausgeschaltet, und Isabell kam problemlos durch die Stadt. Sie fuhr mit ihrem eleganten Cabrio über den Ring auf die Autobahn in Richtung Flughafen und parkte in dem großen Parkhaus vor dem Terminal. Flotten Schrittes durchquerte sie die Hallen und steuerte auf einen hochgewachsenen jungen Mann zu, der konzentriert die Anzeigetafel für Abflüge studierte.

»Guten Morgen, Adam.« Isabell gab ihm die Hand.

Adam Thomson war ein neuer Kollege, der eingestellt worden war, um Isabell bei der Ausarbeitung der technischen Anbindungspunkte zum Kundenprozess zu unterstützen. Er war jung und voller Energie, karrierebewusst, groß und gutaussehend. Isabell war überzeugt, dass dieser Mann eine steile Karriere vor sich hatte.

Auf dem Weg zum Check-In unterhielten sie sich über belanglose Nebensächlichkeiten wie das Wetter und den Verkehr. Isabell hörte nur mit einem Ohr zu. Ihre Maschine nach Hannover wurde schon aufgerufen, als sie zum Gate hasteten. Im Flugzeug trennten sich ihre Wege – sie hatten keine Sitzplätze nebeneinander bekommen. Isabell setzte sich auf ihren Platz ans Fenster und ging in Gedanken ihre Präsentation durch, während das Flugzeug startklar gemacht wurde. Sie rollten hinaus auf die Startbahn, die Turbinen heulten auf und kurze Zeit später wurde sie beim Start in ihren

Sitz gedrückt. Kaum in der Luft, holte Isabell ihren Laptop aus der Tasche und rief die Präsentation auf. Während der Computer hochfuhr, musste sie mit Schrecken an den Traum von heute Nacht denken. Unvorstellbar, was passieren würde, wenn ihre Präsentation jetzt nicht auf dem Bildschirm aufrufbar wäre. Aber, beruhigte sie sich selbst, so eine Datei konnte doch nicht einfach verschwinden, das war Blödsinn. Trotzdem rief sie die entsprechende Datei auf und scrollte langsam durch die Seiten. Es war alles perfekt ausgearbeitet. Nein, hier in dieser Tabelle konnte sie noch die Tags in kursiver Schrift herausheben, dann wären die Aufgaben deutlicher zu erkennen, oder besser noch ...

»Schauen Sie nur!«

Eine Stimme neben ihr riss Isabell aus den Gedanken.

»Was?« Irritiert sah sie in das begeisterte Gesicht ihres Sitznachbarn.

»Entschuldigen Sie, ich wollte Sie nicht erschrecken.« Er deutete aus dem Fenster. »Ich wollte Sie nur auf den schönen Sonnenaufgang aufmerksam machen.«

»Oh! Ähm, ja! Vielen Dank«, stammelte Isabell und sah wie aufgefordert aus dem Fenster. Mist, jetzt hatte sie deswegen den Faden verloren. Dass die Leute einen nicht in Ruhe lassen konnten! Ein orangeroter Streifen zog sich über den Horizont und leuchtete die Wolken von unten an, während das Land noch in einem tiefen Dunkelblau lag. Die Lichtstrahlen der aufgehenden Sonne wanderten durch die Kabine, als das Flugzeug sich in die Kurve legte.

Wie war noch einmal die Bezeichnung für die Grafik, um die Tags herauszuheben? Und was hatte sie gerade eben noch ändern wollen? Fieberhaft suchte sie nach dem Begriff. Ihr Sitznachbar beobachtete Isabell noch eine Weile, aber ihre hektischen Bewegungen sorgten dafür, dass er nicht mehr auf die Idee kam, sie noch einmal anzusprechen. Erst als sie beim Landeanflug auf Hannover von der Stewardess dazu aufgefordert wurde, den Laptop zu schließen, sah Isabell wieder auf. Die Felder, Straßen und Häuser wurden größer, die Landeklappen fuhren aus und der Flughafen kam in Sichtweite. Das Wetter versprach gut zu werden, ein paar Wolken tummelten sich noch am Himmel, aber die Sonne kämpfte sich langsam durch.

Ausgerechnet jetzt begannen wieder diese pochenden Kopfschmerzen! Isabell massierte ihre Schläfen und schloss die Augen. Verdammt, warum rebellierte auch ihr Magen schon wieder?

Kopfschmerzen waren in den letzten Wochen ihr ständiger Begleiter und auch ihr Verdauungssystem meldete sich immer öfter, weshalb sie auf Kopfschmerztabletten verzichtete. Manchmal waren es nur einzelne Stiche in der Magengegend, die sofort wieder vorüber waren, wenn sie etwas aß. Aber es konnte sich auch zu richtigen Krämpfen ausweiten, die von Übelkeit begleitet wurden. Dieses Mal schob sie die Magenschmerzen auf den Hunger – sie hatte heute noch immer keine Zeit zum Frühstücken gefunden. Sofort nach dem Landen würde sie sich in der Flughafenlobby etwas kaufen. Das Flugzeug setzte geschmeidig auf, und kurz danach strömten einhundertzwanzig Passagiere aus der Maschine.

Isabell traf sich mit Adam am Ausgang, besorgte sich ein fantasielos belegtes Sandwich an einer Bar und schlang es auf dem Weg zum Taxistand mit wenigen Bissen hinunter. Kurze Zeit später waren sie auf den Weg in die Innenstadt Hannovers.

Es herrschte bereits dichter Berufsverkehr und das Taxi schlängelte sich zwischen den Fahrspuren hindurch, während Isabell ungeduldig auf die Uhr sah und mit den Fingern auf das Knie trommelte. Sie würden zu spät kommen! Sie durften aber nicht zu spät kommen. Der Termin heute war außerordentlich wichtig! KMT war ein mittelständischer Fahrzeugzulieferer, der seinen Produkt-Entstehungs-Prozess in einer einzigen Datenbank abgebildet haben wollte und Isabells Firma bemühte sich um den Auftrag.

Isabell hatte dafür ein Konzept erstellt, das Möglichkeiten aufzeigte, den Arbeitsaufwand zwischen den Abteilungen zu reduzieren, Abläufe zu synchronisieren und Automatismen einzuführen, damit eine reibungslose Zusammenführung der Abteilungen sichergestellt werden konnte. Aus diesem Grund würden heute sämtliche Abteilungsleiter der verschiedenen Sparten anwesend sein: Personalwesen, Einkauf und Vertrieb, Finanzwesen und Entwicklung und Produktion. Noch waren nicht alle von Isabells Prozessoptimierung überzeugt und genau diese Skeptiker galt es in diesem Meeting zu überzeugen. Wenn ihre Vorschläge akzeptiert würden, dann wäre das ein Großauftrag für ihre Firma, und die Arbeit ginge erst richtig los.

Adam spürte Isabells Nervosität und versuchte, sie zu beruhigen.

»Wir haben noch genügend Zeit!«

Isabell verstand ihre außergewöhnliche Unruhe selbst nicht – sie war doch sonst vor solchen Terminen immer ganz entspannt gewesen. Natürlich ging es um viel, aber das tat es meistens, und bisher hatte sie es immer geschafft, souverän aufzutreten und Ruhe zu bewahren, nicht nur äußerlich. Doch dieses Mal war es anders. Hatte der Traum sie doch mehr irritiert, als es ihr bewusst war? Sie ertappte sich dabei, dass ihre Gedanken immer wieder zu dem Schreckensszenario zurückwanderten.

Endlich hielt das Taxi vor dem Firmentor. Isabell und Adam wurden schon erwartet und von der Pforte sofort zu den

Besprechungsräumen geleitet. Es dauerte nicht lange, bis alle Teilnehmer anwesend waren, sich gegenseitig begrüßt und auf ihre Plätze gesetzt hatten. Isabell packte ihren Laptop aus und legte sich die Notizen für ihren Vortrag zurecht. Laut Agenda war sie erst nach dem Mittagessen dran, ihre Präsentation vorzustellen. Zuerst sollten die einzelnen Fachabteilungen ihre aktuellen Prozesse noch einmal darstellen und Schwachpunkte aufzeigen. Isabell blickte in die Runde, sie kannte viele der Teilnehmer, auch wenn ihr im Moment die dazugehörigen Namen nicht einfallen wollten. Eigenartig! Sie hatte mit diesen Mitarbeitern schon einige Male zu tun gehabt und normalerweise ein sehr gutes Namensgedächtnis.

Isabell schob ihr Unvermögen, den Gesichter Namen zuzuordnen, auf die immer schlimmer werdenden Kopfschmerzen. Gerade jetzt rollte wieder eine Welle des Schmerzes an. Dieses Mal fühlte es sich an, als würde ihr ein Band um den Kopf gelegt und langsam zusammengezogen. Sie atmete tief durch, lehnte sich in ihrem Stuhl zurück und versuchte sich zu entspannen. Ohne Erfolg. Aber auch die Augen zu schließen und den Schmerz zu ignorieren, half nichts. Jetzt war aber auch der ungünstigste Zeitpunkt, sich mit Kopfschmerzen herumzuplagen! Die Besprechung hatte inzwischen mit der Begrüßung durch die Geschäftsleitung begonnen, und der erste Vortragende aus dem Bereich Personalwesen begann eben mit der Darstellung der Prozesse seiner Abteilung.

Isabell versuchte seinen Worten zu folgen, nachzuvollziehen, was er erklären wollte. Sie verstand allerdings seine Ausführungen nicht. Warum konnte sie sich nicht konzentrieren? Hektisch fing sie an, auf ihrem Laptop herumzutippen, und in ihrer Präsentation nach den Maßnahmen zu suchen, die sie für diese Abteilung ausgearbeitet hatte. Adam, der neben ihr saß, legte ihr die Hand auf den Arm und sah sie fragend an. Isabell gab es auf, lehnte sich zurück und versuchte, ihre aufkommende Nervosität in den Griff zu bekommen. Sie musste sich zusammenreißen! Wenn sie hier einen schlechten Eindruck hinterließ, würde man sie für unqualifiziert halten, und das würde den gesamten Auftrag gefährden. Sie wünschte sich sehnlichst die Mittagspause herbei, doch die Zeit bis dahin schleppte sich endlos langsam dahin. Trotz ihrer Kopfschmerzen versuchte Isabell, sich nichts anmerken zu lassen und den Vortragenden, soweit es ihr möglich war, Aufmerksamkeit zu schenken.

Ihre Erleichterung war enorm, als der Geschäftsführer endlich die Mittagspause ankündigte. Sie entschuldigte sich kurz bei Adam und verließ den Raum. Im Gang war ein kleines Buffet mit kalten und warmen Speisen und Stehtischen vorbereitet. Isabell würde etwas essen müssen, doch ihr erster Weg führte sie hinaus in den Innenhof des Gebäudes. Sie brauchte frische Luft! Zuerst musste sie wieder einen klaren Kopf bekommen.

Draußen vor der Tür atmete sie ein paar Mal tief durch. Obwohl es mild war, fror sie. Sie hatte ihre Jacke im Besprechungsraum liegengelassen, deshalb hauchte sie in die Hände und schlang die Arme um sich. Irritiert legte sie den Kopf nach hinten und schloss die Augen. Sie zitterte, doch daran war nicht die äußere Kälte schuld. Sie spürte, wie sich das Zittern um ihre Knochen legte und sich von innen heraus über den ganzen Körper ausbreitete. Zögernd streckte Isabell ihren rechten Arm aus und hielt ihn waagrecht in die Luft. Ihre Hand zitterte, der ganze Arm zitterte. Sie bemühte sich, ihn ganz ruhig zu halten, schaffte es aber nicht. Was war denn nur los mit ihr? Sie konnte sich nicht vorstellen, dass es Aufregung sein sollte, wegen des Vortrags, den sie nach dem

Mittagessen würde halten müssen. Sie hatte schon viele solcher Präsentationen vorgetragen, war routiniert in ihrem Job und hatte sich sehr gut vorbereitet. Sie war sich in jedem ihrer Punkte sicher und wusste, dass es keine Überraschungen oder Fragen geben würde, auf die sie keine Antwort hätte. Isabell konnte sich ihren Zustand nicht erklären.

Eine Stimme riss sie aus ihren Überlegungen.

»Ach, hier stecken Sie, Frau Jacoby. Ich habe Sie schon gesucht.« Ein älterer Herr mit grauen Schläfen stand vor ihr und reichte ihr die Hand. Sollte sie den Mann kennen, überlegte Isabell fieberhaft. Der Mann sprach schon weiter. »Ich wollte mit Ihnen die Einhaltung der Taktzeiten für unsere Produktionsstraßen durchsprechen. Wissen Sie, das ist ein heikles Thema und es muss sichergestellt sein, dass wir unser Lagersystem miteinbeziehen und ...«

Wer war dieser Mann? Und wovon sprach er? Was für Taktzeiten? Der Mann führte weiter seine Überlegungen aus, während Isabell krampfhaft versuchte, sich an seinen Namen zu erinnern. Herter? Hermann? Her ...? Sie hörte ihm kaum zu, was der Mann aber nicht zu bemerken schien. Mit einem Mal war die Kälte, die Isabell eben noch in ihren Knochen gesteckt hatte, vorbei, und ihr wurde schlagartig glühend heiß. Sie spürte, dass sie einen roten Kopf bekam und zu schwitzen begann, doch das Zittern blieb.

Jetzt sah der Herr sie besorgt an. »Geht es Ihnen nicht gut? Wir sollten vielleicht wieder reingehen, hier draußen ist es doch etwas zugig. Kommen Sie.«

Isabell ließ sich von dem Mann zurück in das Gebäude führen. Am Buffet beschloss sie, etwas zu essen, auch wenn sie überhaupt keinen Hunger hatte. Sie nahm sich einen Klecks Nudelsalat, ein paar Lachsscheibchen und Schafskäsewürfel mit Oliven darauf, während der Mann sie begleitete und ohne Punkt und Komma auf sie einredete. Doch ihr erschloss sich der Sinn seiner Worte nicht. Was sollte sie mit Begriffen wie Qualitätsvorausplanung und deren statistischen Kenngrößen anfangen? Sie standen an einem der Stehtische, als Adam sie entdeckte und sich zu ihnen gesellte. Als Isabell auf eine ganz einfache Frage des Kunden nicht antworten konnte, sprang er ihr bei und übernahm ab dann die Gesprächsführung, während Isabell lustlos in ihrem Essen herumstocherte. Und während der ältere Herr, den Adam mit Herr Petersen angesprochen hatte, sich am Buffet erneut den Teller füllte, sagte Adam leise zu Isabell: »Geht es dir nicht gut?

»Ich weiß nicht. Irgendwas stimmt mit mir nicht«, antwortete Isabell leise und hielt sich mit der Hand den Bauch, der wieder zu stechen begonnen hatte. Plötzlich spürte sie eine akute Übelkeit aufsteigen – oh Gott, sie würde sich jeden Moment übergeben müssen. Ohne ein weiteres Wort drehte sie sich um und verschwand in Richtung der Damentoilette. Adam blickte ihr besorgt nach, widmete sich aber wieder Herrn Petersen, der mit einem gut gefüllten Teller vom Buffet zurückgekehrt war und weiter über die Schwachstellen in der Produktionslinie sprechen wollte.

In der Toilette stützte sich Isabell auf das Waschbecken und versuchte gegen die Übelkeit anzuschlucken. Sie hob den Kopf, sah in den Spiegel und erschrak vor ihrem eigenen Spiegelbild. Leichter Schwindel ließ sie schwanken. War das wirklich sie? Ein kalkweißes Gesicht mit eingefallenen Augen und dunklen Augenringen blickte ihr entgegen. Eine tiefe Sorgenfalte zog sich über ihre Stirn. Plötzlich spürte sie etwas, was sie bis dahin nicht gekannt hatte: Es fühlte sich an wie eine Welle von Angst. Dieses Angstgefühl entwickelte sich in einem Punkt tief in ihrem Bauch, kroch langsam die Wirbelsäule hinauf, nahm die Lunge ein, so dass ihr das Atmen schwerfiel, bis es sich in der Herzgegend fächerförmig ausbreitete. Schweißtropfen bildeten sich auf ihrer Stirn und ihre Hände begannen erneut zu zittern.

Isabell tastete sich an der Wand entlang und schloss sich in ein Toilettenabteil ein. Dort setzte sie sich auf den geschlossenen Toilettendeckel, zog die Beine hoch an die Brust und umklammerte sie ganz fest mit ihren Armen. Ihr ganzes System schien zusammenzubrechen. Sie versuchte dieses erschreckende Gefühl, diese unbändige Angst in den Griff zu bekommen, aber – im Gegenteil – sie näherte sich dem Punkt, an dem sie durchdrehen würde, immer mehr. Doch in dem Moment, als die Angst ihr die Kehle zuschnürte, ihr das Atmen verwehrte und Isabell glaubte, es nicht mehr aushalten zu können und ihre Angst hinausschreien zu müssen, ebbte die Welle langsam wieder ab und sie beruhigte sich.

Krampfhaft drehten sich ihre Gedanken um den Vorfall gerade eben. Hatte sie möglicherweise eine schwere Krankheit, die bisher unerkannt geblieben war? Herzprobleme? Etwas mit der Lunge? Krebs? Waren ihre Tage gezählt?

Nein, Isabell, daran darfst du nicht denken, versuchte sie sich zu beruhigen. Vielleicht ist es doch nur eine Grippe oder ein Magen-Darm-Virus? Ja, das wird es sein! Nur ein harmloser Virus. Bitte, lass mich diesen Tag heil überstehen, betete sie leise. Dieser eine Tag, auf den sie so lange hingearbeitet hatte, und der so wichtig war. Danach würde sie sich Ruhe gönnen, sich ins Bett legen, wenn nötig, etwas entspannen und sich erholen, versprach sie sich selbst. Isabell kam es vor, als sei sie eine Ewigkeit auf dieser Toilette gesessen, als jemand hereinkam und sachte an die Türe klopfte:

»Frau Jacoby, sind Sie da drin? Ihr Kollege, Herr Thomson,

schickt mich. Geht es Ihnen nicht gut?«, fragte eine zaghafte weibliche Stimme, die Isabell ganz entfernt bekannt vorkam, die sie aber nicht zuordnen konnte.

Sie versuchte, all ihre Sinne zu sortieren und erwiderte so ruhig wie möglich: »Es geht schon wieder. Ich komme gleich. Vielen Dank.«

Daraufhin hörte sie die Frau hinausgehen und die Türe langsam wieder ins Schloss gleiten.

Ein heftiger Schauder lief über Isabells Körper. Unter Anstrengung zwang sie sich, ein paar Mal tief durchzuatmen und ihren Kopf von all den negativen Gedanken zu befreien. So auf sich selbst konzentriert beruhigte sie sich allmählich und fühlte sich nach einer Weile imstande, das Toilettenabteil zu verlassen. Im Vorraum der Toilette hielt sie sich am Waschbecken fest und blieb mit geschlossenen Augen vor dem Spiegel stehen. Dann öffnete sie den Wasserhahn und ließ sich kaltes Wasser über die Handgelenke laufen. Als sie dann doch ihr Spiegelbild betrachtete, hatte ihr Gesicht wieder ein bisschen Farbe. Sie betupfte sich die Stirn und den Nacken mit der nassen Hand und konzentrierte sich darauf, gleichmäßig und ruhig zu atmen. Nach und nach verflog der Schwindel und ihre Sinne kehrten zurück, während das Gefühl der Angst immer noch gegenwärtig war. Sie atmete noch zweimal tief durch, straffte sich und verließ auf wackligen Beinen die Toilette.

Ein Blick auf die Uhr zeigte ihr, dass sie mit ihrem Vortrag gleich an der Reihe sein würde. Wie sie das allerdings in ihrem Zustand durchstehen sollte, war ihr ein Rätsel.

Als Adam sie kommen sah, ging er ihr entgegen. »Isabell, was ist mit dir?« Seine Stimme klang sehr besorgt.

»Es geht mir nicht gut. Ich glaube, ich bekomme eine Grippe.

Wir müssen versuchen, diese Präsentation so gut wie möglich hinzubekommen. Ich brauche deine Hilfe.«

Adam nickte und führte Isabell zurück an ihren Platz. Mit zittrigen Fingern stöpselte sie ihren Laptop an den Beamer und die erste Seite ihrer Präsentation erschien auf der Leinwand. Ein Blick darauf – und in ihrem Kopf begann es erneut zu hämmern. Isabell hielt einen kurzen Moment inne, schloss wieder die Augen und versuchte sich zu sammeln. Sie versuchte, das bisschen Kraft, das noch in ihr war, zu bündeln und sich ausschließlich auf das Hier und Jetzt zu konzentrieren, darauf, dass sie ihren Plan für die Teilnehmer und die Geschäftsführung verständlich vortrug.

Als sie die Augen wieder öffnete, waren alle Augenpaare erwartungsvoll auf sie gerichtet. Eine neue Welle der Angst durchströmte ihren Körper und erreichte einen nie dagewesenen Höhepunkt. Sie hätte am liebsten aufgeschrien, wäre davongerannt und hätte sich in Luft aufgelöst. Mit allerletzter Kraft bohrte sie sich die Spitze des Kugelschreibers, den sie in der Hand hielt, in den Oberschenkel. Wie erhofft, lenkte der Schmerz, der ihr fast die Tränen in die Augen trieb, sie von ihrer panischen Angst ab.

Reiß dich zusammen, ermahnte sie sich verzweifelt und setzte sich aufrecht hin. Sie räusperte sich und begrüßte die Anwesenden. Doch ihre Worte klangen in ihren Ohren abgehackt und stockend, als kämen sie von einer Maschine. Sie versuchte, die einführenden Worte zu ihrer Präsentation zu formulieren, als ihr auf einmal das Thema nicht mehr einfallen wollte. Um was ging es hier eigentlich? Verzweifelt sah sie auf ihren Bildschirm, drehte sich dann um zur Leinwand. Was stand da? Sie konnte es nicht entziffern. Und plötzlich war klar, was hier passierte. Er war wieder da, der Traum, der sie schon seit Wochen verfolgte. Sie hätte vor lauter Erleichterung beinahe gelacht. Ja, das war es, nur ein Traum, und bald würde sie wieder daraus aufwachen. Sie musste nur lange genug warten, dann würde der Wecker klingeln, oder Simon sie in seine Arme ziehen. Aber sie wachte nicht auf, nicht dieses Mal. Dieser Traum wollte nicht enden.

Einige der Teilnehmer wurden langsam ungeduldig und ihre Blicke wurden fragend. Einige fingen schon an, in ihren Akten zu stöbern, schienen sich aus dem Programm informieren zu wollen, was denn hier der Inhalt sein sollte. Isabell schaute erneut auf ihren Bildschirm, als sich eine Hand mit einem Notizzettel in ihr Blickfeld schob. Da standen Wörter. Die ihr nichts sagten. Was sollte sie damit anfangen? Ein Schweißtropfen bildete sich unter ihrem Haaransatz im Genick und rann ihr in den Kragen und den Rücken hinab. In Gedanken verfolgte sie diesen Tropfen, wie er die Wirbelsäule entlanglief und eine Spur der Kälte hinterließ. Tränen stiegen in ihr hoch, sie wollte wegrennen, fort von hier, weit, ganz weit weg ...

Dann plötzlich spürte sie eine warme Hand auf ihrem Arm und hörte Adam sprechen. Isabell realisierte, dass er ihren Laptop zu sich gedreht hatte und aus ihrer Präsentation vortrug. Er hatte ihren Part übernommen. Sie spürte die Wärme, die Lebendigkeit, die von seiner Hand ausging, die immer noch auf ihrem Arm ruhte. Niemand achtete mehr auf sie, und sie blieb ruhig auf ihrem Platz sitzen, ohne sich zu bewegen. Sie hatte keine Ahnung, wovon Adam redete. Sie sah, wie sich sein Mund bewegte, sie hörte Worte, verstand aber deren Sinn nicht. Unauffällig sah sie sich in der Runde der Zuhörer um. Was waren das für Menschen? Sie schaute in die Gesichter, die ihr vage bekannt vorkamen, aber sie konnte sich nicht erinnern, in welchem Unternehmensbereich die Leute tätig waren. Hatte sie die Positionen und Namen der Teilnehmer je gekannt?

Für Isabell lief der Rest des Tages ab wie in einem Film, der in Zeitlupe abgespielt wurde, ein Film, in dem sie mitspielte, ohne ihre Rolle zu kennen.

Und dann kam der Filmriss!

Ihr Erinnerungsvermögen setzte erst wieder ein, als sie im Flugzeug saß, Adam neben sich. Offensichtlich hatte er für den Rückflug arrangiert, dass sie nebeneinander saßen. Sie spürte immer noch seine warme Hand auf ihrem Arm, er hielt sie immer noch fest und musterte sie sorgenvoll.

»Wo sind wir?«, fragte Isabell benommen und blickte sich verwirrt um.

»Auf dem Weg nach Hause.«

»Was ist passiert?«

»Ich habe keine Ahnung! Sag du es mir!«

Isabell rieb sich die Stirn. »Oh, mein Gott, ich kann mich an nichts erinnern! War ich bewusstlos?«

»Nein, das warst du nicht. Aber völlig weggetreten. Du hast dich verhalten, als ob du in Trance wärst. Nicht mehr ansprechbar.«

»Gütiger Himmel«, sagte sie mit schwacher Stimme und blickte auf ihre Hände im Schoss. Sie versuchte, im Geiste die letzten Stunden zu rekonstruieren, aber es gelang ihr nicht. Das letzte, an was sie sich erinnern konnte, war die Besprechung. »Ich weiß noch, dass ich furchtbare Kopfschmerzen hatte, mir schlecht wurde, und ich schreckliche Angstzustände bekam. Und dann? Es hat sich angefühlt, als hätte mein Hirn das Arbeiten eingestellt.«

Adam schwieg.

»Wie ist die Präsentation gelaufen? Du hast übernommen, das habe ich irgendwie noch mitbekommen.«

»Ich glaube, es lief ganz gut.«

»Und was haben die anderen gesagt?«

»Na ja, sie haben sich gewundert, aber ich habe ihnen erzählt, dass du eine schwere Grippe hattest, die du wahrscheinlich nicht richtig auskuriert hast, und die dich jetzt wohl wieder eingeholt hat.«

Als er Isabells zweifelnden Blick sah, ließ er ihren Arm los und fügte schnell hinzu: »Was hätte ich denn sonst sagen sollen?«

»Nein, es ist okay, vielen Dank! Ich bin froh, dass du dabei warst!«

»Und wie geht es dir jetzt?«

»Ich weiß es nicht. Es fühlt sich alles sehr eigenartig an, wie durch einen Schleier. In meinem Kopf ist Watte.«

Sie schaute aus dem Fenster und sah die Wolken unter ihnen vorbeieilen. Die Dämmerung setzte bereits ein, und die Dunkelheit würde bald das ganze Flugzeug verschlingen. Sie wagte kaum, in ihren Körper hinein zu hören. Was war heute mit ihr geschehen? Litt sie vielleicht doch an einer schweren Krankheit, von der sie nichts wusste? Die Kopfschmerzen waren abgeklungen, doch ihr Magen rebellierte immer noch. Sie fühlte sich erschöpft, ihre Arme und Beine schmerzten, als hätte sie Muskelkater.

Selten war Isabell nach einem Termin so erleichtert gewesen, zu Hause zu sein. Sie wollte nur noch in ihr Bett und den heutigen Tag so schnell wie möglich vergessen.

Adam hatte nicht vor, Isabell allein mit dem Auto fahren zu lassen und bot an, sie mit ihrem Auto nach Hause zu fahren und sich dann ein Taxi zu nehmen. Isabell nahm das Angebot dankend an.

Adam begleitete Isabell bis zu ihrer Wohnungstüre im zweiten Stock des Mehrfamilienhauses und wartete, bis sie aufgeschlossen hatte. Dann verabschiedete er sich von ihr.

Und da stand sie nun alleine in ihrer 120 Quadratmeter großen Loftwohnung, modern und großzügig geschnitten, mit weißem Marmorboden und offenem Kamin.

Abwesend ließ sie im Hausflur ihre Laptop-Tasche und den Mantel auf den Boden gleiten, zog auf dem Weg ins Schlafzimmer ein Kleidungsstück nach dem anderen aus und verkroch sich im Bett. Zitternd zog sie die Bettdecke bis an die Ohren und versuchte einzuschlafen. Doch in ihrem Kopf drehte sich alles, die Ereignisse des heutigen Tages kamen hoch und die Erinnerung an dieses unheimliche Angstgefühl ließ sie schaudern. Erneut schwitzte sie, während sie gleichzeitig vor Kälte zitterte. *Ich bin zuhause, jetzt kann die Grippe kommen,* war ihr letzter Gedanke, bevor sie erschöpft einschlief.

Kapitel 2

Klingeln. Isabell schreckte aus dem Schlaf und setzte sich auf. Sie starrte mit weit aufgerissenen Augen in die Dunkelheit. Ihr Telefon? Wie spät war es eigentlich? Sie kroch aus dem Bett, wankte in den Flur und suchte in ihrer Manteltasche nach dem Handy. In der Laptop-Tasche, die noch hinter der Haustüre stand, fand sie es endlich und schaute verwundert aufs Display.

Es war dunkel – da war kein Anruf gewesen. Und doch klingelte es unvermindert weiter. Sie schaute sich um, sie hörte es klar und deutlich klingeln! Hatte Simon sein Handy bei ihr liegenlassen? Wo war es? Isabell schleppte sich ins Wohnzimmer – es klingelte dort, in die Küche – es klingelte dort auch, ins Bad und zurück in den Flur – es klingelte überall in der gleichen Lautstärke, egal, wo sie sich befand. Sie drehte sich hilflos um ihre eigene Achse, als ihr mit einem Schlag bewusst wurde, dass das Klingeln von keiner Uhr, keinem Telefon und keinem Wecker kam.

Es klingelte in ihrem Kopf.

Sie fuhr sich fahrig mit der Hand in die Haare, hielt sich die Ohren zu. »Aufhören, aufhören!« In ihrer Verzweiflung glitt sie an der Wand entlang zu Boden, zog die Beine an und legte den Kopf auf die Knie. Tränen liefen ihr die Wangen hinab und tropften von der Nasenspitze.

Endlich! Das Klingeln wurde leiser, doch es dauerte noch

quälend lange, bis es wieder ganz still in ihrem Kopf war. Isabell saß noch eine ganze Weile an die Wand gekauert und starrte auf einen Punkt vor sich auf den Boden. Die Kälte der Fliesen kroch in ihr hoch, und doch war sie nicht im Stande sich zu bewegen und aufzustehen. Sie zitterte und bebte am ganzen Körper. Was geschah nur mit ihr?

Allmählich bekam der Verstand wieder die Oberhand über ihre Verzweiflung. Mühsam stemmte sie sich hoch und stand auf. Ihr gesamter Körper schmerzte. Gekrümmt torkelte sie zurück in ihr Schlafzimmer und bemerkte dabei, dass sie ihr Mobiltelefon immer noch krampfhaft in der Hand hielt. Sie schaltete es aus und legte es auf das Nachtkästchen. Dann schlüpfte sie in ihr Bett zurück und zog sich die Decke bis weit über den Kopf. Sie wollte sich verstecken, alles vergessen, Ruhe finden. Es dauerte auch nicht lange, bis sie wieder eingeschlafen war.

Als Isabell am nächsten Morgen aufwachte, war es schon spät. Die Morgensonne des Frühlingstages schien ins Schlafzimmer und ließ alles in einem freundlicheren Licht erscheinen. Sie setzte sich auf und bemerkte, dass ihr das Nachthemd am Körper klebte. Benommen taumelte sie ins Bad. Sie hätte jetzt gerne geduscht, traute sich aber nicht. Was, wenn ihr wieder schwindelig wurde? Notdürftig wusch sie sich am Waschbecken und schlüpfte in ihren flauschigen warmen Morgenmantel, weiß mit gestickten grauen Herzen darauf. Anschließend nahm sie ihr Mobiltelefon vom Nachtkästchen und schaltete es ein. Kaum am Netz meldete es fünf verpasste Anrufe und einige eingegangene Mails. Sie ignorierte beides, wählte Simons Nummer und war erleichtert, als sie seine Stimme hörte:

»Isabell, ich habe schon versucht dich anzurufen, aber dein Telefon war ausgeschaltet. Adam hat erzählt, dir ging es nicht gut. Was war denn los mit dir?«

Isabell erzählte Simon, was geschehen war. Von ihrer unbeschreiblichen Angst, die wellenförmig über sie hergefallen war, von den unsäglichen Kopfschmerzen, und dass sie nicht geschafft hatte, ihre Präsentation zu halten. Und dass sie sich zu guter Letzt an nichts mehr hatte erinnern können.

»Hmm, das ist wirklich sehr sonderbar«, murmelte Simon abwesend. Isabell beschlich das Gefühl, dass er nebenbei auf seinem Laptop tippte. Sie wartete auf einen weiteren Kommentar von ihm, aber es kam nichts.

»Hörst du mir überhaupt zu?«

»Ja, klar! Vielleicht schleppst du einen Virus mit dir herum oder du bekommst die Grippe. Schlaf dich heute einfach mal gründlich aus und morgen wird es dir schon wieder besser gehen.«

»Simon, kannst du zu mir kommen? Ich brauche dich jetzt. Bitte!«

»Schatz, das geht nicht. Du weißt doch, ich bin mitten in dem Bauer-Projekt. Ich muss morgen sehr früh nach Wien, da würde ich dich nur unnötig stören. Leg dich wieder hin und du wirst sehen, morgen sieht die Welt wieder anders aus.«

»Das glaube ich nicht. Bitte Simon, komm zu mir, ich muss mit dir darüber reden.«

»Ich bin übermorgen aus Wien zurück, dann können wir uns in aller Ruhe über alles unterhalten. Oh, Schatz, bei mir klopft es in der Leitung, ich bekomme einen Anruf. Ruh dich aus, wir sehen uns.«

Noch ehe sie verarbeiten konnte, was Simon gerade gesagt hatte, war die Leitung tot. Enttäuscht legte sie ihr Telefon zur Seite. Sie hätte ihn so gerne hier gehabt, hätte seine Arme um sich spüren wollen. Hätte gewollte, dass er ihr versicherte, dass alles wieder gut werden würde, und dass er, was auch immer passierte, ihr zur Seite stehen würde.

Isabell fühlte sich so einsam wie noch nie zuvor. Die verdammten Kopfschmerzen fingen schon wieder an und ihr Nacken war steif. Sie fühlte sich wie gerädert, als wäre sie die ganze Nacht durch die Kneipen gezogen. Sie schloss die Augen und fuhr sich übers Gesicht. Doch wenigstens waren die Wellen von Angstgefühlen nicht zurückgekommen und schwindlig war ihr im Moment auch nicht. Immerhin. Doch sie war schlapp und ausgelaugt, fühlte sich elend.

Ich muss zum Arzt, entschied Isabell. Sie würde sich den heutigen Tag frei nehmen und, wenn nötig, später von zu Hause aus arbeiten. Auf die Schnelle tippte sie in ihr Mobiltelefon eine Textnachricht an ihren Chef – sie fühlte sich nicht imstande mit ihm zu telefonieren.

Ohne etwas gegessen zu haben, machte sich Isabell auf den Weg zum Arzt. Sie hatte keinen Termin und musste daher lange warten. Andere Patienten kamen und gingen, und Isabell saß angespannt im Wartezimmer und hatte viel Zeit, sich auszumalen, von welchen schlimmen Erkrankungen sie befallen sein könnte. Sie dachte sich durch sämtliche »Was-wäre-wenn«-Szenarien und kämpfte mühsam dagegen an, diese deprimierenden Vorstellungen noch weiter auszuschmücken.

Erfolglos. Ihr Gesicht glühte und die Angst kroch wie eine giftige Schlange unaufhaltsam an ihrem Hals hinauf. Als sie endlich aufgerufen wurde, stand sie kurz davor, erneut eine Panikattacke zu bekommen. Mit letzter Kraft schleppte sie sich in das

Behandlungszimmer und ließ sich dem Arzt gegenüber in einen Stuhl fallen.

»Sie sehen ja gar nicht gut aus, Frau Jacoby. Dann erzählen Sie doch mal!«

Isabell versuchte so emotionslos, wie es ihr möglich war, die Geschehnisse des gestrigen Tages zu schildern, ohne noch einmal in die gefürchteten Angstzustände zu verfallen. Der Arzt hörte ihr mit ernster Miene zu, ohne sie zu unterbrechen, und machte sich Notizen. Als Isabell geendet hatte, stellte er noch einige konkretere Fragen, die Isabell so genau wie möglich beantwortete. Anschließend tippte er etwas in seinen Computer und wandte sich dann wieder Isabell zu.

»Ich habe da so eine Vermutung, Frau Jacoby. Wir machen erst einmal ein großes Blutbild, und Urin geben Sie bitte auch gleich ab. Ruhe- und Belastungs-EKG und ein Ultraschall der Schilddrüse sind notwendig! Den Blutdruck sollten wir ebenfalls kontrollieren.«

Anstatt nachzufragen, was es nun sein könnte, ließ Isabell das vom Arzt vorgeschlagene Programm über sich ergehen. Sie fühlte sich krank und verletzlich, der ärztlichen Maschinerie ausgeliefert. Von der starken Projektleiterin, die sie die letzten Jahre über gewesen war, war kaum etwas übrig. Sie saß in diesem Stuhl, gefangen in ihren eigenen Ängsten, und versuchte zu begreifen, dass sie – offenbar – nicht unverwundbar war. Als der Arzt sie aufforderte, doch bitte mitzukommen, sah sie ihn entgeistert an. Wie unter Hypnose folgte sie ihm in ein weiteres Untersuchungszimmer, wo sie Platz nehmen und erneut warten sollte. Der Geruch von Desinfektionsmittel und Krankheit kroch ihr in die Nase. Eine Arzthelferin kam, richtete ein paar freundliche Worte an sie und nahm ihr Blut ab. Teilnahmslos sah Isabell zu, wie sich das erste Röhrchen mit zäher dunkelroter Flüssigkeit füllte und dann noch eines und noch eines. Da geht er dahin, der Lebenssaft, kam es Isabell noch kurz in den Sinn, dann überließ sie sich wieder willenlos der ärztlichen Routine.

Nach diversen weiteren Untersuchungen bekam sie eine Krankmeldung für die gesamte Woche in die Hand gedrückt und wurde nach Hause geschickt mit der Aufforderung, in drei Tagen wiederzukommen. Dann würden die Untersuchungsergebnisse vorliegen, versicherte ihr eine Arzthelferin. Bis dahin, hatte ihr der Arzt eindringlich geraten, sollte sie nicht arbeiten, das Telefon ausschalten und sich entspannen, zudem viel schlafen und sehr viel trinken.

Nicht arbeiten, dachte Isabell, als sie die Arztpraxis verließ. *Der hat gut reden, wie stellt er sich das vor?* Sie konnte doch nicht all ihre Projekte einfach liegen lassen!

An der frischen Luft kehrten nach und nach ihre Lebensgeister zurück. Es war ein warmer Frühlingstag, und die Cafés hatten ihre Tische schon auf die Straße herausgestellt. Isabell machte einen kleinen Umweg, setzte sich in ein Straßencafé in der Nähe des Englischen Gartens und bestellte ein Frühstück. Kurze Zeit später brachte ihr der Kellner eine Tasse Milchkaffee, zwei Brötchen mit Butter und Marmelade, ein Croissant und ein kleines Glas Orangensaft.

Wann habe ich mir das letzte Mal ernsthaft Zeit genommen, in Ruhe so ein Frühstück zu genießen, überlegte sie. Das musste eine Ewigkeit her sein. All solche Dinge gingen einfach in der Hektik des Alltags unter. Auf die Schnelle tippte sie eine Textnachricht an ihren Chef, um ihm mitzuteilen, dass sie für die restliche Woche krankgeschrieben sei. Gleichzeitig versicherte sie ihm, dass sie aber von zuhause aus arbeiten und die Projekte weiter betreuen werde. Daraufhin schaltete sie das Telefon wieder aus und ließ es in ihre Tasche gleiten.

Im gleichen Moment spürte sie eine gewisse Erleichterung. Merkwürdig! Erstaunt über dieses Gefühl horchte sie ein wenig genauer in sich hinein und bemerkte eine Art Befreiung. Es war nur ein winzig kleines Gefühl, aber sie fühlte sich eindeutig besser. Unbewusst stieß sie einen erleichterten Seufzer aus und nahm einen Schluck Kaffee. Er war heiß und schmeckte unglaublich lecker. Dabei beobachtete sie die Menschen auf der Straße, wie sie in Business-Outfit und mit Laptop-Taschen ausgestattet dahin und dorthin eilten, von einem Geschäftstermin zum nächsten, und sich dazwischen keine Pause gönnten. Das kam Isabell furchtbar bekannt vor und ohne es zu bemerken wanderten ihre Gedanken zurück zu ihren eigenen Projekten und ihrer To-do-Liste.

Sie kramte aus ihrer Handtasche einen Notizzettel hervor, fing an, sich Stichpunkte zu den anstehenden Aufgaben zu machen, und ehe sie sich versah, war ihre restliche Woche mit Tätigkeiten verplant, die sie von zuhause aus erledigen wollte. In Gedanken erstellte sie eine Telefonliste, wen sie wann anrufen würde, was es mit diesem oder jenem zu besprechen gab und wer ihr welche Informationen beschaffen musste. Und schon wieder nahm sie ihre Umgebung kaum noch wahr, bemerkte nicht, wie die Sonne warm vom Himmel schien und die Temperatur immer angenehmer wurde. Sie sah die Spatzen nicht, die sich neben ihrem Stuhl um ein Stück Brotkrumen stritten, und roch auch nicht den süßlichen Duft der Frühlingsblumen, die an einem kleinen Stand neben dem Kaffee zum Verkauf angeboten wurden. Nichts davon drang mehr zu ihr durch. Sie saß da, völlig auf ihre Liste fokussiert, bis der Kellner an ihren Tisch trat und besorgt fragte, ob denn alles in Ordnung sei? Als Isabell ihn erschrocken anstarrte, als hätte sie ihn zuvor noch nie gesehen, fragte er, warum sie ihr Frühstück nicht angerührt habe. Schuldbewusst lächelnd machte sich Isabell sofort daran, die in der Sonne fast flüssig gewordene Butter auf das Brötchen zu streichen, und trank eiligst einen Schluck vom mittlerweile kalten Kaffee. Nachdem sie das Frühstück heruntergeschlungen hatte, bezahlte sie, nahm das Croissant in die Hand und aß es auf dem Nachhauseweg zu Ende.

Zuhause angekommen spürte sie ihren Magen rebellieren und schob es auf den Kaffee. Der war stark gewesen und vielleicht vertrug sie ja kein Koffein mehr? Dann duschte sie kurz, um den Geruch der Arztpraxis loszuwerden, schnappte sich ihren Laptop und setzte sich im Schneidersitz auf das Sofa. Das Mobiltelefon legte sie eingeschaltet daneben auf den Tisch und begann, die ersten Punkte auf ihrer Liste abzuarbeiten und die Besprechungen vorbereiten.

Isabell hatte gerade mal eine halbe Stunde gearbeitet und war eben dabei, eine Grafik zu beschriften, als die Buchstaben auf der Tastatur plötzlich anfingen, hin und her zu schwanken und zu verschwimmen. Verunsichert schüttelte sie den Kopf, rieb sich die Augen und konzentrierte sich noch mehr auf das, was sie schrieb. Bei dem Wort »Kostenübernahme« vertauschten die Buchstaben im Wort ihre Plätze selbstständig, zumindest kam es Isabell so vor. So oft konnte man sich ja nicht vertippen. Sie las »Ksoteünberhnem«. Verwirrt ließ sie langsam ihre Finger über die Tastatur gleiten, doch dieses Mal fand sie die entsprechenden Buchstaben überhaupt nicht mehr, und wusste auch nicht mehr, wie sie das Wort an die richtige

Position bringen sollte. Sie hatte solche Graphen schon tausende Male beschriftet, und doch konnte sie sich nicht an die Tastenkombination erinnern, die man benötigte, um ein Wort senkrecht zu stellen. Ratlos starrte sie auf ihren Bildschirm. Warum wusste sie mit einem Male nicht mehr, wie das funktionierte?

Erneut spürte sie Panik in sich aufsteigen. Krampfhaft zwang sie sich zur Ruhe. Ein weiterer tiefer Atemzug, dann, fast in Zeitlupe, klappte sie den Laptop zu und legte ihn behutsam vor sich auf den Wohnzimmertisch.

Isabell versuchte sich zu sammeln und zu beruhigen, und vor allem nicht die Beherrschung zu verlieren. Totenstille lag über dem Raum, sie schloss die Augen und konzentrierte sich nur auf das Atmen. Alles ist in bester Ordnung, sagte sie sich immer wieder. Plötzlich schrillte ihr Mobiltelefon und riss sie mit einem Schlag aus ihrer Regungslosigkeit. Sie fuhr zusammen, fing an zu zittern und Hitze schoss ihr in den Kopf. Entgeistert starrte sie auf das Telefon, das auf der verglasten Tischoberfläche vibrierte und sich im Kreis drehte. Panik machte sich schlagartig in ihrem ganzen Körper breit und Schweißperlen standen ihr auf der Stirn. Sie wagte nicht, sich zu bewegen. Wie gelähmt starrte sie auf das vibrierende Handy und hörte eine Stimme in ihrem Kopf lauter werden, die sie als ihre eigene erkannte: »Hör auf, hör auf, hör endlich auf.«

Nach einer gefühlten Ewigkeit verstummte endlich das Telefon. Sie starrte es noch eine ganze Weile verstört an, bevor sie es mit zittrigen Fingern in die Hand nahm. Drei Anrufe in Abwesenheit! Drei? Sie war sich nicht bewusst, das Telefon vorher schon klingeln gehört zu haben. Langsam ließ sie es wieder auf den Tisch gleiten und starrte auf ihren Laptop. Sie hatte doch den Bildschirm vorhin zugeklappt, warum blinkte ihr dann der Cursor so vorwurfsvoll entgegen? Sie verstand die Welt nicht mehr. Was stand da überhaupt? Hatte sie das geschrieben? Wenn ja, *was* hatte sie da geschrieben? Sie konnte sich nicht mehr erinnern. Eine unendlich lange Zeit saß sie auf dem Sofa, ohne sich zu bewegen und starrte vor sich ins Leere. Die Kopfschmerzen waren zurückgekehrt und legten sich wieder wie ein Ring um ihre Stirn.

Die Stunden vergingen, dicke Wolken verdunkelten das Zimmer, und ein Graupelschauer ergoss sich über die Stadt; kurz darauf klarte es auf und wurde wieder hell und freundlich.

Isabell hatte jegliches Zeitgefühl verloren, sie konnte nicht sagen, wie lange sie so dagesessen hatte, mit angewinkelten Beinen auf dem Sofa, die Decke bis zum Hals.

Erst als sie einen Schlüssel im Schloss ihrer Haustüre hörte, erwachte sie aus ihrer Lethargie. Sie sprang vom Sofa, rannte aus dem Wohnzimmer und flog Simon in die Arme. Er fing sie auf und hielt sie fest an sich gedrückt.

»Hey, was machst du denn für Sachen? Wie geht es dir?«, fragte er besorgt.

»Oh, Simon. Mir geht es richtig schlecht«, schluchzte Isabell und vergrub ihr Gesicht in seiner Brust. Er strich ihr übers Haar und führte sie zurück ins Wohnzimmer. Sie setzten sich, und erst als sich Isabell ein wenig beruhigt hatte, konnte sie Simon die ganze Geschichte noch einmal in allen Einzelheiten von Anfang an erzählen. Er hörte geduldig zu.

»Und wann bekommst du vom Arzt die Ergebnisse?«

»Er meinte, in drei Tagen soll ich wiederkommen.«

»Und kannst du deine Projekte von zuhause aus weiter betreuen?«

»Nein, das geht eben nicht, ich kann es nicht!« Erneut

überschwemmte sie eine Welle der Angst. Sie sprang auf und ging unruhig im Zimmer auf und ab.

»Ich kann keinen Gedanken fassen. Ich verstehe nicht mehr, was ich schreibe. Die Wörter, die Buchstaben verschwimmen vor meinen Augen. Simon, ich sehe auf meine Datei und weiß nicht, was ich tun muss! Ich weiß es einfach nicht!«

Panik stand ihr ins Gesicht geschrieben und Tränen liefen ihr die Wangen hinunter. Simon packte Isabell am Handgelenk, zog sie zu sich heran und legte seine Arme um sie. Dann brach es erneut aus ihr heraus und sie weinte und schluchzte in seiner Umarmung. Etwas unbeholfen versuchte er, ihr tröstende Worte zuzuflüstern:

»Das wird schon wieder. Vielleicht war das alles in letzter Zeit doch zu viel für dich. Du brauchst einfach nur ein bisschen Ruhe.«

»Ein bisschen Ruhe?« Sie entwand sich seiner Umarmung, sprang erneut auf und starrte ihn an. »Simon, ich konnte mich an keinen einzigen Namen der Teilnehmer erinnern, obwohl ich die Leute persönlich kenne und schon x-mal mit ihnen telefoniert habe. Ich war nicht imstande, meine eigene Präsentation vorzutragen! An der ich, nebenbei bemerkt, wochenlang gearbeitet habe und die ich in- und auswendig konnte. Ich hatte einen Filmriss! Ich weiß nicht mehr, wie ich nach Hause gekommen bin. Ein bisschen Ruhe? Simon, ich habe *Angst*!«

Er war ebenfalls aufgestanden und stand ihr gegenüber, versuchte die richtigen Worte zu finden. »Isabell, ich glaube zu verstehen, was in dir vorgeht, aber ...« Er stockte.

»Nein, ich glaube nicht, dass du das verstehst, sonst würdest du nicht so reden!« Trotzig drehte Isabell ihm den Rücken zu.

Simon atmete hörbar aus. »Soll ich uns etwas zum Essen bestellen?«

»Ich habe keinen Hunger!«

Simon verschwand kurz in der Küche und holte ein Glas Wasser. »Hier! Du sollst viel trinken, hat der Arzt gesagt.«

Sie nahm ihm das Glas aus der Hand und trank ohne ihn dabei anzuschauen.

»Besser?«, fragte er hoffnungsvoll.

»Nein!«

»Isabell, vielleicht bist du doch nur etwas überarbeitet und du wirst sehen, in ein paar Tagen ist alles wieder beim Alten!«

»Das glaube ich nicht!« Sie ging unruhig im Zimmer auf und ab.

»Vielleicht steigerst du dich auch nur in etwas hinein.«

Abrupt blieb sie vor Simon stehen. »Wie kannst du so etwas sagen? Glaubst du, ich sauge mir das aus den Fingern?«

»Natürlich nicht«, beeilte er sich zu sagen. »Es ist nur ...«, er versuchte die richtigen Worte zu finden, »manchmal bildet man sich eben auch nur etwas ein.«

»Ich bilde mir nichts ein!« Wütend presste sie die Worte hervor.

Hilflos hob Simon seine Arme in die Höhe und schüttelte den Kopf.

»Ich weiß nicht, was ich sagen soll. Was willst du denn jetzt von mir hören?« Er drehte sich um und ließ sich wieder aufs Sofa sinken. Langsam beruhigte sich auch Isabell und setzte sich zu ihm. Eine Zeit lang schwiegen beide, bis Isabell Simon vorsichtig ihre Hand aufs Bein legte:

»Es tut mir leid, ich wollte dich nicht so anfahren. Ich weiß einfach nicht, was los ist und was mit mir passiert. Ich mache mir Sorgen.«

Simon öffnete die Arme, und sie vergrub erneut ihr Gesicht an seiner Brust. Seine Wärme tat gut, Isabell hörte seinen gleichmäßig langsamen Herzschlag und fühlte, wie sie sich langsam entspannte. Sie versuchte sich zu erinnern, wann er sie das letzte Mal so innig festgehalten hatte und wünschte sich, er würde sie so lange im Arm halten, bis sie vom Arzt die Zusicherung bekam, dass alles in Ordnung sei und sie tatsächlich nur ein paar Tage Ruhe bräuchte. Ruhe! Sie könnte mit Simon zusammen in ein Wellness-Hotel fahren, einige Tage entspannen und danach wäre alles wieder wie vorher. Allein dieser Gedanke nahm Isabell die Angst und Geborgenheit erfüllte ihr Innerstes, bis ihr Simon leicht auf die Schulter klopfte und sie zurück in die Realität holte.

»Ich muss los.« Er warf einen flüchtigen Blick auf seine Uhr. »Leider. Es wartet noch unheimlich viel Arbeit auf mich.«

»Aber ... aber ich dachte, du würdest heute Nacht hier bei mir bleiben.«

»Ich muss für Wien noch einiges erledigen. Aber weißt du was? Du machst dir jetzt ein schönes heißes Bad, entspannst dich und du wirst sehen, in ein paar Tagen wird es dir wieder besser gehen.« Er stand auf und strich sich das Hemd glatt.

»Die Arbeit kann dir doch jetzt nicht ernsthaft wichtiger sein als ich«, blaffte Isabell ihn an.

»Das ist sie auch nicht.« Er sah ernsthaft verblüfft aus. »Aber du weißt doch selbst ganz genau, dass man zugesagte Termine nicht einfach ignorieren kann.« Er gab ihr einen Kuss auf die Stirn und strich ihr sanft über die Wange. »Ruh dich aus, mein Schatz. Ich melde mich bei dir, wenn ich wieder zurück bin.«

Und bevor Isabell wirklich begriff, was geschehen war, war die Haustür auch schon hinter Simon ins Schloss gefallen.

Sie konnte es nicht fassen – er hatte sie doch tatsächlich alleine gelassen. In ihrem Zustand! Jetzt, wo sie ihn so dringend gebraucht hätte. Und zum ersten Mal wurde ihr bewusst, wie allein sie in ihrem Leben war. Wen hatte sie denn schon? Selbst private Freundschaften hatte sie nicht mehr gepflegt. Nein, es war viel schlimmer, es war nicht nur das Alleinsein, es war eine allumfassende Einsamkeit, die sie in diesem Moment erfasste – ein Gefühl, das sie bisher nicht gekannte hatte. Diese Einsamkeit schnürte ihr die Kehle zu, raubte ihr den Atem, sie war schlimmer noch als die Angstzustände und Erinnerungslücken.

Langsam ging sie zurück zum Sofa, kroch unter die Decke und ließ ihren Tränen freien Lauf. Es brachte Erleichterung, es tat gut und sie ließ es geschehen. Sie gab sich ihrem Leid, ihrem Schicksal, ihrer Einsamkeit völlig hin und weinte sich in stille Verzweiflung.

Irgendwann musste Isabell in ihrem Kummer eingeschlafen sein, denn sie erwachte am nächsten Morgen gerädert und mit Rückenschmerzen auf dem Sofa. Und wieder schmerzte ihr Kopf, als wäre sie die Nacht über um die Häuser gezogen. Ihr fiel auf, dass sie schon lange keine Nacht mehr richtig durchgeschlafen hatte und erholt aufgewacht war. Warum war ihr das nicht schon früher aufgefallen?

Die nächsten zwei Tage verbrachte Isabell damit, in Selbstmitleid zu versinken. Sie klappte den Laptop nicht mehr auf, ließ das Telefon ausgeschaltet und zog sich völlig in ihr Schneckenhaus zurück. Am dritten Tag machte sich Isabell erneut auf den Weg in die Arztpraxis.

Als sie dem Arzt gegenüber im Stuhl saß und dieser sie ernst betrachtete, bekam sie es wieder mit der Angst zu tun.

»So schlimm?«, fragte sie mit zittriger Stimme.

»Sie sind ein Workaholic!« Er sah sie über seine Halbbrille

hinweg ernst an. »Frau Jacoby, es wird Ihnen nicht viel sagen, wenn ich Ihnen aufliste, dass in Ihrem Blutbild ein Mangel an Coenzym Q10, Vitamin B2, B6 und noch weiteren Mineralien wie Zink, Selen und Magnesium herrscht. Oder dass Ihre LDH-Isoenzyme und die Pyruvatkinase stark erhöhte Werte aufweisen. Ich möchte es Ihnen in einer für Sie verständlichen Sprache klar ausdrücken: Sie leiden unter einem akuten Erschöpfungszustand und wenn Sie nicht *sofort* langsamer tun und ganz grundlegende Veränderungen an Ihrem Leben vornehmen, dann laufen Sie unweigerlich auf ein Burnout-Syndrom zu, das Sie komplett aus der Bahn werfen wird.«

Isabell starrte den Arzt fassungslos an.

»Haben Sie verstanden, was ich Ihnen gesagt habe?«, hakte der Arzt nach. »Ändern Sie Ihren Lebensstil!«

»Aber ich kann doch nicht ...«

»Sie müssen!«, unterbrach sie der Arzt. »Um wieder gesund zu werden, brauchen Sie Abstand. Von allem. Auf jeden Fall von Ihrer Arbeit, am besten aber auch gleich von Ihrem Alltag. Nehmen Sie sich frei, solange es geht, und ich rede nicht von Wochen, ich rede von Monaten. Wechseln Sie Ihr persönliches Umfeld und tun Sie, was Ihnen guttut! Die Dame am Empfang wird Ihnen die Adresse einer sehr guten psychosomatischen Klinik mitgeben, in der ich Ihnen zu einem Aufenthalt rate. Nehmen Sie Kontakt auf und machen Sie einen Termin, ich werde die Unterlagen hierzu vorbereiten. Holen Sie sich dort eine zweite Meinung und lassen Sie sich behandeln.«

Isabell schaute den Arzt immer noch entgeistert an – ihr fiel in diesem Moment nichts ein, was sie hätte fragen oder sagen sollen. Sie fühlte sich überfahren, missverstanden! Sie würde in keine Psycho-was-auch-immer Klinik gehen – sie war doch nicht ernsthaft krank! Wie sie eben gehört hatte, fehlten ihr hier und da einige Mineralien. Die würde es in der Apotheke geben. Sie brauchte etwas Ruhe – nun gut, vielleicht auch ein bisschen mehr Ruhe – aber sicher keine Klinik!

Isabell verabschiedete sich und verließ die Arztpraxis, ohne sich am Empfang die Adresse irgendeiner Klinik geben zu lassen und ignorierte die Rufe der Arzthelferin. Eiligst verließ sie das Gebäude, sie musste raus, sie brauchte Luft – frische Luft!

Der Wind pfiff um die Häuser und zerrte an ihrem hochgeklappten Mantelkragen. Sie lief die Straße entlang, während ihr Regentropfen ins Gesicht peitschten und ihre Haare durchnässten, ihr eiskaltes Wasser in den Kragen lief. Es war ihr egal. Sie ging mit starrem Blick, ließ das Café links liegen, in dem sie das letzte Mal gefrühstückt hatte und beachtete auch das Hupkonzert nicht, das sie ausgelöst hatte, weil sie bei Rot über die Straße gegangen war.

Zu Hause angekommen, knallte sie die Haustüre mit einem Schlag hinter sich zu, ließ Mantel und Tasche auf den Boden fallen und feuerte ihre Schuhe in die Ecke. Eine unbändige Wut hatte sie erfasst. Wut auf den Arzt, wie er ihr nur so etwas raten konnte. Wut auf ihre Arbeit, die sie so weit getrieben hatte. Wut auf Simon, der nicht hier war, wenn sie ihn brauchte, aber vor allem Wut auf sich selbst, dass sie es hatte so weit kommen lassen. Dass sie nicht eher etwas bemerkt hatte – so etwas kündigte sich doch an, oder nicht? Das kam doch nicht über Nacht! Sie wollte schreien, um sich schlagen, hatte das Bedürfnis, etwas zu zerstören.

Aufgebracht stürzte sie sich aufs Sofa, warf ihren Kopf in ein Kissen und schlug mit ihren Fäusten heftig auf das Polster ein. Frustriert erstickte sie ihren Schrei in dem Kissen. Bilder erschienen in ihrem Gedächtnis von stundenlangen Besprechungen ohne Pausen, Teamsitzungen bis spät in die Abende und durchgearbeiteten Nächten. Sie hatte ihre Wochenenden und die meisten ihrer Urlaube geopfert, um immer pünktlich ihre Meilensteine in den Projekten zu erreichen. Sie hatte ihr gesamtes Privatleben hintenangestellt und das war nun der Dank dafür? Was denn überhaupt für ein Privatleben? – sie hatte doch gar keines! Sie arbeitete, aß, schlief, und das in einer immer wiederholenden Abfolge, wie eine Maschine. Die Wut sprudelte wild aus ihr heraus und ging in einen hysterischen Weinkrampf über, der Isabell am ganzen Körper schüttelte. Der Schmerz der letzten Tage und Wochen, vielleicht sogar Jahre, brach aus ihr heraus. Es dauerte eine Ewigkeit, bis sie sich wieder einigermaßen beruhigt hatte. Zitternd und erschöpft lag sie wie ein verletztes Tier auf der Decke, hatte die Beine an sich gezogen und starrte apathisch vor sich hin. Sie wusste nicht, was sie tun sollte, aber eines wusste sie ganz sicher, als sie an die Worte des Arztes zurückdachte – sie würde niemals in so eine Klinik gehen!

Ihr Blick fiel auf ihren Laptop. Langsam zog sie ihn zu sich heran, schaltete ihn ein und gab das Wort »Erschöpfungszustand« ein. Sie musste es drei Mal korrigieren, bis sie es richtig geschrieben hatte. »Nervliche Überlastung«, »Burn-out« und »seelische Überforderung« waren nur einige der Schlagwörter, die ihr angezeigt wurden.

Isabell fand sich in einigen Punkten wieder, als sie die Symptome »Schlafstörung, Konzentrationsmangel, Angstzustände bis hin zu Panikattacken und nicht selten Depressionen« las. Sie musste sich einige Artikel mehrfach durchlesen, bis sie den Inhalt tatsächlich verstanden hatte. Entmutigt strich sie sich mit der Hand durch die Haare und wischte sich die Tränen aus dem Gesicht. Sie klappte den Rechner zu und schob ihn weit von sich. Melancholie erfasste sie. Was war nur falsch gelaufen in ihrem Leben? Wie hatte es soweit kommen können? Oder eher, wie hatte sie ihr Leben nur in eine solche Sackgasse laufen lassen können?

Isabell verspürte in diesem Moment eine unglaubliche Sehnsucht nach Familie. Aber wen hatte sie schon? Es gab niemanden in ihrem Leben, an den sie sich in diesem schweren Moment hätte anlehnen können, niemand, der ihr Mut zusprechen, sie mit tröstenden Worten aufmuntern oder einfach nur in den Arm nehmen und sie festhalten könnte. Isabells Vater war schon vor vielen Jahren gestorben und ihre Mutter lebte im Pflegeheim. Sie war schwer dement, bettlägerig und bekam von der Umwelt schon lange nichts mehr mit.

Mit einem Mal hatte Isabell ein unbändiges Verlangen, ihre Mutter zu sehen, ihre Hand zu halten, in ihrer Nähe zu sein. Sie quälte sich vom Sofa hoch und ging ins Bad. Ihr Bild im Spiegel schien um Jahre gealtert zu sein. Jegliche Farbe war aus den Wangen gewichen, ihre Augen starrten sie rot unterlaufen an, waren umrahmt von schwarzen Rändern. Sie musste sich dazu durchringen, unter die Dusche zu steigen.

Eine Stunde später saß sie in der U-Bahn – sie wagte nicht, sich hinters Steuer ihres Autos zu setzen – und fuhr in den Süden von München. Dort lag das kleine, aber sehr liebevoll geführte Pflegeheim, in dem sie ihre Mutter untergebracht hatte. Bedrückt und voller Schuldgefühle, sie nicht öfter besucht zu haben, betrat Isabell das Gebäude. Das schlechte Gewissen umklammerte ihr Herz, als sie vor der Zimmertür ihrer Mutter stand und auf das kleine Schildchen »Martha Jacoby« an der Türe starrte. In Gedanken versunken fuhr sie den Namen ihrer Mutter mit dem Finger nach. Wie viel Zeit mochte vergangen sein, seit sie das letzte Mal hier gewesen war? Sie konnte sich gar nicht daran erinnern.

Immer war etwas dazwischengekommen.

Immer hatte die Arbeit Vorrang gehabt.

Immer hatte sie eine Ausrede gefunden.

Vorsichtig öffnete Isabell die Türe. Ihre Mutter lag winzig klein und schmal zwischen weißen Laken und starrte teilnahmslos an die Decke.

»Hallo, Mama.«

Keine Regung.

Langsam ging Isabell zu ihr, setzte sich auf den Stuhl neben das Bett und betrachtete sie. Es tat weh, sie so hilflos und schwach hier liegen zu sehen. Diese einst so starke, quirlige Person, die immer alles selbst gemacht und nie Hilfe von jemand anderem angenommen hatte.

Isabell griff nach der Hand, die auf der Bettdecke lag, als würde sie gar nicht ihrer Mutter gehören. Sie war sehr dünn und knochig, fast zerbrechlich und fühlte sich ganz leicht an. Sanft drückte sie die Hand ihrer Mutter, doch es gab keinerlei Gegendruck. In ihrem Körper war keine Kraft mehr, es schien fast kein Leben mehr in ihr zu sein. Tiefe Traurigkeit überschwemmte Isabell, waren es nicht Zuneigung und Liebe, was im Leben wirklich zählte? Menschen, die füreinander da waren, sich in schwierigen Zeiten gegenseitig aufbauten, wahre Freundschaft – wahre Liebe.

Isabell betrachtete das ausgemergelte Gesicht ihrer Mutter und plötzlich überschwemmte sie eine neue Welle des Selbstmitleids. Sie sah sich selbst in einigen Jahren in solch einem Bett liegen und auf ihr Leben zurückblicken. Sie hatte keine Kinder, die sich um sie kümmern würden, keinen Ehemann, der sie in einem Pflegeheim besuchen und ihre Hand halten würde. Wie allein sie in ihrem

Leben war, wurde Isabell in diesem Moment schmerzlich bewusst. Ihre Arbeit hatte ihr zwar Erfolg beschert, konnte ihr aber niemals das Gefühl von Wärme und Zufriedenheit geben. Doch waren es nicht diese Werte, die in einem Leben zählten? Es kam doch nicht darauf an, wie erfolgreich sie war und wie viel Geld sie verdiente. Warum kam ihr diese Erkenntnis erst jetzt?

Ununterbrochen liefen Isabell Tränen über die Wangen. Langsam ließ sie ihren Kopf auf die Schulter ihrer Mutter sinken und schluchzte leise vor sich hin. Erst nach einer ganzen Weile sah sie wieder auf und strich ihrer Mutter sanft über die eingefallene Wange. »Ich werde öfters kommen, Mama, ich will für dich da sein!«, versprach sie, führte die Hand ihrer Mutter an den Mund und küsste sie.

Als sie plötzlich eine Hand auf ihrer Schulter spürte, schreckte Isabell hoch. Sie hatte die junge Pflegerin nicht hereinkommen hören.

»Es tut mir leid, ich wollte Sie nicht erschrecken! Sie sind die Tochter von Frau Jacoby, nicht wahr?«

Isabell spürte einen Stich der Scham im Herzen. Wenn sie öfters hier gewesen wäre, würde man sie kennen und die Pflegerin musste sie das nicht fragen. Sie nickte und wischte sich die Tränen aus dem Gesicht. »Wie geht es meiner Mutter?«

»Unverändert. Aber das ist ein gutes Zeichen, nicht wahr, Frau Jacoby!« Sie schüttelte die Bettdecke kurz auf und strich sie wieder glatt. Zu Isabell gewandt fügte sie hinzu: »Keine Veränderung ist hier immer eine gute Nachricht!« Die Pflegerin lächelte, und Isabell wusste, was sie damit ausdrücken wollte.

Es war sehr spät geworden, als Isabell das Pflegeheim verließ. In Gedanken versunken fuhr sie nach Hause.

Als sie die Haustüre aufschloss, schlug ihr die Kälte des Alleinseins mit voller Wucht entgegen. Kurz blieb sie an der Türschwelle stehen, schwankte etwas und versuchte mit Mühe die trostlosen Gedanken abzuschütteln. Schließlich ging sie in die Küche und öffnete den Kühlschrank. Sie hatte Hunger – wann hatte sie eigentlich das letzte Mal etwas gegessen? Ach ja, ein Stück Kuchen im Pflegeheim, das war nicht viel gewesen. Ihr Kühlschrank war leer – sie würde am nächsten Morgen einkaufen gehen müssen, aber für heute Abend würde sie sich etwas kommen lassen.

Gerade, als Isabell die Telefonnummer des indischen Lokals in der Nachbarschaft eintippen wollte, klingelte ihr Handy. Es war das Pflegeheim. Ohne Umschweife, ohne jegliche Vorwarnung berichtete die Heimleitung, dass ihre Mutter vor ein paar Minuten friedlich eingeschlafen sei. Die Nachricht durchfuhr Isabells Körper wie ein Blitz. Aus endlos weiter Entfernung drangen Worte aus dem Lautsprecher, die Zusicherung, dass ihre Mutter nun Ruhe gefunden hätte und weitere tröstende Worte, deren Sinn sie kaum zu erfassen vermochte. Dann breitete sich Stille in ihrem Kopf aus.

Teilnahmslos ließ Isabell das Telefon sinken und starrte aus dem Fenster in die Dunkelheit. Ihr Kopf war leer, sie fühlte nichts - keine Trauer, kein Leid, kein Schmerz. Ihre Gefühlswelt schien sich komplett gegen die Außenwelt zu verschließen, als führe eine unsichtbare Wand hoch. Sie legte das Handy auf den Tisch, griff nach ihrem Mantel und ging zur Tür hinaus. Sie lief durch die Straßen, ohne Ziel, ohne Richtung. Der Wind zerrte an ihren Haaren, es fing an zu nieseln und hörte bald wieder auf. Nichts davon bekam sie mit.

Sie ging an einem Häuserblock entlang, die meisten Fenster waren dunkel, nur vereinzelnd brannten noch Lichter. Sie starrte hinauf zu einem der beleuchteten Fenster. Wer wohnte dort? Konnte dieser Mensch auch nicht schlafen? Was trieb ihn um?

Isabell hatte jegliches Gefühl für die Zeit verloren. Sie war zu einer leeren Hülle geworden, ihr Körper hatte keine Verbindung mehr zu ihrem Gehirn, ihr Gehirn keine zur Außenwelt. In den letzten Tagen hatte sie einfach zu viele Tränen vergossen. Inzwischen spürte sie es selbst: Sie war am Ende! Ausgelaugt, leer, es war nichts mehr da. Als sich ein heller Streifen über den Horizont schob und der Verkehr an Intensität zunahm, stand Isabell wieder vor ihrer Haustüre. Sie hatte keine Ahnung, wie sie hierher zurückgefunden hatte.

Die nächsten Tage erlebte Isabell wie durch einen Schleier. Sie kam sich vor, als wäre sie eine Statistin in einem Film. Wo sie stand, was sie tat, bestimmte jemand anderes. Die Beerdigung ihrer Mutter fand in einem sehr kleinen Kreis statt. Gekommen waren nur zwei Pflegerinnen aus dem Heim, die ihre Mutter die letzten Jahre über betreut hatten, eine alte Freundin ihrer Mutter, die von ihrem Sohn gestützt wurde und der Pfarrer aus ihrer früheren Gemeinde, von dem Isabell gar nicht wusste, dass er ihre Mutter hin und wieder einen Besuch abgestattet hatte. Simon war nicht an ihrer Seite. Sie hatte ihm nicht erzählt, dass ihre Mutter gestorben ist. Hätte sie ihm Bescheid geben sollen? Eine der Pflegerinnen, schüttelte Isabell die Hand und drückte ihr Mitgefühl aus, doch Isabell sah stumm an ihr vorbei auf das Grab. Sie war nach wie vor noch nicht imstande, Trauer über den Tod ihrer Mutter zu empfinden und nahm alles teilnahmslos hin. Sie hatte eine große Türe in ihrem Kopf geschlossen und würde sie auch so schnell nicht mehr öffnen.

Kapitel 3

Einige Tage später konnte Isabell sich aufraffen, im Englischen Garten einen Spaziergang zu machen. Es war ein warmer Frühlingstag, die ersten gelben Blüten säumten den Weg, und auch die Bäume schoben kleine grüne Blattspitzen in die Freiheit. Sie setzte sich auf eine Bank und sah zu, wie zwei Amseln sich stritten. Es war früh am Vormittag. Isabell hatte seit Tagen mit niemandem gesprochen und ihre Arbeit komplett von sich geschoben. In einer E-Mail hatte sie Peter Whitehead, ihrem Vorgesetzten, die Situation erklärt und die Verantwortung für alle Projekte, an denen sie beteiligt war, abgegeben. Für das PLM-Projekt der Firma KMT, für das sie dank Adams hervorragenden Einschreitens den Zuschlag für die erste Phase bekommen hatten, hatte sie Adam vorgeschlagen – er habe ihr geholfen, das Konzept zu erstellen und würde sich als Nachfolger bestens eignen. Daraufhin hatte sie ihr Mobiltelefon tief in der Tasche vergraben und nicht mehr herausgeholt.

Bis jetzt. Unsicher betrachtete Isabell das dunkle Display. Sollte sie nachsehen, welche Nachrichten sie in der Zwischenzeit bekommen hatte? Was sich getan hatte? Sie atmete tief ein und ließ die Luft langsam zwischen die Lippen entweichen, dann fuhr ihr Daumen über die Tastatur. Na gut, sie würde das Telefon einschalten. Zögernd schwebte ihr Daumen über der Tastatur. Wie war ihr PIN? Sie konnte sich nicht mehr an ihren PIN erinnern!

Fassungslos sah sie auf die Zahlen, wagte aber nicht, auf eine zu drücken. Wie konnte das sein? Ihr Handy hatte sie jahrelang jeden Tag benutzt, täglich mehrere Male den Code eingegeben. Nicht einmal im Traum hätte sie sich vorstellen können, dass sie jemals den vierstelligen Zahlencode vergessen könnte, und doch er war wie aus ihrem Gedächtnis ausradiert. Sie bemerkte, dass ihr rechter Fuß nervös wippte und sich das aufkommende Panikgefühl wie eine gefräßige Bestie in ihrer Magengegend breitmachte. Sie schloss die Augen und versuchte ihren Atem zu kontrollieren. Sehr bewusst ließ sie ihren Daumen noch einmal über die Tastatur gleiten, ja, doch 3591, das war der PIN. Ohne weiter zu überlegen, tippte sie die Zahlen ein und das vertraute Signal ertönte. Das Telefon schaltete sich ein.

Seit Tagen zum ersten Mal hatte Isabell den Wunsch, mit jemandem zu sprechen. Eine gute Freundin wäre jetzt nicht schlecht, doch ihr wurde erneut schmerzlich vor Augen geführt, dass sie keine hatte. Das war bisher auch nicht nötig gewesen. Die Arbeit und Simons gelegentliche Besuche hatten sie komplett ausgelastet – sie hätte für eine Freundin weder die Zeit gehabt, noch das Bedürfnis nach allzu viel Nähe. Wie überheblich das auf einmal klang! Isabell scrollte durch ihr Adressregister und blieb bei Simons Telefonnummer hängen. Ach, Simon! Es tat ihr leid, dass sie beim letzten Mal im Streit auseinandergegangen waren. Rasch hörte sie die Mailbox ab: Nein, er hatte sich nicht gemeldet. Isabell wunderte das nicht. Simon ging Problemen gerne aus dem Weg, das wusste sie. Jedes Mal, wenn es Konflikte gegeben hatte, hatte er den Kopf eingezogen und gehofft, dass sich der Streit irgendwie in Wohlgefallen auflösen würde. Was auch immer so gewesen war.

Ohne dass es ihr wirklich bewusst geworden war, hatte Isabell auf »Wählen« gedrückt. Aber, wie so oft, meldete sich nur seine Mailbox. Isabell legte auf, ohne eine Nachricht hinterlassen zu haben. Sie scrollte weiter in ihren Kontaktdaten. Anke vielleicht? Ach, nein, die Bekanntschaft war nur oberflächlich. Anke würde sich wundern, wenn Isabell plötzlich ankäme und ihr von ihrem Leben erzählen wollte. Außerdem war die vielbeschäftigte Anke keine gute Zuhörerin.

Irene? Sie war eine Kollegin, die Projekte im Ausland betreute. Sie hatten hin und wieder miteinander zu tun gehabt und sich eigentlich ganz gut verstanden. Warum nicht? Nachdem sie sonst niemanden in ihrer Liste gefunden hatte, wählte sie Irenes Nummer.

Irene hob sofort ab. »Hallo, Isabell! Freut mich, dass du dich meldest. Hab schon gehört, dass es dir nicht so gut geht.«

Dann hättest du auch mich anrufen können, schoss es Isabell durch den Kopf, sie schob den Gedanken allerdings schnell wieder beiseite. »Es geht mir wirklich nicht besonders gut. Genau genommen geht's mir schlecht!«

»Oh, das tut mir leid zu hören. Möchtest du darüber reden?«, fragte Irene, und Isabell hörte echtes Mitgefühl in ihrer Stimme mitklingen – das tat gut.

»Ja gerne, ich glaube, es würde mir guttun. Ich bin gerade im Englischen Garten.«

»Weißt du was, dann treffen wir uns beim Seehaus am Großhesseloher See. Ich bin in einer Stunde da. Wir trinken einen Kaffee und du erzählst mir in Ruhe, was dich bedrückt. Was hältst du davon?«

Isabell empfand in diesem Augenblick so etwas wie einen Funken Frohmut, etwas, das sie schon seit einer Ewigkeit nicht mehr verspürt hatte. Sie freute sich regelrecht, und es war ein gutes

Gefühl, eine private Verabredung zu haben. Gemächlich schlenderte sie in Richtung Seehaus.

Genau eine Stunde später saßen sich Isabell und Irene im Biergarten am See gegenüber und wärmten sich die Hände an ihren Kaffees. Trotz Sonnenschein war die Luft kühl und der aufkommende Wind tat sein Übriges.

Isabell erzählte Irene alles, was in den letzten Tagen über sie hereingebrochen war. Angefangen von ihrem Zusammenbruch in der Besprechung bis hin zum Tod ihrer Mutter. Und obwohl sie ihre persönliche Geschichte wiedergab, kam es Isabell vor, als erzähle sie von einer fremden Person. Alles war so weit weg. Dennoch tat es gut, diese Geschichte jemanden anvertrauen zu können, auch wenn Irenes Telefon einige Male klingelte und Irene die Gespräche annahm. Isabell erleichterte es, sich aussprechen zu können. Sie fühlte sich befreiter.

Nachdem Irene nach einem erneuten Telefonat aufgelegt hatte, sagte sie: »Es tut mir leid, dass ich ständig unterbrochen werde. Aber das ist wichtig, kennst du ja.« Und dann fügte sie hinzu: »Das mit deiner Mutter tut mir wirklich leid. Aber weißt du, manchmal ist es für einen Menschen besser, zu sterben, als so im Pflegeheim hilflos dazuliegen.«

Isabell sah sie entsetzt an, so dass Irene sich schnell rechtfertigte. »Na ja, schau mal, was hatte sie denn noch vom Leben? Und was deine Arbeit betrifft. Du darfst halt nicht alles alleine machen wollen. Du musst auch delegieren können. Ich habe die letzten Tage mit Simon gesprochen. Er meinte auch, dass du dir zu viel aufgehalst hast.«

Isabell zog die Augenbrauen hoch: »*Du* hast mit Simon gesprochen? Wann?«

»Ich weiß nicht mehr so genau. Irgendwann in den letzten Tagen«, sagte Irene ausweichend. »Weißt du, du musst ihn auch verstehen!«

»Was muss ich verstehen?«, fragte Isabell ehrlich erstaunt.

»Simons Situation. Auch er hat viel um die Ohren. Er hat noch ein Projekt dazubekommen, weil es bei Leon nicht so gut läuft. Da muss er sich erst mal ordentlich einarbeiten, denn noch eine Pleite und der Kunde ist weg.«

Warum verteidigte Irene Simon? Was sollte das denn? Wem ging es denn im Moment schlecht, ihr oder Simon? Wer hatte bis zum Erschöpfungszustand gearbeitet? Wer war zusammengebrochen, weil das Gehirn nichts mehr verarbeiten konnte? Doch nicht Simon! Warum zeigte Irene nicht mehr Verständnis für Isabells Situation? Isabell wurde das Gefühl nicht los, dass auch Irene nicht verstand, wie es ihr wirklich ging. Sie unterhielten sich noch eine Weile über Belangloses, bis Irene sich verabschiedete und davoneilte, das Telefon schon wieder am Ohr.

Isabell schaute ihr noch lange nach. Sie schüttelte erstaunt den Kopf: Irene hatte doch tatsächlich Simons Verhalten verteidigt. Was für eine verdrehte Welt!

Immer noch irritiert, wandte sie sich ab und ging in die entgegengesetzte Richtung durch den Park zur Innenstadt. Sie schlenderte am Chinesischen Turm vorbei, ging am Eiskanal entlang und blieb am Eisbach stehen, um die Waveboarder zu beobachten, die auf der künstlichen Welle am Isarkanal surften. Es war warm und die Luft roch nach Frühling, nach Leben, nach Sonne, nach Urlaub. Wie schön München doch war! Sie wohnte doch schon ewig hier – wieso war ihr das noch nie vorher aufgefallen?

Mit einem anderen Blick auf ihre Umgebung ging Isabell weiter, spazierte vorbei am Haus der Kunst in den Hofgarten und stieg ein paar Stufen der mächtigen Treppe hoch, die zur Staatskanzlei führte. Dort ließ sie ihren Blick über den Hofgarten schweifen. Zu ihren Füßen lag eine kleine Rosenanlage, in deren Mitte ein pittoresker Pavillon thronte, darum herum in Mustern angeordnete Rosensträucher. Weiter nördlich, hinter hohen Mauern, war die Akademie der Wissenschaften verborgen, nur die Theatinerkirche, ragte mit ihrer gelben Fassade in den Himmel.

Ein Stück weiter in dieser Richtung lag auch das Bürogebäude der Matexa-Consulting. Lächelnd erinnerte sich Isabell an ein früheres Projekt – die Geschäftsführung der Firma saß in den oberen Stockwerken. Auch der markante »Vierzylinder«, das Verwaltungsgebäude von BMW, war in diesem Viertel, wie auch die Firmensitze vieler weiterer Automobilzulieferer. Isabell konnte sich gar nicht mehr erinnern, in wie vielen Büros sie dort schon ein- und ausgegangen war und sich der Probleme der Firmen angenommen hatte. Ihr kam es vor, als läge ihr die Stadt zu Füßen, schützend überdeckt von einem blauen Himmel mit weißen Schäfchenwolken – aber sie persönlich bestand nur aus einem Mosaik vergangener Projekte.

Und dann drängte sich in ihr augenblickliches Wohlbefinden ein fremdartiges Gefühl hinein und machte sich in ihrem Körper breit, durchzog ihre Adern und ließ ihre Nervenstränge vibrieren. Diese plötzliche Unruhe hatte nichts mit ihrer aktuellen gesundheitlichen Situation zu tun, oder doch? Es war keine Panikattacke, wie Isabell im ersten Moment befürchtet hatte, und doch brodelte es in ihr, ohne dass sie es sich erklären konnte. Dieses Gefühl wurde immer stärker.

Und plötzlich geschah es!

Sie wusste nicht, woher er gekommen war, doch in diesem

Moment war der Entschluss gefasst: Sie würde sich eine längere Auszeit nehmen, um wieder fit zu werden! Sie würde München verlassen, so schön es hier auch war. Aber hier erinnerte sie alles zu sehr an ihre Arbeit, an ihre Projekte, an die Hektik – und an ihre Einsamkeit. Sie musste fort! Abstand von dieser Stadt bekommen, Abstand von ihrer Arbeit, Abstand von ihrem jetzigen Leben. Sie würde *genau das* tun, was der Arzt ihr angeraten hatte. Beflügelt von der neuen Idee sprang sie, zwei Stufen auf einmal, die Treppe hinunter und lief zu ihrem Auto.

Isabell saß angespannt auf dem tiefen Ledersessel vor dem Schreibtisch ihres Vorgesetzten. Peter Whitehead war vor einigen Jahren von der amerikanischen Mutterfirma nach Deutschland gekommen, um die Münchner Zweigstelle zu leiten. Obwohl sie ein gutes Verhältnis zu ihm hatte, war sie immer bei dem formellen »Sie« geblieben – während er sie mit ihrem Vornamen ansprach. Sie wusste, dass Whitehead sie schätzte – er hatte das bei verschiedenen Gelegenheiten betont –, dennoch hatte sie Bedenken, dass er ihre jetzige Entscheidung nachvollziehen konnte. Sie hatte ihm gerade die Ereignisse der letzten Zeit geschildert, die ärztliche Diagnose erörtert und ihm eröffnet, dass sie überlegte, eine dreimonatige Auszeit zu nehmen. Dass sie sich um ihre Gesundheit kümmern müsse, dass ihr Körper unmissverständliche Signale aussende und sie erst wieder zu Kräften kommen müsse, um danach mit neuer Energie weitermachen zu können. Als sie ihren Monolog zur Rechtfertigung ihres Wunsches beendet hatte, betrachtete Whitehead sie ernst und schwieg.

Isabell wurde unruhig. Sie wagte nicht aufzublicken und massierte ihren rechten Daumen, der mit einem Mal unverhältnismäßig schmerzte.

Endlich brach ihr Chef das Schweigen. »Wie stellen Sie sich das vor, Isabell?«

»Ich habe noch sehr viel Urlaub übrig und für die fehlenden Tage möchte ich gerne unbezahlten Urlaub nehmen.«

»Und ihre Projekte?«

»Adam hat sich in das PLM-Projekt für KMT sehr gut eingearbeitet, er führt es momentan und könnte es komplett übernehmen. Die anderen beiden sind erst in der Akquise, dort kann jederzeit jemand anderes einspringen.«

Whitehead fuhr mit der Hand über seinen Dreitagebart. Er überlegte offensichtlich. Dann sah er sie an. In seinem Blick lag Mitgefühl. Isabell fiel ein Stein vom Herzen, denn in diesem Moment wusste sie, dass er sie verstand.

»Es tut mir sehr leid, was Ihnen in der letzten Zeit widerfahren ist, ich kann Sie gut verstehen. Ich werde Ihren Antrag auf sofortigen Urlaub genehmigen. Wir werden auch einen Ersatz für Sie finden, der ihre restlichen Projekte weiterführt.«

Dankbar lächelte Isabell ihren Chef an. Einerseits war sie unheimlich froh, dass Whitehead sie verstand und offensichtlich gewillt war, ihren Antrag zu unterstützen, andererseits fühlte sie einen schmerzhaften Moment der Enttäuschung, als ihr bewusst wurde, wie austauschbar sie war. Doch sie schob den Gedanken zur Seite. In diesem Moment war nur wichtig, dass sie sich auf sich selbst besinnen konnte, und sie war froh, keine langen Diskussionen führen zu müssen.

»Wissen Sie schon, was Sie machen werden? Werden Sie sich behandeln lassen? In eine Klinik gehen?«

Isabell sah auf und musterte ihren Chef überrascht. »Ich bin überarbeitet, ja! Erschöpft, auch! Aber ich bin nicht krank!«

Whitehead räusperte sich und wechselte das Thema. »Gut. Ich informiere die Personalabteilung über unser Gespräch und Sie klären den Rest direkt mit denen.« Er erhob sich, ging um seinen Schreibtisch herum und gab ihr die Hand. »Ich wünsche Ihnen alles Gute und eine gute Erholung. Passen Sie auf sich auf und melden Sie sich, wenn Sie etwas brauchen sollten.«

Sie verließ das Büro ihres Vorgesetzten und ging langsam den Gang entlang, vorbei an den Büros ihrer Kollegen. Sie hatte das merkwürdige Gefühl, dass man sie einerseits unbemerkt beobachtete, aber andererseits wegsah, wenn sie die Hand hob, um zu grüßen. Einige der Kollegen taten so, als hätten sie Isabell gar nicht bemerkt. Ihre Entscheidung und das Ergebnis des Gesprächs mit Whitehead konnten sich noch nicht herumgesprochen haben. Es war mit Sicherheit ihr Versagen, über das sich alle den Mund zerrissen. Sie konnte sich die wilden Spekulationen hinter ihrem Rücken bildlich vorstellen. Aber offensichtlich wusste keiner so genau, wie man mit ihr umgehen, was man mit ihr reden oder ob man besser auf ihre Situation überhaupt nicht eingehen sollte. Wahrscheinlich lief die Gerüchteküche auf Hochtouren, vielleicht sogar angeheizt von den Informationen, die Irene nach ihrem Treffen verbreitet hatte.

Fast tat es Isabell leid, Irene bereitwillig so viel von sich erzählt zu haben. Vielleicht war Irene auch nur zu ihrem Treffen gekommen war, um ihre Neugier zu befriedigen.

Warum war sie denn auf einmal so empfindlich? Isabell war es doch sonst auch immer gleichgültig gewesen, was andere redeten. Sie beschloss, die Blicke zu ignorieren, ging erhobenen Hauptes in ihr Büro und schloss die Tür hinter sich. Das Erschöpfungsgefühl machte sich erneut breit, und Isabell lehnte sich an die Wand. Ihr war nicht bewusst gewesen, wie viel Kraft sie dieser Gang in die Firma kosten sollte. Sie atmete tief durch, setzte sich an ihren Schreibtisch und holte mit zittrigen Fingern ihren Firmenlaptop heraus. Nun war sie froh, dass sie immer peinlichst darauf geachtet hatte, Geschäftliches von Privatem zu trennen. Sie würde ihn für denjenigen, der sie hier vertreten sollte, stehenlassen.

Noch ein letzter Blick darauf – dann machte sie sich daran, ihre wenigen privaten Habseligkeiten aus dem Büro einzusammeln. Aus irgendeinem Grund wollte sie nichts zurücklassen – nichts Persönliches von ihr sollte in diesem Raum bleiben. Sie öffnete sämtliche Schubladen – viel war aber auch nicht da, es passte alles in die Stofftasche, die sie in der untersten Schublade gefunden hatte: Eine Schachtel schwarzen Tees und eine kleine weiße Katze aus Ton, die sie einmal von einer Praktikantin geschenkt bekommen und aus Sentimentalität behalten hatte. Das meiste in den anderen Schubladen waren Werbegeschenke, die sie darin beließ: Was sollte sie mit einem Kugelschreiber, bei dem die Mine fehlte, einem Brieföffner und unzähligen Notizblöcken mit Werbeaufschrift anfangen? Langsam ließ sie ihren Blick durch das Zimmer schweifen und horchte in sich hinein. Was spürte sie in diesem Moment: Wehmut? Trauer? Nein! Sie spürte tatsächlich gar nichts. Isabell fühlte sich nur unglaublich ausgelaugt und leer.

Sie wollte nicht weiter darüber nachdenken, schloss die Tür ihres Büros hinter sich und ging in Richtung des Fahrstuhls. Sie musste diesen Ort hier so schnell wie möglich verlassen. Als sie an der Kaffeeküche vorbeikam, hörte sie Gelächter und blieb wie festgewachsen an der Türe stehen, als sie sah, dass Simon mit Irene und einer weiteren Kollegin an der Kaffeemaschine stand und scherzte. In dem Augenblick, als er Isabell entdeckte, gefror ihm allerdings das Lachen im Gesicht. Alle drei schauten sie entgeistert an, als wäre sie Godzilla, der über der Skyline der Stadt auftauchte. Irene und die andere Kollegin wechselten irritierte Blicke und drückten sich mit einem entschuldigenden Gemurmel an Isabell vorbei, während Simon beklommen in seine Kaffeetasse starrte.

»Hallo, Simon. Ich wollte euer nettes Beisammensein nicht unterbrechen.« Isabell zeigte ihre Tasche. »Ich habe nur noch einige Kleinigkeiten geholt, bevor ich gehe.«

»Du gehst? Was heißt das?« Ehrlich überrascht stellte er die Kaffeetasse zur Seite.

»Hättest du mich in der letzten Zeit einmal angerufen oder wärst mal gekommen, dann wüsstest du, wozu ich mich entschieden habe.« Isabell schaffte es zu ihrem eigenen Ärger nicht, den vorwurfsvollen Unterton in ihrer Stimme zu unterdrücken.

»Es tut mir leid. Ich habe an dich gedacht, ehrlich! Aber ...«, er stockte. »Du weißt doch selbst, wie das ist. Man steckt so tief drinnen in der Arbeit, da vergisst man schon hin und wieder etwas.«

»Etwas?« Isabell hob gereizt ihre Augenbraue. »Ich bin also Etwas, dass man vergisst!«

»Das ist jetzt nicht fair von dir, du weißt, wie ich das gemeint habe«, gab Simon zurück.

»Ich hätte dich die letzten Tage gebraucht! Mir ging es hundsmiserabel. Ich dachte, wir wären ein Paar!«

»Das sind wir auch«, zischte Simon, schaute aber schnell auf seine Fußspitzen. Nach einer Weile fügte er leise hinzu. »Isabell, du hast ja recht! Ich hätte mich melden sollen, ich hätte bei dir sein sollen! Es tut mir leid!«

Betretenes Schweigen breitete sich zwischen ihnen aus. Nach einer Weile fragte Simon: »Du sagtest gerade, du würdest gehen. Was heißt das?«

»Das heißt, dass ich mir eine Auszeit nehmen werde.« Isabell drehte sich zur Seite – sie wollte seine Reaktion nicht ansehen müssen.

»Oh!« Das war offenbar alles, was Simon dazu einfiel. »Ähm, ja. Und was willst du machen?«

»Ich weiß es noch nicht.« Isabell drehte sich abrupt um und verließ die kleine Küche. Simons offensichtliche Gleichgültigkeit hatte sie tief getroffen, sie war verletzt und fühlte sich gedemütigt.

Simon lief ihr hinterher. »Ach, Isabell. Das mit deiner Mutter tut mir leid!«, rief er ihr nach. Es klang, als wäre ihm das gerade eben noch eingefallen. Vielleicht war es auch so. Isabell hob nur kurz die Hand, ohne sich umzudrehen, und ging weiter den Gang entlang.

»Wirklich! Ich rufe dich an!«

Sie spürte Simons Blicke in ihrem Rücken, wollte sich aber nicht mehr zu ihm umdrehen. Sie wollte ihn nicht sehen und ihn nicht sehen lassen, dass sich Tränen in ihren Augenwinkeln zu sammeln begannen. Er war in ihren bisher schwersten Stunden nicht bei ihr gewesen, hatte nicht an ihrer Seite gestanden und sie getröstet, sie unterstützt, ihr versichert, dass alles wieder gut werden würde. Das konnte sie ihm nicht so einfach verzeihen. Eine enorme Last drohte sie zu Boden zu pressen, sie musste hier raus! Energisch drückte sie auf den Knopf, um den Fahrstuhl zu holen. Wo blieb er denn nur! Sie musste raus aus diesem Gebäude, weg von diesen Menschen.

Erneut spürte sie Panik aufkommen! Der Fahrstuhl brauchte eine Ewigkeit, bis er endlich die Türen öffnete. Rasch trat Isabell ein und wagte nicht mehr zurückzublicken. Sie schloss die Augen, doch im selben Moment, als sich die Türen schlossen, überkam sie ein Gefühl der Enge. Es schnürte ihr die Kehle zu. Schweiß schoss aus allen Poren, ihr Atem ging oberflächlich. Ihr wurde schwindlig. Sie spürte, wie ihre Knie nachgaben, oder war es der Lift, der in die Tiefe sackte? In weiter Ferne hörte sie ein Krachen, als wäre Porzellan zerbrochen.

Ein sanftes Tätscheln auf ihrer Wange holte Isabell aus der friedlichen Dunkelheit.

»Hallo, hören Sie mich?«

Sie öffnete die Augen und sah die Decke des Fahrstuhls über sich. Ein Mann aus einer anderen Firma, den sie nur vom Sehen her kannte, beugte sich über sie. Seine Hand hatte einen leichten Duft nach Rasierwasser. Isabell versuchte sich aufzurichten.

»Warten Sie, ich helfe Ihnen!«

»Was ist passiert?«, fragte sie. Ihre Stimme war zittrig.

»Sie müssen ohnmächtig geworden sein. Kommen Sie, setzen Sie sich hier hin.« Er führte sie zu einem der Plastiksessel, die im Foyer standen, und griff nach seinem Handy. »Ich rufe einen Arzt!«

»Nein, nein! Vielen Dank, das brauchen Sie nicht!« Isabells Hand schnellte auf seinen Arm. »Ich bin nicht krank. Ich brauche nur ein wenig Ruhe. War etwas zu viel für mich in letzter Zeit.«

Der Mann sah sie zweifelnd an. »Sind Sie wirklich sicher?«

Isabell nickte. »Es geht schon wieder. Vielen Dank.« Sie lehnte sich in den Sitz zurück.

Ihr Helfer wirkte nicht überzeugt. »Wenn Sie meinen«, sagte er. Schließlich zuckte er mit den Schultern, wünschte ihr gute Besserung, drehte sich um und ging zum Lift, der immer noch wartete.

Isabell hob die Stofftasche auf ihren Schoß. Irgendetwas klimperte darin. Als sie hineinsah, entdeckte sie die Scherben der Porzellankatze, zerbrochen wie ihr ganzes Leben. Ohne Vorwarnung brach Isabell in einen heftigen Weinkrampf aus. Sie schluchzte und hielt die Scherben der Porzellankatze fest an sich gedrückt. Ihr war, als würde ihr Leben zertrümmert in ihren Händen liegen und sie dürfte keine einzige Scherbe verlieren. Sie drückte die Hand zu einer Faust, als wollte sie das Leben mit Gewalt festhalten, und bemerkte nicht, wie die Scherben sich dabei in ihre Hand bohrten. Doch was war das für ein Leben, an dem sie so krampfhaft festhalten wollte? Als sie die Hand wieder öffnete, sah sie eine kleine Blutspur, die eine Scherbe auf ihrer Hand hinterlassen hatte. Sie schaute lange auf ihre blutende Hand. Ein Leben, das ihr offensichtlich Schmerzen und Schaden zugefügt hatte?

Nach einer Weile stand sie auf, noch etwas benommen, und verließ das Gebäude. Vor der Tür nahm sie einen langen Atemzug. Das tat gut! Ohne sich noch einmal umzudrehen, ging sie zu ihrem Auto, stieg ein und fuhr los.

Die Genehmigung für Isabells unbezahlten Urlaub wurde innerhalb eines Tages erteilt – der Papierkram hielt sich erfreulicherweise in Grenzen. Nun hatte sie drei Monate vor sich, in denen sie machen konnte, was sie wollte und was ihr guttat. Sie hatte Zeit sich zu erholen und die wollte sie nutzen.

Tapetenwechsel hatte ihr der Arzt geraten. Sie stand am Fenster und schaute ins Schneegestöber. Mittlerweile war es Mitte April und das Wetter machte diesem Monat alle Ehre. Fast stündlich wechselten sich Sonnenschein und warme Frühlingstemperaturen mit Schneeregen, Graupelschauern und Kälte ab. Sie beobachtete die großen Schneeflocken, die an ihrem Fenster vorbeischwebten, und fröstelte. Eines war klar: Isabell brauchte Sonne und Licht, sehnte sich nach Wärme.

Das Klingeln ihres Mobiltelefons auf dem Wohnzimmertisch

riss sie aus den Gedanken. Simons Name blinkte auf dem Display. Sie verschränkte ihre Arme und drehte sich weg. Er hatte schon mehrere Male angerufen, aber wie die Male zuvor, ignorierte Isabell auch diesen Anruf.

Sie kramte ihren alten, privaten Laptop hervor, fuhr ihn hoch und suchte im Internet nach Ferienhäusern im Süden. Interessiert scrollte sie durch Gebiete in Italien – Toskana und Emilia Romagna, allein die Namen der Orte klangen schon nach Erholung, nach Wärme, dem Duft von Kräutern und Rotwein. Nach Urlaub. Oder Spanien? In Gedanken fuhr sie die Costa Brava entlang. Sie fand einige entzückende Häuschen, aber keines davon sprach sie wirklich an. Kurze Zeit später suchte sie in Frankreich. Ja, warum nicht Frankreich?

Lächelnd dachte sie an ihren ersten Frankreichaufenthalt zurück, der viele, sehr viele Jahre zurücklag. Sie hatte nach dem Betriebswirtschaftsstudium drei Wochen in Toulouse verbringen wollen, um ihre Sprachkenntnisse zu verbessern. Doch daraus waren zweieinhalb Jahre geworden. Sie hatte sich – wie hatte es anders kommen können – in einen jungen, gutaussehenden und humorvollen Franzosen verliebt und war bei ihm geblieben. Isabell hatte zu dieser Zeit keinerlei Verpflichtungen gehabt und der junge Franzose, Pierre, hatte gerade sein letztes Semester im Studium für Kunstgeschichte absolviert.

Es war eine himmlische Zeit gewesen, erinnerte sie sich wehmütig, voller Verliebtheit und verrückter Ideen. Doch eines Tages war Pierres Vater unerwartet gestorben, und Pierre war gezwungen gewesen, das kleine Familien-Restaurant zu übernehmen. Damit war die unbeschwerte Zeit vorbei gewesen.

Isabell hatte Pierre die erste Zeit noch geholfen, doch waren die

Probleme auf Dauer immer größer geworden. Isabell hatte sich nicht damit abfinden können und wollen, dass sie so viele Jahre studiert hatte, nur um in der Küche einer Kneipe zu enden. Kurzerhand hatte sie ihre Koffer gepackt und Pierre und Frankreich verlassen.

Wie ihr Leben wohl verlaufen wäre, wenn sie dort geblieben wäre, fragte sich Isabell. Sie schob den Gedanken energisch zur Seite –dass eine frühe Fehlentscheidung für ihr jetziges Dilemma verantwortlich sein könnte, darüber wollte sie jetzt wirklich nicht nachdenken. Sie konzentrierte sich wieder auf die Ferienhaus-Angebote, verglich Häuser aus der Camargue, Côte d'Azur und der Provence – aber diese Gegenden entlang der Küstenregion waren ihr zu touristisch und die Preise zu hoch.

Plötzlich stieß sie auf ein Angebot in der Provence. Abseits vom Tourismus im Hinterland in Brassine wurde ein kleines Häuschen beworben. »Entspannen und Wohlfühlen in den Hügeln der Provence«, stand da. Abgebildet war ein zweistöckiges Häuschen aus Stein im typischen Baustil der Gegend. Mit hellblauen Fensterläden und einem geschmiedeten Balkongeländer. In dem provenzalisch gestalteten Garten blühte der Oleander, es gab einen kleinen Olivenbaum und Rosensträucher. Sogar über einen Swimmingpool verfügte das Anwesen! Isabell träumte sich in das kleine Haus und stellte sich vor, wie sie auf der Terrasse in der Sonne sitzen würde, ein Schälchen selbstgezogener Tomaten auf dem Tisch, und ihre Freiheit genießen würde.

Ein Blick aus dem Fenster holte sie in die Münchner Wirklichkeit zurück – der Schnee hatte sich mittlerweile in Regen verwandelt.

Südfrankreich im Frühsommer, das war es! Isabell wollte nicht mehr lange überlegen. Sie verfasste eine Anfrage an den Vermieter in flüssigem Französisch und drückte entschlossen auf »Send«.

Kapitel 4

Isabell hatte sich für die Route über den Brenner entschieden. Die Lichtverhältnisse durch den einsetzenden Sprühregen machten ihr zu schaffen und sie war froh, dass wenig Verkehr herrschte. Es fiel ihr auch ohne Autoschlange schon schwer genug, sich auf das Autofahren zu konzentrieren, und deshalb passte sie sich der Geschwindigkeit eines Kleintransporters auf der rechten Spur an. Das Radio hatte Isabell ausgeschaltet, um sich besser konzentrieren zu können, und sie versuchte krampfhaft, nicht an Simon zu denken, von dem sie immer noch bitter enttäuscht war. Hin und wieder schreckte sie hoch, weil sie dachte, das Telefon würde klingeln, aber es war nur das monotone Motorengeräusch zu hören.

Ihre Gedanken wanderten zurück. Was waren das für hektische Tage gewesen. Die Antwort des Vermieters, der selbst in Paris wohnte, hatte nicht lange auf sich warten lassen. Schon am Tag nach ihrer Anfrage hatte Isabell die Antwort bekommen, dass das Ferienhaus für den von ihr anvisierten Zeitraum zur Verfügung stünde, und, ohne lange zu überlegen, hatte sie ganze drei Monate gebucht. Daraufhin war sie voller Tatendrang in die Stadt zum Einkaufen gefahren. Sie lächelte, als sie daran zurückdachte, wie sie in diesem großen Einkaufszentrum gestanden und sich überlegt hatte, was sie denn für die kommenden drei Monate alles brauchen würde. Was würde sie denn tun? Isabell konnte sich gar nicht vorstellen, drei Monate einfach *nichts* zu tun, aber genau dafür fuhr sie ja dorthin. Nichts tun! Würde ihr da nicht furchtbar langweilig werden? Und was trug man zum Nichtstun?

Einen Laden mit sehr junger, ausgeflippter Mode ließ Isabell unbeachtet und betrat ein Geschäft, das etwas gediegenere Modelle im Schaufenster hatte. Sie musterte gerade unentschlossen ein schwarzes Kleid mit weißen Punkten und überlegte, ob das wohl etwas für sie wäre, als eine Verkäuferin an sie herantrat.

»Kann ich Ihnen behilflich sein?«

»Ach, ich weiß nicht. Ich bin auf der Suche nach einem Sommerkleid für den Urlaub. Aber ich glaube, ich habe schon etwas gefunden.« Isabell hielt das schwarz-weiße Kleid in die Höhe.

»Wo soll es denn hingehen?«

»Nach Südfrankreich, in die Provence«, antwortete Isabell. »Ich habe dort ein Ferienhäuschen gemietet, und es soll ein Erholungsurlaub werden«, fügte sie mit Stolz in der Stimme hinzu.

»Aber dann brauchen Sie doch eher etwas mit fröhlichen Farben! Sehen Sie hier!« Die Verkäuferin holte ein luftiges Sommerkleid in einem zarten Lila – mit großen pastellgelben Blumen – von einem Ständer und hielt es Isabell hin. »Oder das da?« Das zweite Kleid, das ihr die Verkäuferin zeigte, war um einiges kürzer und reichte ihr nicht einmal bis an die Knie. Es war zweifelsohne hübsch, aber das knallige Rot und die vielen kleinen blauen Herzen ließen Isabell zweifeln.

»Probieren Sie doch beide einfach mal an. Sie werden sehen, die Farben stehen Ihnen sehr gut«, forderte die Verkäuferin Isabell auf, als sie immer noch unschlüssig dreinblickte.

Die nächsten zwei Stunden verbrachte Isabell damit, die unterschiedlichste Sommerkleidung anzuprobieren. Die Verkäuferin hatte es sich zur Chefsache gemacht, Isabell umfangreich zu beraten und brachte ihr immer weitere Röcke, Kleider, T-Shirts, Hosen in hellen und fröhlichen Farben, und Isabell stellte zu ihrer eigenen Überraschung fest, dass sie sich tatsächlich darin wohl fühlte.

Stunden später verließ sie das Geschäft mit zwei großen Tüten voller bunter Sommerkleider mit erfrischenden Motiven, einer weißen, weitgeschnittenen Hose, einigen T-Shirts und einem rotgelb gestreiften Bikini.

Beschwingt vom Kauferfolg der letzten Stunden betrat sie eine Bücherei. Wann hatte sie das letzte Mal ein Buch gelesen? Einen richtigen Roman, der einen aus dem Hier und Jetzt in eine andere Welt versetzen konnte? Sie konnte sich überhaupt nicht mehr erinnern, irgendetwas anderes als Fachliteratur gelesen zu haben. Suchend ging sie an den Regalen entlang und betrachtete erstaunt die vielen unterschiedlichen Genres, die hier ausgestellt waren. Sie hatte keine Ahnung, wofür sie sich entscheiden sollte. Las sie gerne Krimis oder Fantasy-Romane? Oder vielleicht doch eher einen Liebesroman? Sie war ernsthaft überrascht, diese Frage für sich nicht beantworten zu können.

Nachdem sie viele Klappentexte überflogen hatte, entschied sie sich für drei Bücher – einen Thriller mit dem reißerischen Titel »Das kochende Blut«, einen historischen Roman über das frühgeschichtliche Schottland mit 1056 Seiten und einen Liebesroman, der laut Kurzbeschreibung jede Leserin dahinschmelzen lassen würde.

Noch am Nachmittag desselben Tages packte Isabell und gab ihrer Putzfrau Bescheid, dass sie doch bitte in den kommenden Monaten nach der Wohnung und der Post sehen möge.

Und am nächsten Morgen war sie losgefahren.

Nun saß sie im Auto, fuhr auf der Brennerautobahn Richtung

Süden. Als sie merkte, dass sie vollkommen unbewusst mit der Telefontaste am Lenkrad spielte, ermahnte sie sich aufmerksamer zu sein. Wie eingebrannt doch solche Gewohnheiten waren! Sie konnte ohnehin weder telefonieren, noch konnte sie irgendjemanden erreichen, denn ihr Telefon hatte sie bewusst zuhause gelassen. Es lag neben der Kopie der Buchungsbestätigung für das Ferienhäuschen auf dem Wohnzimmertisch.

Simon hatte sie mit Absicht nicht erzählt, wohin sie unterwegs war. Ob es nicht fairer gewesen wäre, ihm Bescheid zu geben, fragte Isabell sich, aber dann zuckte sie gleichgültig mit den Achseln. Und jetzt war es sowieso zu spät. Die Beziehung zu Simon war in letzter Zeit auch nicht richtig rund gelaufen und vielleicht würde ihnen beiden der Abstand voneinander guttun. Man würde Zeit und die Gelegenheit haben, sich gegenseitig zu vermissen.

Das energische Hupen eines Lastwagens, der auf der Fahrspur neben ihr auftauchte und im Begriff war sie zu überholen, holte Isabell in die Realität zurück. Erschrocken stellte sie fest, dass sie mittlerweile so langsam geworden war, dass sie ein Verkehrshindernis darstellte. Hinter ihr hatte sich eine Lastwagenschlange gebildet und von dem kleinen Kastenwagen, hinter den sie sich gehängt hatte, war nichts mehr zu sehen. Entschuldigend hob sie die Hand und gab Gas.

Es war schon dunkel, als sie auf den Vorhof des kleinen Chalets fuhr. In ihr Navi hatte sie nur den nächstgelegenen größeren Ort Valensole eingeben können – die eigentliche Adresse war dem elektronischen Wegfinder unbekannt gewesen. Nachdem sie sich einige Male verfahren hatte und mehrmals nach dem Weg hatte fragen müssen, stand sie endlich vor dem Haus.

Ihrem Haus.

Für endlose drei Monate.

Steif wie eine Holzdiele stieg sie aus dem Auto, streckte müde ihre Glieder und atmete die frische Luft tief ein. Es roch nach Lavendel, nach Wildnis. Nach Freiheit. Sie konnte es nicht genau definieren, aber der Geruch war einfach wundervoll. Und Stille umgab sie, wie sie sie vorher noch nie erlebt hatte. Weder Auto- noch Fluglärm, keine Polizei- oder Krankenwagensirenen, die durch die Straßen heulten, kein Hupkonzert an der Ampel oder laute Musik aus der Nachbarwohnung, nicht einmal Grillenzirpen, kein Vogelgezwitscher, kein Windrauschen. Nur eine auf die Ohren drückende Stille, die sie im ersten Moment fast als unangenehm empfand. Isabell schluckte ein, zweimal, aber es änderte sich nichts. Im fahlen Licht des Mondes ging sie zur Haustüre und fand den Schlüssel, wie vereinbart, unter der Fußmatte.

Vorsichtig öffnete sie die Türe und tastete an der Wand entlang nach einem Lichtschalter. Sie fand einen runden Zylinder mit einem Kippschalter – und eine Glühbirne, überdacht von einem weißen Lampenschirm aus mattem Glas, erleuchtete den Eingangsbereich. Isabells Schritte hallten auf den Steinfliesen wider. Den Lärm, den sie dabei machte, kam ihr ohrenbetäubend vor.

Das Erdgeschoss bestand aus einem einzigen großen Raum: Eingangsbereich, Küche und Essplatz. Eine breite Steintreppe mit einem gusseisernen Handlauf führte in den ersten Stock, dort konnte sie eine Art Galerie erkennen. Die Küche war aus hellem, mattgrünem Holz, das mit den grauen Steinwänden und den gekalkten Dachbalken sehr gut harmonierte. Ein alter Herd aus weißer Emaille stand als Insel und Raumteiler inmitten der Küche und bildete einen fließenden Übergang zu einem hölzernen

Esstisch, an dem gut acht Leute Platz hatten. Dahinter war eine zweite Türe, die vermutlich auf die Terrasse und zum Pool führte. Unter der Treppe zum ersten Stock standen an die Wand gelehnt Gartenstühle, Liegen und ein kleiner Gartentisch.

Hingerissen ließ Isabell die Einfachheit des Raumes auf sich wirken. Es gab keinen Wohnbereich und keine Fernsehecke – der Raum beschränkte sich ausschließlich auf das Wesentliche und dennoch schien nichts zu fehlen.

Sie öffnete die Terrassentüre und trat hinaus. Der Mond spiegelte sich im Wasser des Pools, kein Lüftchen regte sich und über allem lag der herrliche Duft des Lavendels wie eine schwere Bettdecke. Sie schloss die Augen und sog den Geruch ein – wie beruhigend diese Veränderung doch auf sie wirkte! Sie war den ganzen Tag Auto gefahren, hatte 1200 km in ihrem Cabrio heruntergespult und dennoch fühlte sie sich so wach und lebendig wie schon lange nicht mehr. Am Rand des Pools beugte sie sich hinunter und tauchte ihre Hand ins Wasser. Es war noch kalt, aber die Sonne würde das Wasser bestimmt bald aufwärmen.

Um den Pool herum führte ein gefliester Weg. Der Garten selbst, soweit Isabell das im Mondlicht erkennen konnte, bestand aus einer Rasenfläche, eingerahmt von einer Reihe Büsche, die wohl die Grundstücksgrenze markierte. Sie erkannte auch den Olivenbaum, den sie auf den Bildern im Internet schon gesehen hatte – er war inzwischen ein Stück gewachsen.

Isabell genoss die Schönheit ihres kleinen neuen Reiches. Hier würde sie also die nächsten drei Monate verbringen. Sie machte kehrt, ging ins Haus zurück, stieg die Treppe hinauf in den ersten Stock. Von der Galerie, die sie schon von unten gesehen hatte, gingen drei Türen ab und am Ende hing ein schwerer Wandteppich.

Neugierig öffnete Isabell die erste Tür. Dahinter verbarg sich das spartanisch ausgestattete Badezimmer, in dem eine weiße Badewanne auf Silberfüßen mitten im Raum stand und die Wasserleitungen sichtbar verlegt waren. Der Anblick rührte Isabell – es war so wundervoll nostalgisch.

Die nächste Tür führte in ein kleines Schlafzimmer mit zwei einzelnen Betten an den Wänden und einer Kommode. Das dritte Zimmer am Ende des Flurs, neben dem der riesigen Wandteppich hing, war wesentlich geräumiger. Auf der einen Seite befand sich ein Doppelbett mit einem gusseisernen Rahmen und an der Wand gegenüber stand ein einfacher Kleiderschrank aus hellem Holz, daneben eine mit Schnitzereien verzierte weiße Kommode mit einem altmodischen Schminkspiegel darauf.

Aus diesem Raum führte eine Tür auf den Balkon, von dem aus Isabell auf die Terrasse und den Pool sehen konnte. Hinter der Buschreihe erstreckten sich Lavendelfelder soweit das Auge reichte. Schemenhaft konnte Isabell die geordneten Reihen der kleinen Büschchen als Silhouette erkennen, bis die Dunkelheit die Landschaft komplett verschluckte. War das schön hier! Und friedlich! Überwältigt richtete sie ihren Blick nach oben in den sternenübersäten Himmel. Nie zuvor hatte sie das leuchtende Sternenband der Milchstraße so deutlich gesehen. Einige Sterne schienen ihr sogar zuzublinzeln. Nur mühsam löste sie sich von dem imposanten Anblick, ging zurück ins Schlafzimmer und ließ sich rückwärts auf das Bett fallen. Sie war seit langem nicht mehr so ruhig gewesen, so zufrieden, so glücklich, stellte sie fest! Und hatte sich im Handumdrehen in dieses kleine Juwel von Haus verliebt.

Später, nachdem Isabell ihre Taschen aus dem Auto ins Haus

gebracht und sich halbwegs wohnlich eingerichtet hatte, saß sie, in eine dicke Jacke gehüllt auf der Terrasse – noch waren die Nächte frisch. Verzaubert lauschte sie in die Stille. Sie hatte vergessen, wie leise es doch sein konnte. Doch als sie darauf achtete, waren da sehr wohl Geräusche – kleine Geräusche, die das Gehirn gelernt hatte als unwichtig abzutun und auszublenden. Unter einem der Sträucher raschelte es und Ästchen knackten, etwas streifte dort durchs Unterholz – ein Igel oder ein Marder – und etwas weiter entfernt rief ein Käuzchen. Oder war das eine Eule?

Je mehr sich Isabell auf die Stille einließ, desto mehr Geräusche konnte sie unterscheiden, Geräusche, die sie seit Jahren nicht mehr wahrgenommen hatte. Was sie jedoch am meisten faszinierte, war der Geruch nach Wildnis, nach Natur – und nach Frieden.

Die nächsten zwei Wochen waren für Isabell nicht nur erfreulich. Ja – sie genoss die Einsamkeit in vollen Zügen. Es gab keine Verpflichtungen, keine Termine, keine Meetings, sie musste sich nicht früh aus dem Bett quälen, weil sie den Zug oder den Flug zu einer Kundenbesprechung erwischen musste. Gedanken, die sie belasteten, etwa an ihre Projekte oder ihre Rückkehr zu Arbeit, schob sie aktiv und entschlossen von sich und beschäftigte sich mit etwas anderem. Sie hatte mehrmals angefangen, eines ihrer Bücher zu lesen, die sie für den Urlaub gekauft hatte, doch verschwammen sofort die Buchstaben vor ihren Augen, wenn sie versuchte, sich auf den Inhalt zu konzentrieren. Somit begnügte sie sich die ersten Tage damit, eingewickelt in eine Decke in der Sonne zu sitzen und die Vögel im Garten zu beobachten.

Doch ihr Unterbewusstsein ließ sich nicht so schnell durch einfache Ablenkung besänftigen. Nachts war es am schlimmsten. Manchmal erwachte sie schweißgebadet, weil sie geträumt hatte, vollkommen unvorbereitet vor einem Kunden zu stehen und eine Präsentation halten zu müssen. Oder sie war schlafgewandelt und schreckte zitternd und weinend auf, in der Ecke des Schlafzimmers auf dem Fußboden zusammengekauert, ohne jegliche Erinnerung, wie sie dorthin gekommen war. In einer anderen Nacht war ihr im Halbschlaf ein weiterer Gliederungspunkt eingefallen, den sie in ihrem letzten Projekt noch gar nicht behandelt hatte. Sie war aus dem Bett gesprungen und hatte den kompletten Kleiderschrank nach ihrem Laptop abgesucht, bis ihr eingefallen war, dass sie nicht zuhause war und hier keinen Laptop finden würde. Nach solchen Nächten verbrachte Isabell die Tage zurückgezogen, entweder auf der Terrasse oder im Haus. Oft auch im Bett, wenn sie sich nicht imstande fühlte, aufzustehen. Mit der Zeit gewöhnte sie sich jedoch an diese Vorfälle. Sie hatte sich im Vorfeld im Internet informiert, in Fachartikeln nachgelesen und erfahren, dass so etwas passieren konnte.

Nach und nach wurden die Nächte ruhiger, sie litt immer seltener unter Kopf- und Muskelschmerzen. Ihr Nacken schien sich zu entspannen, und sie stellte erfreut fest, dass sie sich im Gesamten deutlich besser fühlte.

Einige Tage später fühlte Isabell sich fit genug, die Umgebung zu erkunden. Die Hecke ihres Gartens warf noch lange Schatten, als sie sich aufmachte, die Ortschaft, an deren Rand ihr Ferienhäuschen stand, näher kennenzulernen. Entspannt schlenderte sie durch die engen Gassen entlang der alten Steinhäuser. Marode Schilder, die noch über manchen Eingangstoren hingen und Metallwarenhändler, Schuhmacher oder Barbiere auswiesen, schaukelten leise knarzend im Wind.

Eine braunweiße Katze saß auf einer Steinstufe, die zu einer hölzernen Eingangstüre führte, und putzte sich gründlich. Lange Triebe der Bougainvillea krochen an den Fassaden einiger Häuser empor und schlangen sich um die geschwungenen Eisenstäbe der Balkongeländer. Ihre Blütenblätter färbten sich langsam rosarot und würden binnen Tagen die Hausmauern in ein Blumenmeer verwandeln. Es lag eine friedliche Ruhe über der Ortschaft.

Isabell ging am Schaufenster eines kleinen Ladengeschäfts mit einer erstaunlich großen Auswahl rund um Lavendelprodukte vorbei. Vor der Eingangstür saß eine alte Frau über ihr Nähzeug gebeugt auf einem Stuhl. Eine liebevoll bemalte Tafel, auf der Lavendelseife, Lavendelcreme und diverse essbare Lavendelprodukte angepriesen wurden, lehnte am Eingang und lockte Isabell ins Innere des Ladens.

Sie schob sich an der alten Frau vorbei, die sie immer noch nicht bemerkt zu haben schien, und betrat den kleinen Laden. Der intensive Lavendelduft, der dort in der Luft lag, raubte ihr im ersten Moment den Atem. Als sich ihre Augen an das dämmrige Licht gewöhnt hatten, sah sie erstaunt, wie viele Produkte aus Lavendel hergestellt waren. Es wurden Kosmetika angeboten, Seife, Shampoo und Cremes. Auf einem Tischchen in der Mitte des Raumes standen diverse Öle, Honig, Bonbons, in denen Lavendelblüten eingeschlossen waren, und Schnapsfläschchen, die ganze Lavendelzweige enthielten. In einer Kühltheke im hinteren Bereich des Raumes gab es Lavendelbutter, unterschiedliche Käsesorten mit und ohne Lavendelmantel und natürlich gab es auch Oliven aus der Region in allen möglichen Variationen. Daneben reichten Regale mit Weinflaschen bis unter die Decke, darunter auch edle Tropfen, wie Isabell sofort erkannte, und in einem Drehständer steckten unzählige Postkarten von Lavendelfeldern. Hinter dem Ständer entdeckte sie ein Bild an der Wand, das eine Gruppe lachender, junger Frauen zeigte, die Lavendelsträuße flochten. Sie ging darauf zu, um es sich von der Nähe zu betrachten. Das Bild strahlte Lebensfreude und die Unbekümmertheit der Jugend aus.

Hinter sich hörte sie den Stuhl knarzen und sah die alte Frau ächzend aufstehen und in den Laden kommen.

»Bonjour, Madame«, sagte Isabell freundlich.

Die alte Frau starrte Isabell verblüfft an, und Isabell merkte, dass es der Frau erst in diesem Moment bewusst geworden war, dass sie eine Kundin in ihrem Laden hatte.

»Ahhh, Bonjour, Madame. Ja, schauen Sie sich nur in Ruhe um. Es gibt hier sehr viel zu entdecken«, sagte sie. Dann hielt sie plötzlich mitten in der Bewegung inne, drehte sich auf der Ferse um und keifte: »Und du sei jetzt ganz still. Hättest mir ruhig sagen können, dass jemand im Laden ist. Aber nein, du hast immer nur dann den Mund offen, wenn man dich nicht fragt.«

Irritiert sah Isabell die alte Frau an, aber die stöhnte nur laut auf und zeigte hinter die Theke. »Zu nichts zu gebrauchen, der Alte.«

Isabell sah erstaunt in die angegebene Richtung, aber da war niemand. Es war auch sonst niemand im Laden. Sie zuckte mit den Schultern und widmete sich wieder den Lavendelprodukten. Interessiert nahm sie eine Gesichtscreme in die Hand.

»Die Cremes hier und das da drüben ...«, die alte Frau deutete auf die Theke, »... das stellen wir alles selbst her. Wir verwenden nur die feinsten Substanzen dafür. Und natürlich kommt der Lavendel für das Öl von unseren eigenen Feldern.« Die alte Frau nahm eine Flasche in die Hand, entkorkte sie und hielt sie Isabell hin.

Isabell machte es Spaß, in dem kleinen Laden herumzustöbern und sich von der alten Frau diverse Produkte vorführen zu lassen. Sie erfuhr viel über die Herstellung von Cremes, Ölen und der

Butter. Zu guter Letzt kaufte sie ein Lavendelöl, ein Glas Lavendelhonig und eine Flasche Cabernet Sauvignon und stellte alles zusammen auf die Theke vor die Kasse.

Die alte Frau schlurfte nach hinten in einen winzigen Nebenraum, um etwas Packpapier zu holen, und begann erneut zu schimpfen: »Du nichtsnutziger, alter Faulpelz, du könntest mir ruhig mal helfen und nicht alles deine arme, alte Frau alleine machen lassen. Sitzt den ganzen Tag nur untätig herum und starrst Löcher in die Luft!«

»Grand-mère, bitte, reg dich nicht auf. Ich bin doch schon da. Ich helfe dir!« Eine Frau in Isabells Alter rauschte in den Laden. Sie hatte einen großen Korb mit duftendem Gebäck am Arm hängen.

»Excusez-moi!«, wandte sie sich an Isabell. »Unsere Großmutter ist nicht ganz richtig im Kopf. Sie redet immer mit meinem Schwiegervater, also ihrem längst verstorbenen Ehemann und erschreckt damit unsere Kunden.«

»Also mich hat sie nicht erschreckt«, winkte Isabell ab und deutete auf den Inhalt des Korbes. »Was haben Sie da denn Leckeres?«

»Das sind meine Madeleines, gerade eben aus dem Ofen gekommen. Ganz frisch, mit einem Hauch Lavendel!«

»Das riecht köstlich! Packen Sie mir doch bitte davon auch ein paar ein.«

»Gerne.«

»Sylvie, bist du das?« Die alte Frau kam gerade wieder von hinten mit etwas Packpapier in der Hand zurück und legte es auf die Theke.

»Natürlich grand-mère, wer denn sonst! Setz dich wieder raus und arbeite an deiner Schürze weiter, ich erledige das hier schon.«

»Danke dir, du bist ein gutes Kind.« Sie tätschelte ihrer

Schwiegertochter die Hand, ging bedächtig hinaus und setzte sich ächzend wieder auf ihren Stuhl am Eingang.

Isabell und Sylvie sahen sich lächelnd an, und Sylvie packte Isabells Einkäufe in eine Papiertüte, die mit dem Bild eines Lavendelbuschs bedruckt war.

»Sind Sie hier zu Besuch?«

»Ja, ich komme aus München und mache hier etwas länger Urlaub.«

»Wo wohnen Sie?«

»Ich habe mich für drei Monate in das kleine Ferienhäuschen am Ortsrand eingemietet.«

»Drei Monate? Das ist eine lange Zeit. Normalerweise bleiben die Touristen hier nur eine Woche, höchstens zehn Tage.«

»Mir ging es in letzter Zeit nicht so gut und ich habe mir eine Auszeit vom Beruf genommen.«

»Das tut mir leid zu hören. Ich hoffe, Sie finden hier die Ruhe, die Sie brauchen, und erholen sich gut.«

»Davon bin ich überzeugt. Es ist wunderschön hier.«

»Sie sprechen sehr gutes Französisch ...«

»Ach, mich hat es schon früher im Leben nach Frankreich verschlagen«, sagte Isabell und lächelte. Sie bezahlte, nahm ihre Ware entgegen und verabschiedete sich von Sylvie.

»Au révoir, Madame. Ich wünsche Ihnen einen schönen Tag«, sagte sie im Vorbeigehen zu der Großmutter, die am Eingang saß und in ihre Handarbeit vertieft war.

»Merci, Madame. Merci. Kommen Sie wieder.«

»Das werde ich«, sagte Isabell und winkte ihr zum Abschied zu.

Isabell lernte immer mehr, ihre Tage zu genießen. Sie spazierte durch die Lavendelfelder, sonnte sich am Pool und dachte viel über sich und ihre Vergangenheit nach. Es tat unheimlich gut, sich die Zeit selbst einteilen zu können und niemandem verpflichtet zu sein – und sie genoss die Einsamkeit in vollen Zügen.

An diesem Morgen jedoch schreckte Isabell aus dem Schlaf hoch. Sie hatte ganz deutlich das Knarzen einer Tür gehört. Starr vor Angst blieb sie im Bett liegen und lauschte angestrengt. Nichts! Es war still, wie immer. Vielleicht war das Geräusch nur ein Teil des eigenartigen Traums, den sie in dieser Nacht gehabt hatte. Sie war wieder einmal weinend aus dem Schlaf hochgeschreckt, hatte schluchzend auf dem Bett gesessen, die Beine eng an sich gezogen und ihr Gesicht in den Armen vergraben. Plötzlich hatte sich ein starker Arm um ihre Schultern gelegt. Sie war weder erschrocken, noch hatte sie Angst empfunden. Im Gegenteil, es war ein unglaublich tröstendes Gefühl gewesen, diese Wärme zu spüren. Hatte sie von Simon geträumt? Ohne aufzuschauen war sie wieder eingeschlummert. Doch jetzt am Morgen war Isabell mulmig zumute. War etwa heute Nacht womöglich wirklich jemand bei ihr gewesen?

Ach Unsinn, das war nur ein Traum, sagte sie sich selbst. Es konnte niemand im Haus sein.

Isabell schüttelte den Kopf über ihre eigene Hasenfüßigkeit, stand auf, öffnete die Balkontüre und blickte hinunter auf den Pool. Die Landschaft lag friedlich vor ihr. Die Reihen des Lavendels auf den Feldern, die hinter ihrer Hecke begannen, verliefen in parallelen Linien auf einen Punkt am Horizont zu, wo sie sich verloren. In der Ferne arbeiteten Lavendelbauern, fuhren mit ihren kleinen Traktoren die Furchen entlang – sie konnte das gleichmäßige Brummen der Motoren hören. Im Geäst der Hecke stritten sich ein paar Spatzen und hüpften mit einem Gezeter von Ast zu Ast.

Isabell amüsierte sich über die gefiederten Gesellen und schaute ihnen eine Zeit lang zu. Doch mit einem Male hatte sie nicht nur das Gefühl zu beobachten, sondern auch beobachtet zu werden. Deutlich spürte sie Blicke auf sich ruhen. Sie sah sich unruhig um, dachte sofort wieder an ihren Traum. Es konnte niemand hier sein, oder etwa doch? Die Härchen in ihrem Nacken hatten sich aufgestellt und ein Kribbeln lief ihre Wirbelsäule hinab. Sie fühlte die Anwesenheit eines anderen Menschen, ganz eindeutig – und sehr unheimlich! Sie drehte sich abrupt um, aber da war niemand! Misstrauisch ging sie vom Balkon in ihr Zimmer zurück. Es war vollkommen still, nichts bewegte sich im Haus. Sie schüttelte das Gefühl ab – wahrscheinlich war es nur eine Irritation ihrer Wahrnehmung aufgrund ihres aktuellen Zustandes ...

Isabell warf sich den Morgenmantel über und ging hinunter in die Küche. Auf der letzten Stufe blieb sie wie versteinert stehen und starrte auf den Esstisch. Dort lag eine langstielige rote Rose! Sofort flog ihr Blick zur Terrassentüre, sie war fest verschlossen, ebenso wie die Haustüre, die sie ebenfalls überprüfte. Isabell drehte sich um, aber es war niemand da. Langsam ging sie zum Esstisch, nahm die Rose in die Hand und betrachtete sie. Sie war von einem tiefen Blutrot und kurz vor dem Aufblühen. Die Schnittfläche am Stiel war frisch, sie lag sicher erst seit kurzer Zeit hier auf dem Tisch. Ein hauchfeiner Duft stieg von der Blüte auf.

Isabell öffnete die Terrassentüre und ging hinaus in den Garten. Die Vögel zwitscherten und Sonne schien ihr ins Gesicht. Die Sonne war wirklich schon recht kräftig für Anfang Mai. Alles schien friedlich, niemand war zu sehen oder zu hören. Und doch spürte Isabell genau, dass sie nicht allein war. Sie erinnerte sich an den Arm, der sich in der Nacht tröstend um sie geschlungen hatte. Ob sie das wirklich nur geträumt hatte? Langsam drehte sie sich zum Haus um, immer noch die Rose in ihrer Hand, und betrachtete es eingehend. Es *musste* jemand hier sein! Und denjenigen würde sie jetzt suchen! Sie ging ins Haus zurück, öffnete jede Türe, alle Zimmertüren, die Schranktüren, sogar die Kommodenschubladen. Sie fahndete nach einer verborgenen Kellertür. Nichts! Das war auch zu lächerlich, schoss es ihr durch den Kopf. Trotzdem suchte sie das ganze Haus ein zweites Mal gründlich komplett ab – aber es war außer ihr niemand hier! Und doch verschwand dieses Gefühl, beobachtet zu werden, nicht. Gefühle konnten trügen, wusste Isabell inzwischen nur zu gut, aber die Rose – sie war ein eindeutiges Indiz. Wie war sie auf den Tisch gekommen? Vielleicht besaß noch jemand einen Schlüssel zu diesem Haus – der Besitzer zum Beispiel – und war nachts hier gewesen. Bei dem Gedanken schüttelte es Isabell. Sie ging in ihr Zimmer, schloss die Tür sorgfältig hinter sich um und zog sich an. Dann beschloss sie, einen langen Spaziergang über die Felder ins Dorf zu machen und lieber dort zu frühstücken.

Sie ging in den Furchen des Lavendelfeldes, strich mit ihren Füßen und Armen an den kniehohen Sträuchern entlang, wodurch sich ein starker Lavendelduft um sie herum verbreitete. Langsam verflog ihre Unruhe, und sie kam immer mehr zu der Überzeugung, sich den Traum nur eingebildet zu haben. Es konnte niemand im Haus gewesen sein, ihre Sinne mussten ihr einen Streich gespielt haben. Wäre da nicht der eine Beweis, der sich nicht wegdiskutieren ließ!

Beflügelt vom Geruch des Lavendels und den warmen Sonnenstrahlen ging sie schneller, winkte ein paar Bauern in der Ferne zu und ließ das ungute Gefühl langsam hinter sich.

Ein Arbeiter auf einem uralten Traktor fuhr langsam zwischen den Lavendelreihen auf sie zu. Beim Näherkommen sah Isabell, dass es sich um einen Jugendlichen handelte, nicht älter als vielleicht vierzehn. Er hob die Hand zum Gruß und fuhr an ihr vorbei, darauf konzentriert, die Spur zu halten. Nicht weit dahinter kam ihr ein älterer Mann entgegen, der die Lavendelbüsche kontrollierte.

»Bonjour, Monsieur«, sagte Isabell und winkte ihm freundlich zu. »Gehören die Lavendelfelder ihnen?«

»Oui!«

»Ich hoffe, Sie haben nichts dagegen, wenn ich hier durchspaziere. Ich wohne da hinten ...«, Isabell drehte sich um und deutete auf ihr Haus, »... in diesem Ferienhäuschen.«

Der Mann betrachtete Isabell interessiert. »Ah, Sie sind die Madame aus Deutschland, von der meine Frau mir erzählt hat.«

»Ihre Frau?«

»Sie führt den Lavendelladen hier im Ort. Er gehört meiner Mutter, aber sie ist zu alt, um ihn alleine zu führen. Meine Frau macht dort das meiste. Sie haben sie kennengelernt. Sylvie.«

»Ja, natürlich, der kleine Laden. Ihre Frau war sehr freundlich zu mir.« Sie begleitete den Lavendelbauer ein paar Schritte. »Ich mag ihre Mutter. Und sind wir nicht alle ein bisschen quer im Kopf?«, fragte sie, ohne eine Antwort zu erwarten. »Ich heiße übrigens Isabell Jacoby.« Sie streckte dem Bauern die Hand hin.

»Mathéo. Molière.«

»Wie viele Lavendelfelder gehören Ihnen denn?«

»Die hier und die dort drüben«, sagte er und deutete mit der Hand nach Westen. »Früher hatten wir auf der anderen Seite von Brassine noch ein Feld, aber das habe ich vor kurzem verkauft. Es ist schwer geworden, allein vom Lavendel zu leben.«

»Ich liebe Lavendel.« Isabell strich mit der Hand über die

Sträucher. »Erzählen Sie mir doch noch ein bisschen mehr über Lavendel«, forderte Isabell Mathéo auf.

»Was soll ich Ihnen sagen: Lavendel ist unsere Lebensgrundlage. Das ist schon alles.« Er schwieg eine Weile und ließ seinen Blick über die Felder streifen. Dann fuhr er fort: »Die Provence ist das wichtigste Anbaugebiet für Lavendel weltweit. Was der Lavendel braucht, gibt es hier zuhauf und umsonst«, sagte er und deutete zum Himmel. »Sonne! Seit Menschengedenken wurde in der Provence Lavendel angebaut und geerntet. Er dient als Heilpflanze und zur Herstellung von Parfümen.«

»Und für eine ganze Menge anderer Produkte, wie ich gestern in Ihrem Laden erfahren habe«, warf Isabell ein.

Der Bauer nickte. »Früher ist Lavendel wild in den Bergen gewachsen und musste mühsam geerntet werden. Die Bauern wurden von ihren Schafen und Ziegen unterstützt, die den Wildwuchs zwischen den Lavendelpflanzen reduzierten haben, indem sie alles *außer* dem Lavendel weggefressen haben. Den mögen sie nicht, wegen seiner ätherischen Öle. Aber den richtigen Dünger haben die Tiere dabei dagelassen.« Er lachte kurz auf und blickte wehmütig in die Ferne.

In der Art wie Mathéo über den Lavendel sprach, spürte Isabell deutlich seine Leidenschaft für dieses Gewächs. In Gedanken versunken zupfte er einige Lavendelblätter von einer Staude und zerrieb sie zwischen den Fingern. Dann erzählte Mathéo weiter und Isabell staunte über sein Wissen über den Lavendel. »Der heutige Lavendel ist eine Weiterzüchtung des wilden Lavendels. Er ist nicht so intensiv im Geruch, allerdings ertragreicher und weniger anfällig gegen Krankheiten. Zu Beginn des zwanzigsten Jahrhunderts stieg der Bedarf an Lavendel rasant an und das, was die Bauern in den

Bergen geerntet haben, hat nicht mehr gereicht. Außerdem war der Ertrag gemessen am Aufwand sehr gering.«

Er machte eine kurze Pause und rief dem Jungen, der mit seinem Traktor ein paar Meter weiter stand und Büsche kontrollierte, zu, dass er den Traktor nun auf das andere Feld bringen solle.

»Das ist mein Sohn«, sagte Mathéo und deutete mit dem Kinn in Richtung des Jungen. »Christian. Er ist sehr fleißig. Er möchte eines Tages meine Felder übernehmen und wie sein Vater und Großvater Lavendelbauer werden.« Der Stolz in seiner Stimme war unüberhörbar.

Isabell begleitete Mathéo noch ein paar Schritte, dann bedankte sie sich für die Exkursion in die Geschichte des Lavendels und verabschiedete sich. Nach einigen Schritten drehte sie sich noch einmal zu Mathéo um, sah, dass er ihr nachsah und winkte ihm zu.

Am Hauptplatz der Nachbarortschaft Valensole, die um einiges größer war als das Dorf, zu dem Isabells Haus gehörte, setzte Isabell sich in ein Café, bestellte einen Kaffee, dazu ein Croissant, und beobachtete das geschäftige Treiben. Der Verkehr auf der Hauptstraße um den Hauptplatz staute sich, weil ein Kleintransporter des Kanalisationsbetriebes Bauarbeiten durchführte. Schilder markierten, dass die Straße in einer Richtung gesperrt war, was trotzdem einige Fahrer nicht daran hinderte, sich an dem Kleinlaster vorbeizuzwängen. Wie erwartet verkeilten sie sich mit dem entgegenkommenden Verkehr, was in einem wilden Hupkonzert endete. Unbeeindruckt von dem Krach saß eine alte Frau auf einer Parkbank unter eine Platane, hatte zwei Taschen mit ihren Einkäufen neben sich stehen und zupfte von ihrem Baguette Krümel für die Tauben ab, die sich gurrend um sie scharrten.

Das Leben konnte so schön sein! Warum nur hatte Isabell

sich so lange von ihrer Arbeit daran hindern lassen, das zu sehen? Warum hatte sie sich in den letzten Jahren so komplett vereinnahmen lassen, warum ausschließlich ihre berufliche Entwicklung im Auge gehabt? Wieso war ihr das alles so unendlich wichtig gewesen? Nachdenklich nippte sie an ihrem Café au lait.

Eine junge Frau bugsierte einen Kinderbuggy zwischen den Tischen und Stühlen durch und setzte sich dann an den Tisch neben Isabells. Ihre vollen Einkaufstaschen stellte sie auf den Stuhl daneben und bestellte ebenfalls einen Kaffee mit einem Croissant. Das Kind schlief und die Mutter genoss offensichtlich ihre freie Zeit. Isabell beobachtete lächelnd das kleine Mädchen im Buggy – sie hatte eine rosa Schleife in ihrem schwarzen Haar. Der Schnuller war ihr aus dem Mund gerutscht und lag auf ihrem Bauch. Eine große weiße Maus prangte auf ihrem rosa Pullover, der, genauso wie der Mund des Mädchens, mit Schokoladenflecken übersäht war.

Als die Mutter des Mädchens sie fragend ansah, wandte sich Isabell rasch ab. Vielleicht hatte sie ein Gespräch anfangen wollen, aber Isabell war nicht nach reden. Sie fühlte sich wohl dabei, nur hier zu sitzen und sah einige ältere Herren beim Debattieren zu. Es tat so unglaublich gut, den Tag einfach nur vergehen zu lassen.

Am späten Nachmittag machte sie sich wieder auf den Weg zurück zu ihrem Ferienhaus. Isabell ging wieder durch die Lavendelfelder, aber so spät waren weder Mathéo, noch sein Sohn Christian, noch andere Lavendelbauern unterwegs. Da ihr Häuschen keinen Zaun hatte, sondern nur von Büschen umgeben war, drückte sie sich am Ende der Lavendelreihen leicht gebückt durch die Hecke.

Ihr Haus war wirklich wunderschön! Es strahlte so viel Wärme und Geborgenheit aus! Sie fühlte sich hier unheimlich wohl und freute sich, dass sie hier noch über zwei Monate verbringen würde.

Sie wollte gerade um das Haus herum zur Eingangstüre gehen, als sie etwas entdeckte, das sie vorher noch nie wahrgenommen hatte. Sie sah zum Balkon hinauf, der vor ihrem Schlafzimmer lag und betrachtete erstaunt ein weiteres Fenster, das sich neben dem ihres Schlafzimmerfenster befand. Zu welchem Zimmer gehörte denn dieses Fenster? Ihr Schlafzimmer lag doch am Ende des Gangs ... daneben gab es kein weiteres Zimmer. Erstaunt ging Isabell um das Haus und in dem Moment, in dem sie die Haustüre aufsperrte, fiel anderswo im Haus eine Tür ins Schloss. Isabell versteift sich – es war jemand hier! Natürlich, es hätte auch ein Luftzug gewesen sein können, aber das glaubte sie nicht.

Langsam betrat sie den Flur.

»Hallo? Ist da jemand?« Ihre Stimme hallte und klang fremd. Einen Keller gab es nicht und das Parterre war ein einziger großer Raum, den man gut überblicken konnte. Wenn sich hier jemand aufhalten würde, würde sie denjenigen sehen. Isabell schloss leise die Eingangstüre hinter sich und schlich auf Zehenspitzen die Treppe hinauf in den ersten Stock. Die Türen des kleinen Gästezimmers und des Bades standen offen und ein Blick genügte, um festzustellen, dass dort niemand war. Langsam ging Isabell zu ihrem Schlafzimmer und blieb vor der Türe stehen. Links davon war das Treppengeländer und rechts hing der Wandteppich. Wenn hier noch ein weiteres Zimmer wäre, dann müsste dessen Tür ... Sie hob das schwere Gewebe des Wandteppichs an und ... tatsächlich, dort war eine weitere Türe! Mit klopfenden Herzen drückte sie leise die Klinke herab und lugte ins Zimmer.

Was sie sah, verschlug ihr die Sprache. Das war das Zimmer eines Malers. Der Raum war nicht groß und besaß nur dieses eine Fenster, das sie von der Terrasse aus entdeckt hatte. Fast andächtig betrat sie das Zimmer. Hinter der Türe stand ein großer Spiegel, der fast bis zur Decke reichte und mit goldverziertem Holz gerahmt war – fast sah er aus wie ein Kirchengemälde. Gegenüber ein breites Sofa, das unverkennbar auch als Bett genutzt wurde, auf dem eine Jeans und ein weißes T-Shirt lagen. Einige weitere Kleidungstücke, ganz offensichtlich Männerbekleidung, lagen am Boden verstreut. Gerahmte Gemälde lehnten mit dem Gesicht zur Wand, an der Bettkante und am Tischbein. Skizzen waren mit Klebefilm an die Wand gepinnt.

Isabell trat vorsichtig einige Schritte näher und sah sich die Bilder an. Sie zeigten diverse Landschaften und Menschen in allen möglichen Alltagssituationen. Isabell betrachtete das Bild einer jungen Frau, die an einem Marktstand Tomaten in eine Tüte packte. Der leere, traurige Gesichtsausdruck der Frau berührte sie. Ein anderes Bild zeigte einen alten Mann mit einer Sichel in der Hand, der Lavendelbüsche zurechtschnitt. Offenbar eine harte Arbeit, aber sein Gesicht strahlte Zufriedenheit aus – zeigte einen in sich ruhenden Menschen. Das Bild gefiel Isabell sehr gut. Sie drehte sich um. Überall im Zimmer verstreut lagen Malutensilien, Pinsel, Farben und Zeichenpapier. Unter dem Fenster stand ein massiver Tisch, auf dem noch weitere Pinsel, Farbtuben, Mischpaletten und allerlei Skizzen und Bilder lagen.

Zwei Staffeleien waren im Zimmer aufgebaut. Auf einer stand das Bild einer steinernen Hütte inmitten eines Lavendelfeldes. Als Isabells Blick über die zweite Staffelei glitt, stockte ihr der Atem. Mit ein paar Bleistiftstrichen war das Gesicht einer Frau skizziert worden: ihr eigenes! Erschrocken sah sie genauer hin – sie musste sich einfach täuschen! Aber es war, als sähe sie in einen beschlagenen Spiegel, der ihr eindeutig ihr Gesicht, in nur wenigen klaren Linien zeigte.

Isabell fuhr herum und untersuchte die auf dem Tisch liegenden Skizzen genauer. Obenauf lag ein Bild, das ihr ebenfalls erschreckend bekannt vorkam: Es zeigte eine langstielige rote Rose auf einem hölzernen Esstisch.

Als sie das Bild anhob, um es genauer zu betrachten, kamen darunter weitere Bilder zum Vorschein. Isabell ließ das Bild mit der Rose fallen und sah fassungslos auf die Zeichnungen. Sie musste sich den Mund zuhalten, um nicht laut loszuschreien: Es waren schwarz-weiß Zeichnungen, die ohne jeden Zweifel *sie* zeigten. Schlafend im Bett - ihr kariertes Nachthemd war zweifelsfrei zu erkennen, am Pool liegend und Isabell beim Spaziergang durch die Lavendelfelder.

Sie hatte recht gehabt – sie war die ganze Zeit über beobachtet worden, ihr Gefühl hatte sie also nicht getäuscht! Sie starrte immer noch auf ihr eigenes Gesicht auf dem Papier – ein trauriges, unglückliches und verbittertes Gesicht sah ihr entgegen. Schlimm genug, dass sie heimlich gezeichnet worden war, aber warum so verbittert? Isabell wusste in diesem Moment nicht, worüber sie mehr beunruhigt war: Die Tatsache, *dass* man sie gezeichnet, oder die Tatsache, *wie* man sie gezeichnet hatte. Als sie gerade ein weiteres Bild anschauen wollte, hörte sie ein Platschen im Wasser des Pools. Sie sah aus dem Fenster und entdeckte einen Mann, der in ihrem Pool schwamm. Ohne nachzudenken, rannte sie aus dem Zimmer, die Treppen hinunter und auf die Terrasse. Ein junger Mann kraulte auf sie zu, tauchte kurz unter und vor ihr am Rand des Pools wieder auf.

Isabell verschlug es komplett die Sprache, als der junge Mann sie mit einem fröhlichem »Salut« begrüßte.

Kapitel 5

Völlig verwirrt fiel Isabell in diesem Moment nichts Besseres ein als ebenfalls mit, »Salut« zu antworten.

Der junge Mann lachte auf. »Dein Gesicht würde ich jetzt am liebsten zeichnen.« Er stieß sich grinsend vom Beckenrand ab und kraulte wieder zur anderen Seite des Pools, als ob es nichts weiter zu besprechen gäbe. Isabell folgte ihm am Rand entlang und betrachtete den jungen Mann, wie er geschmeidig, elegant, aber kraftvoll durchs Wasser kraulte. Konnte es sein, dass sie über zwei Wochen unbemerkt mit diesem Menschen unter einem Dach gelebt hatte?

Der junge Mann erreichte erneut den Beckenrand, schüttelte sich das Wasser aus den Haaren und lächelte Isabell an. Isabell stand am Beckenrand und starrte runter auf diesen fremden Mann im Wasser.

»Du bist hier unbefugt eingedrungen!«

Keine Antwort.

»Ich sollte die Polizei rufen?«

Der junge Mann schnaubte verächtlich: »Nur zu, bis die hier sind, bin ich über alle Berge.«

Darauf hatte Isabell keine Antwort. Sie betrachtete ihn eine Weile.

»Das sind deine Zeichnungen oben im Zimmer?« Es war mehr eine Feststellung als eine Frage.

»Ah, du hast sie gesehen.«

»Wer bist du?«

»Wer möchtest du denn, dass ich bin?«

»Was?«, fragte Isabell irritiert. »Ich verstehe nicht! Ich meine, wie heißt du?«

Der junge Mann grinste, stieß sich wieder vom Beckenrand ab und kraulte nun auf dem Rücken zur anderen Seite des Pools. Isabell blieb stehen und sah ihm nach. Was spielte er denn für ein Spiel mit ihr? Geschmeidig drehte er eine Rolle und tauchte die gesamte Strecke in einem Zug zu ihr zurück.

»Welcher Name würde dir denn gefallen?«, fragte er sie, als er wieder auftauchte.

Isabell schüttelte verständnislos den Kopf. »Ich möchte einfach wissen, wie du heißt!« Isabell wurde ungeduldig. Sie hatte keine Lust auf irgendwelche Spielchen pubertierender junger Männer.

Er hob sich am Beckenrand aus dem Wasser, und in diesem Moment wurde Isabell klar, dass der junge Mann aus dem Halbstarken-Alter definitiv herausgewachsen war. Wie alt mochte er sein? Vielleicht Mitte zwanzig? Isabell ging instinktiv einen Schritt zurück, als er splitterfasernackt auf sie zukam. Amüsiert blieb er vor ihr stehen und legte den Kopf schräg, um sich das Wasser aus den Ohren zu schütteln. Er war einen Kopf größer als sie, schlank, aber gut gebaut mit breiten Schultern und kräftigen Armen. Isabell wollte auf keinen Fall sich dabei erwischen lassen, dass sie seinen Körper betrachtete und hob deshalb schnell ihren Blick in sein Gesicht. Er hatte dunkelbraune Augen und aus den Strähnchen seines dichten sonnengebleichten Haarschopfs lief ihm Wasser über die Wangen.

Sein Blick war vollkommen ernst, als er noch einmal fragte: »Und ich wollte wissen, welcher Name dir gefällt?«

»Äh …« Isabell ging einen weiteren Schritt zurück und stotterte verunsichert. »Ich … ich weiß nicht. Pierre vielleicht?«

Was sollte das? Sie ließ sich von dem jungen Mann vorführen! Warum fühlte sie sich so schwach und hilflos? Diesem Mann, der unrechtmäßig in ihrem Häuschen wohnte, sie unerlaubt nachts zeichnete und jetzt unverschämt nackt vor ihr stand, völlig ausgeliefert?

Er hob langsam eine Augenbraue und wollte zu einer Antwort ansetzten, als Isabell hinzufügte: »Nein! Jean. Jean gefällt mir.«

»Nun gut, dann heiße ich Jean.« Er ging einen weiteren Schritt auf sie zu, doch Isabell wich weiter vor ihm zurück.

»Hast du Angst vor mir?«, fragte er ganz ruhig. »Das brauchst du nicht, ich tue dir nichts. Ich wollte mir nur das Handtuch holen.«

Isabell drehte sich um und sah auf dem Terrassenstuhl ein Handtuch liegen. Er ging hin, griff danach und fing an sich abzutrocknen. Erneut blieben ihre Augen an seinem wohlproportionierten Körper haften. Er war groß, für einen Franzosen allemal. Oberhalb seiner Brustmuskulatur entdeckte sie eine kleine Tätowierung, die wie ein Anker aussah, aber sie wollte nicht noch penetranter hinschauen.

Als er ihren Blick auffing, sah er sie fragend an.

Isabell schüttelte verwundert den Kopf. »Wer bist du?«

»Ich bin Jean.«

»Nein, ich meine es ernst!«, sagte Isabell. Langsam wurde sie ungeduldig.

»Ich meine es auch ernst.« Der junge Mann sah sie dabei so eindringlich an, dass Isabell es dabei beließ.

»Ich bin Isabell«, sagte sie automatisch, ohne dass er sie gefragt hätte, und streckte ihm ihre Hand hin. Er nahm sie und hielt sie für Isabells Geschmack ein bisschen zu lange fest. Sein Händedruck war kräftig und doch sanft.

»Was tust du hier? *Ich* habe das Chalet gemietet. Für drei Monate.«

Jean, oder wie auch immer er wirklich heißen mochte, wickelte sich das Handtuch um die Hüften. »Es kommen wenige Touristen hierher und wenn, dann nur in den Sommermonaten. Die meisten mieten sich lieber an der Küste eine Unterkunft. Doch mir gefällt es hier besser. Ich wusste nicht, dass das Chalet so früh im Jahr schon wieder vermietet werden würde.«

»Weiß denn der Vermieter, dass du hier bist?«

Er legte den Kopf schräg und tat, als müsste er angestrengt nachdenken. »Nein, ich glaube nicht.«

»Und wie bist du hier reingekommen?«

»Ach, die Schlüssel findet man hier immer. Entweder unter der Fußmatte oder in irgendwelchen Blumenkübeln.«

Isabell schaute ihn erstaunt an. Er stand ganz ruhig und selbstbewusst vor ihr. Dann fragte er ernst. »Möchtest du, dass ich gehe?«

»Ja ... äh, Nein«, sagte Isabell leise, ohne zu wissen warum.

Jean drehte sich um und ging ins Haus. »Ich ziehe mich an, dann können wir etwas essen«, rief er über die Schulter zurück.

Sprachlos folgte ihm Isabell und sah ihm nach, wie er die Treppe hinaufging und in dem Zimmer hinter dem Wandteppich verschwand.

Sie brauchte eine Weile bis sie verstanden hatte, was gerade eben passiert war. Auch später, als sie mit Jean auf der Terrasse saß und mit ihm eine Kleinigkeit zu Abend aß, fragte sie sich, wie sie ihn in den letzten beiden Wochen nicht bemerkt haben konnte. War sie so sehr mit sich selbst beschäftigt gewesen, dass sie in dieser Zeit nichts von ihrer unmittelbaren Umwelt wahrgenommen hatte?

Sie hatte etwas Brot und das bisschen aus dem Kühlschrank zusammengekratzt, das sie gefunden hatte. Schinken, Käse, einige Tomaten und die Flasche Cabernet Sauvignon, die sie in Sylvies Laden gekauft hatte.

Der Abend war lau, es wehte nur ein kleines Lüftchen, und die Flamme der Kerze, die Isabell auf den Tisch gestellt hatte, warf flackernde Schatten an die Wand. Sie beobachtete Jean, ohne etwas zu sagen. Sein Auftreten war sicher, seine Gestik weich. Auch er beobachtete sie aus dem Augenwinkel und sagte kein Wort.

Isabell versuchte es noch einmal. »Wer bist du?«

»Jean.«

»Ich meine, wie ist dein richtiger Name?«

»Jean.«

Sie atmete tief durch, so kam sie nicht weiter. »Warum hast du nicht schon eher gesagt, dass du hier bist?«

»Ich wollte dich erst kennenlernen.«

»Indem du hier herumschleichst und mich beobachtest?«

»Genau. Du kannst dir gar nicht vorstellen, was man alles allein durch das Beobachten über einen Menschen herausfinden kann.«

Isabell hob die Augenbrauen. »Und?«

»Ich fand dich interessant, andernfalls hätte ich meine Sachen gepackt und wäre spurlos verschwunden und du hättest nie bemerkt, dass ich hier gewesen bin.«

»Sollte ich mich jetzt etwa geehrt fühlen?«

»Das bleibt dir überlassen.«

Isabell kaute an einem Stück Brot herum. Das alles schien ihr so unwirklich, so surreal.

»Ernsthaft, wie heißt du wirklich?«

»Jean.«

Isabell winkte genervt ab und beließ es dabei. Na gut, dann war er eben Jean. Als sie aber ein verschmitztes Lächeln um seine Mundwinkel herum sah, musste sie über diese ungewöhnliche Situation selbst lachen.

Jean lehnte sich mit seinem Weinglas im Stuhl zurück und nahm einen Schluck. »Was tust du hier? Warum bist du nicht dort, wo die anderen Touristen sind? An der Küste?«

Isabell zuckte mit den Schultern. »Ganz einfach: Ich bin kein Tourist. Ich brauche Ruhe. Verordnung vom Arzt.«

Jean sah sie ernst an, nickte und drehte das Weinglas in seiner Hand. »Ich habe dich in den vergangenen Nächten weinen gehört.«

Isabell zuckte zusammen. Wie unangenehm es ihr war, dass jemand ihre Verzweiflung, ihre vielen Tiefpunkte mitbekommen hatte. »Ich habe mich überarbeitet. Und meine Mutter ist gestorben«, sagte sie knapp und starrte in die Dunkelheit, die, wie sie feststellen musste, gar nicht so dunkel war. Über ihnen leuchteten Milliarden von Sternen. Ein weißer Streifen dicht an dicht liegender Sterne erstreckte sich über das Firmament – die Milchstraße. Die Zweige der Büsche bewegten sich sanft raschelnd im Wind und das Wasser im Swimming Pool kräuselte sich. Ein Zittern durchfuhr Isabells Körper und holte sie wieder an den Tisch zu Jean zurück.

»Kalt?«

Sie schüttelte den Kopf.

»Angst?«

»Vielleicht ein bisschen«, gab Isabell zu.

»Vor mir?«

»Nein, nein«, winkte Isabell ab. »Nein, nicht vor dir. Ich glaube, eher vor meinem alten Leben.«

»Möchtest du darüber reden?«

Wollte sie das? Isabell überlegte lange. Doch sie verspürte eine ungewöhnliche Vertrautheit Jean gegenüber. Sie war ihm erst vor ein paar Stunden begegnet und doch hatte sie den Eindruck, ihn schon viel länger zu kennen. Und ja, warum sollte er ihre Geschichte nicht erfahren? Die Situation war skurril genug, um Vertrautheit zu fördern, und zudem gab es nichts Geheimnisvolles an ihrem bisherigen Leben. Und so erzählte sie Jean ohne Umschweife von ihrer jüngsten Vergangenheit, wie sie bei dem Kunden zusammengebrochen war, von der Diagnose des Arztes, dem Tod ihrer Mutter und warum sie hierher gekommen war. Und während Isabell von ihrem alten Leben berichtete, kam es ihr so weit weg vor, so fremd. Jean hörte zu, ohne sie ein einziges Mal zu unterbrechen.

Als sie geendet hatte, sah sie ihm nicht ins Gesicht. Stattdessen schaute sie in die Kerzenflamme, beobachtete einen Nachtfalter, der um das Licht flatterte. War das alles erst vor so kurzer Zeit passiert? Sie hatte eher den Eindruck, als seien seitdem schon Monate vergangen.

»Das tut mir leid, was dir passiert ist«, sagte Jean und holte sie nach einer Weile in die Gegenwart zurück.

Sie schaute hoch, erschrocken, als habe sie vergessen, dass sie gar nicht alleine war. »Ich bin leider selbst schuld, dass es so weit gekommen ist«, sagte Isabell resigniert und spielte mit einem Stückchen Käse, das sie immer wieder mit ihrer Gabel aufspießte und wieder fallen ließ.

Dann sah sie Jean an. »Erzähl mir von dir. Was machst du hier?«

»Du hast die Bilder gesehen – ich male.«

»Und du lebst immer hier in diesem Chalet?«

»Ja, die meiste Zeit, und wenn Mieter kommen, dann ziehe ich weiter in ein anderes freies Chalet. Es gibt hier im Hinterland einige davon.« Er grinste.

»Und die Vermieter wissen nichts von dir?«

»Oui!«

»Und als ich kam, bist du hier geblieben, weil du mich interessant findest?«, fasst sie zusammen, um es selbst besser begreifen zu können.

»Oui, éxactement!«

Isabell hob eine Augenbraue und blickte ihn erstaunt an. Sie nahm einen Schluck Rotwein und ging nicht weiter darauf ein, stattdessen fragte sie:

»Und die Besitzer dieser Häuser, merken die nichts?«

»Die meisten nicht. Die leben in Paris oder Lyon in ihren noblen Stadthäusern und kümmern sich nicht um ihre Feriendomizile.«

»Und wovon lebst du?«

»Wenn ich Geld zum Essen brauche, dann muss ich mich wohl oder übel von einem meiner Bilder trennen, was ich allerdings sehr ungerne tue. Das reicht dann immer eine ganze Weile. Ich brauche nicht viel, ich habe doch hier alles, was zum Leben reicht.«

»Ich glaube, ich habe eines deiner Bilder bei Sylvie gesehen. In diesem kleinem Lavendelladen in der Ortsmitte, kann das sein?«

»Ja. Ich habe gerade ein Bild zum Verkauf bereitstehen. Sie hat es für mich ausgestellt.«

Es folgte ein langes Schweigen. Isabell musterte Jean und wunderte sich über ihre Empfindungen diesem Mann gegenüber. Es fühlte sich für sie gleichzeitig fremd und doch so vertraut an. Einerseits wusste sie nichts von ihm und andererseits kam es ihr vor, als würde sie ihn schon seit Jahren kennen.

»Wenn du möchtest, dass ich gehe, musst du es mir sagen.« Jean sagte diese Worte ganz sanft. »Es ist schließlich dein Haus«, fügte er fast flüsternd hinzu.

Und erneut antwortete sie: »Nein, ich möchte nicht, dass du gehst.« Nach einer weiteren Weile der Stille fragte sie: »Du hast mich gezeichnet. Warum?«

»Weil du schön bist!«

»Blödsinn!« Isabell schnaubte verächtlich.

»Du glaubst das nicht? Wie schade.«

Sein fest auf sie gerichteter Blick verunsicherte sie. Isabell fühlte sich unwohl und wechselt das Thema. Sie unterhielten sich noch ein paar Minuten über belanglose Dinge, bis sie aufstand, Jean eine gute Nacht wünschte und in ihr Zimmer ging.

Isabell schloss die Türe, blieb aber dahinter stehen und lauschte angestrengt. Aber wie auch die Tage davor war absolut nichts zu hören. Was für ein sonderbares Gefühl! War das tatsächlich alles Wirklichkeit, was hier gerade passierte?

Isabell zog sich aus und legte sich ins Bett. Obwohl das Gefühl, beobachtet zu werden, verschwunden war, war an schlafen nicht zu denken. Es war eigenartig zu wissen, dass sie tatsächlich nicht alleine im Haus war. Auf der anderen Seite der Wand schlief in der Tat ein fremder Mann. Jean, oder wie auch immer er heißen mochte, hatte sie all die Tage beobachtet. Sie hatte sich nicht getäuscht, konnte sich also immer noch auf ihre Empfindungen verlassen.

Abrupt setzte sich Isabell im Bett auf. Sollte sie nicht besser ihre Tür abschließen? Doch sie ließ sich wieder langsam ins Kissen sinken. Wozu denn? Die letzten Tage, als sie noch nichts von seiner Existenz gewusst hatte, war die Türe auch nicht abgesperrt gewesen. Er würde ihr schon nichts tun.

Isabell spürte dem Gefühl nach, das sie in der einen verzweifelten Nacht gehabt hatte, als ein kräftiger Arm um sie gelegt worden war. War das Jean gewesen? Hatte er sie in dieser Nacht getröstet? Mit diesem Gedanken schlief sie schließlich ein.

Die Sonne stand am nächsten Morgen schon hoch am Himmel und schien in Isabells Schlafzimmer, als sie endlich aufwachte. Sie blieb noch eine Weile liegen und überlegte, ob das gestern alles wahr gewesen war oder ob sie nur einen dieser intensiven Träume gehabt hatte, die so real wirkten. Doch dann hörte sie Geräusche von unten aus der Küche. Ein Glas klirrte und auf der Terrasse wurde ein Stuhl gerückt. Schnell sprang Isabell aus dem Bett, schlüpfte in den Morgenmantel und trat auf den Balkon. Jean war nirgends zu sehen, aber auf der Terrasse erwartete sie ein reich gedeckter Frühstückstisch, mit frisch gepresstem Orangensaft, dampfendem Kaffee und frischen Croissants. In der Mitte des Tisches stand eine Schale mit Früchten. Erdbeeren, Kirschen und eine aufgeschnittene Ananas waren appetitlich angerichtet. Daneben noch Butter und Marmelade und in einem Brotkorb lag frisch aufgeschnittenes Baguette.

Isabell ging die Treppe hinab, auf die Terrasse und blickte sich suchend nach Jean um. Plötzlich spürte sie zwei starke Hände auf ihrer Schulter, und Jean flüsterte ihr ein weiches »Bonjour!« ins Ohr. Sie drehte sich verblüfft zu ihm um. Da stand er, barfuß, mit eingerissener Jeans und einem weißen enganliegendem T-Shirt, unter dem sich seine Brustmuskeln deutlich abzeichneten.

Er ließ sie wieder los, ging um den Tisch herum und deutete auf einen zweiten freien Stuhl. »Setz dich! Ich hoffe, das Frühstück ist okay für dich. Ich wollte dich nicht wecken und war heute Morgen schnell einkaufen. Habe ein paar frische Sachen besorgt. Greif zu!«, forderte er sie auf und nahm selbst einen Schluck Kaffee.

Überrascht setzte sich Isabell an den Tisch. Der Kaffee schmeckte köstlich.

»Hast du gut geschlafen?«, fragte Jean.

»Ja, danke! Bin nur etwas schwer eingeschlafen. War noch mit dem überraschenden Gedanken beschäftigt, dich plötzlich im Haus zu haben.«

Jean lächelte sie an. »Ist das ein Problem für dich?«

»Nein, nein, überhaupt nicht!«, winkte Isabell schnell ab. Sie wollte nicht, dass er dachte sie wäre spießig.

Sie nahm ein Croissant und biss hinein. Der weiche Blätterteig zerfloss auf ihrer Zunge und schmeckte himmlisch, nach feinster Butter mit einem Hauch von Vanille. Noch nie zuvor hatte sie ein so köstliches Croissant gegessen. Sie saßen sich gegenüber und aßen beide schweigend ihr Frühstück. Hin und wieder warf Isabell Jean verstohlene Blicke zu. Sie wusste nicht so recht, was sie von ihm halten sollte. Einerseits war er charmant, unaufdringlich und ein guter Zuhörer, andererseits war er – bei Licht betrachtet – ein Einbrecher, ein Schnorrer, der in fremder Leute Häuser lebte. Ihre Gedanken kreisten um ihn. Sie hätte so viel von ihm wissen wollen und doch fiel ihr keine einzige Frage ein. Nach einer Weile gab sie es auf, lehnte sich mit der Kaffeetasse in der Hand zurück in den Stuhl und legte ein Bein über das andere. Dabei verrutschte ihr Bademantel und gab ihr nacktes Knie frei. Schnell wickelte Isabell den Morgenmantel enger um ihre Beine. Um die unangenehme Stille zu überbrücken, bedankte sie sich für das Frühstück, aber Jean winkte nur ab.

Dann sagte er: »Ich würde dich gerne zeichnen!«

»Was?« Isabell blickte auf.

»Ich würde gerne weitere Zeichnungen von dir machen!«

»Warum? Ich meine, warum mich?«

»Das habe ich dir gestern schon beantwortet. Weil du schön bist!«

»Ach! Ich bin nicht schön! Ich bin alt, verbraucht und ausgelaugt.«

Jean nahm einen Schluck Kaffee und stellte die Tasse langsam wieder auf den Tisch. »Es mag sein, dass du dich im Moment so fühlst. Das heißt aber nicht, dass das alles ist, was du bist! Ich sehe da noch etwas anderes.«

»Aha! Und was siehst du?«, fragte sie provokativ.

»Eine schöne, interessante Frau, die an ihre Grenzen gestoßen ist und das akzeptiert hat. Ich sehe eine Frau, die den Mut aufgebracht hat, ihr altes Leben zu verlassen, um ihre neue Mitte zu finden.« Er fing ihren Blick auf und ließ ihn nicht mehr los.

»Wow!«, antwortete Isabell entwaffnet. Und fügte hinzu: »Das hast du sehr schön gesagt.«

»Also, darf ich dich zeichnen?«

»Jean, ich ...«, fing Isabell an und wippte unruhig auf ihrem Stuhl hin und her, »... ich weiß nicht.« Sie suchte nach Worten, während Jean ganz ruhig dasaß und sie beobachtete. Isabell schaute tief in seine dunklen, südländischen Augen. Diese Augen strahlten offenes Interesse, Ehrlichkeit, aber auch einen starken Willen aus. Warum eigentlich nicht gezeichnet werden, dachte sie nach einer Weile. Er hatte sie ohnehin schon öfter gezeichnet, ohne dass sie davon gewusst hatte. Was war schon dabei? Und laut sagte sie: »Na gut, wenn du möchtest.«

Jean lächelte sie breit an und sprang auf: »Bleib *genau so* sitzen, ich hole nur schnell meine Sachen«. Schon eilte er ins Haus, und Isabell musste lächeln, als er die Treppen hochpolterte, und sie ihn noch rufen hörte: »Nicht bewegen!«

Isabell saß auf dem Stuhl auf der Terrasse, den Kopf nach hinten in den Nacken gelegt. Sie hörte nur das Kratzen des Stiftes auf dem Papier. Die Sonne streifte ihr kurzes Haar und ließ ihre Strähnchen rötlich schimmern. Mit jedem Atemzug löste sich die Schleife ihres Morgenmantels immer weiter und gab den Blick frei auf das tief ausgeschnittene Nachthemd. Als sie sich aufrichtete, um einen Schluck aus ihrer Kaffeetasse zu nehmen, rutschte ihr der Morgenmantel vollends von den Schultern und sie saß nur mit dem dünnen Nachthemd bekleidet auf dem Stuhl. Doch dieses Mal ließ Isabell es geschehen. Es war ihr, als hätte sie ein kleines Lächeln über Jeans Gesicht huschen sehen, doch im nächsten Augenblick war er wieder ganz auf seine Zeichnung konzentriert.

Sie nippte an ihrem Kaffee und hielt die Tasse fest umklammert – es war Isabell danach, sich an etwas festzuhalten, und sei es nur eine Kaffeetasse. Mit der Zeit entspannte sie sich und bemerkte, dass sie anfing, die Ruhe zu genießen. Nicht nur die Ruhe in der gegenwärtigen Situation – weder sie noch Jean sagten ein Wort – sondern eine grundlegende Ruhe, die sich in Isabell auszubreiten begann. Diese innere Ruhe tat ihr unendlich gut, und sie spürte, dass ihre Kraftreserven begannen, sich wieder aufzufüllen, im gleichen Maße, in dem ihre Sorgen und Ängste in den Hintergrund rückten.

Jean hob den Kopf und betrachtete sie über den Tisch hinweg. Isabell sah, wie er seinen Blick über ihre Formen und die Konturen ihres Gesichts wandern ließ. Sie genoss seine Aufmerksamkeit. Es gefiel ihr, wie er sie musterte. Interessiert, aber ohne jegliche Anzüglichkeit.

Sie wusste nicht, wie lange sie so dagesessen waren. Die Sonne näherte sich dem Mittagsstand, die Schatten wurden kürzer, und auf Isabells nackter Haut machte sich eine leichte Rosa-Färbung bemerkbar, als Jean den Stift sinken ließ, sich in seinen Stuhl zurücklehnte und sie nachdenklich betrachtete.

»Was ist?«, fragte Isabell unsicher.

»Sieh selbst!« Er reicht ihr das Bild.

Das Bild stellte eindeutig sie dar, wie sie auf dem Stuhl saß. Zusammengesunken und nachdenklich. Die Konturen waren sehr fein mit Bleistift ausgearbeitet, jede Kleinigkeit deutlich zu erkennen. Ihre Gesichtszüge waren perfekt gezeichnet, aber sie wirkte traurig. Sehr traurig! Isabell überlegte, ob traurig der richtige Ausdruck war. Nein, es war eher freudlos. Ja, das war es! Freudlos. Sie hielt das Bild etwas von sich und legte den Kopf schief. »Es ist wunderschön gezeichnet, Jean. Aber eine Frage: Warum bin ich auf diesem Bild so unglücklich?«

»Weil es das ist, was ich sehe.«

»Im Ernst?«

Er nickte. »Dein Gesicht verrät deine Gedanken. Und ich zeichne das.«

Er stand auf und streckte sich. Sie schaute ihm nach, wie er seine Kaffeetasse nahm und im Haus verschwand. Erneut betrachtete sie ihr Bild. Freudlos. Auch auf den anderen Bildern in seinem Zimmer, die sie gestern gefunden hatte, sah sie so aus. War sie tatsächlich so unglücklich? War es tatsächlich das, was sie ausstrahlte? Früher hatte man ihr versichert, dass sie ein positiver, temperamentvoller und fröhlicher Mensch war. Wo war das denn geblieben? Wie hatte sie sich nur so verändern können? Sie hatte das Gefühl, ihr Leben in diesem Moment von außen zu sehen. Sie konnte in Gedanken einen Schritt zur Seite treten und sich selbst aus einer gewissen Entfernung betrachten. Sie stand irgendwie außerhalb ihres Lebens. Wer war sie eigentlich?

Isabell sah sich als eine erfolgreiche und ehrgeizige Frau. Sie hatte viele Projekte ausgezeichnet betreut und gutes Geld verdient. Sie war bei Kollegen und Kolleginnen gleichermaßen gut angesehen, ebenso wie bei den Kunden. Alles war perfekt gelaufen, bis vor einigen Monaten die Versagensängste begonnen hatten. Die Träume. Sie war dadurch in einen Teufelskreis von Müdigkeit und Schlafmangel geraten, bis diese Spirale schließlich zu ihrem Zusammenbruch geführt hatte.

Isabell atmete tief durch und ließ ihren Blick über die Landschaft hinter den Büschen gleiten. Wie friedlich es hier war und wie weit entfernt ihr ihre eigenen Probleme vorkamen! Nie zuvor war ihr so bewusst geworden, wie sehr sie es genießen konnte, ihre freie Zeit in ihrer eigenen Gesellschaft zu verbringen, ohne in der Tretmühle der Arbeit, im Stress, in der Hektik der Projekte gefangen zu sein. Früher hatte sie manchmal das Gefühl gehabt, keine Zeit für sich zu haben. Aber das war so nicht richtig. Sie hatte sich keine Zeit für sich *genommen*, im Gegenteil sie hatte ihre Freizeit auch noch mit Arbeit angefüllt. Sie war überhaupt nicht dazu gekommen, nein, falsch, sie hatte sich nicht die Zeit *genommen*, über sich und ihre eigenen Bedürfnisse nachzudenken, bis ihr Körper mittels eines Zusammenbruchs ihrem Treiben einen Schlussstrich gesetzt hatte. Keine Zeit genommen für sich selbst, für ihre Bedürfnisse, ihre Erholung – oder ihre Beziehung.

Was für eine Beziehung eigentlich? Was war das, was sie da mit Simon hatte? Sie waren bestimmt schon zehn Jahre »zusammen«, und doch hatte jeder seine eigene Wohnung behalten, jeder hatte auf seinem persönlichen Rückzugsgebiet und seiner Freiheit bestanden. Man traf sich, wenn es die beiden Terminkalender zuließen – also selten. Das Thema Hochzeit, Familie und Kinder war nie berührt worden, von ihr selbst nicht und von Simon schon gar nicht. Wie wäre ihr Leben wohl verlaufen, wenn sie Kinder bekommen hätte? Sie wusste es nicht, vielleicht hätte sie versucht beidem, also der Familie *und* der Arbeit, gerecht zu werden und wäre schon viel früher an ihre Grenzen gestoßen.

Isabell rieb sich mit den Fingern die Schläfe – das viele Grübeln löste wieder Kopfschmerzen bei ihr aus. Es machte keinen Sinn darüber nachzudenken, was gewesen wäre, wenn ... Sie war hierhergekommen, um wieder gesund zu werden, um ...

Sie stockte. Zum ersten Mal kam ihr der Gedanke an die Planung ihres Lebens *nach* der Auszeit in der Provence. Gesund werden, um *was zu tun*? Wieder bis zum nächsten Zusammenbruch weiterzuarbeiten? Nein, das durfte nicht mehr geschehen. Sie durfte sich nicht mehr so sehr in ihre Projekte, in ihre Arbeit hineinsteigern.

Inzwischen war sie seit mehr als drei Wochen hier in Südfrankreich. Es ging ihr gut, sie fühlte sich erholt, doch spürte sie auch, dass das eine trügerische Ruhe war. Die Alpträume wurden zwar weniger und auch die Kopfschmerzen ließen nach, aber sie vergaß trotzdem die ernsten Worte ihres Arztes nicht, der sie davor gewarnt hatte, wieder zu früh in ihr altes Leben zurückzukehren. Die Frage war jetzt, ob sie ihr altes Leben überhaupt auf diese Weise weiterleben *sollte*. Wenn ja, fürchtete Isabell, würde sie sich relativ schnell wieder in dieser Überlastungssituation befinden, oder vielleicht noch schlimmer, in einem Burnout-Syndrom. In das alte Muster zurückzufallen, das wusste sie aus der Internetrecherche, war die größte Gefahr für die meisten Menschen in ihrer Situation.

Als sich ihre Kopfschmerzen verstärkten, versuchte Isabell die Gedanken zu verdrängen. Sie wollte sich nicht mit dem Blick in die

Zukunft quälen. Zuerst musste sie sich erholen und gesund werden und erst danach würde sie den nächsten Schritt angehen. Sie stand auf und räumte den Tisch ab.

Die nächsten Tage verbrachte Isabell mit Lesen. Jean blieb eher im Hintergrund, sie sah ihn hin und wieder irgendwo sitzen und zeichnen. Oft zeichnete er sie, aber es machte ihr nichts mehr aus. Sie lag gerade in dem bunten, luftigen Sommerkleid, das ihr die Verkäuferin für diese Reise angeraten hatte, auf der Liege am Rande des Pools und war in den Liebesroman vertieft, als sie aufsah und ihn entdeckte. Er saß im Schneidersitz auf der anderen Seite des Pools, hatte seinen Block auf den Beinen und zeichnete konzentriert. Er trug wie so oft nur seine Bluejeans, war barfuß und sein von der Sonne gebräunter Oberkörper war nackt.

Erneut fiel ihr seine athletische Figur auf. So ein Sixpack konnte man nur haben, wenn man so jung war wie er. Jean könnte fast ihr Sohn sein, rechnet Isabell nach, verwarf den deprimierenden Gedanken aber schnell wieder. Mehr interessierte sie, was er tatsächlich hier machte? Wovon lebte er? Woher kam er? Wenn sie sich unterhielten, dann sprachen sie immer nur über sie. Isabell beobachtete ihn, mit welcher Hingabe, ja Leidenschaft er sich dem Zeichnen widmete. Sie bewunderte, welche Liebe er zu den Details seiner Bilder entwickelte. Er lebte nahezu in seinen Bildern und es war sichtbar, dass er das, was er tat, in vollen Zügen genoss. Jean schien im Hier und Jetzt zu leben, ohne sich um seine Zukunft zu sorgen. Unwillkürlich musste Isabell lächeln – vielleicht war es auch eine typisch deutsche Eigenschaft: sich Sorgen zu machen! Deutsche machten sich ständig Sorgen! Sorgen um die Arbeit, um die Familie, die Gesundheit, das Gelingen des Sonntagskuchen.

Gedanken über alles und jeden und das zu jeder Zeit! Isabell gefiel Jeans sorglose Unbekümmertheit, sein »In-den-Tag-hineinleben«, seine Art, das Leben zu genießen, egal, was es ihm servierte.

Jean bemerkte ihr Lächeln, denn er hob den Kopf und sah sie fragend an. Isabell grinste, schüttelte leicht den Kopf und widmete sich wieder ihrem Buch.

Jean stand auf und ging um den Pool herum. »Es gefällt mir, wenn du lächelst.« Er stand vor ihrer Liege und schaute auf sie herab.

Isabell beschattete ihre Augen mit der Hand und lächelte erneut.

»Mir geht es gerade auch sehr gut«, sagte sie.

»Das sieht man, und es steht dir.« Er ging vor ihr in die Hocke. »Ich möchte dich etwas fragen?«

»Frag.«

»Ich möchte dich nackt zeichnen.«

Isabell fuhr erschrocken hoch. »*Das* kommt überhaupt nicht in Frage.«

Jean blieb ganz ruhig und schaute sie an.

»Nein, Jean!« Sie setzte sich auf und zupfte unbeholfen an ihrem Kleid herum. »Das ... das geht nicht!«

»Warum nicht?«

»Weil, weil ...«, stammelte Isabell, »weil ich mich nicht vor dir ausziehen möchte.«

»Warum nicht? Ich bin ein Stück weit weg, ich fasse dich nicht an. Ich möchte dich nur zeichnen.«

»Du kannst mich doch auch so zeichnen.«

»Das ist nicht dasselbe. Ich zeichne Leben. Ich möchte dich, deine Haut, deinen Körper, deine Seele erfassen. Das hier ...«, er nahm einen Zipfel des Sommerkleides in die Hand, »... ist nur toter Stoff. Er verdeckt alles.«

Jean blieb ruhig, während er sprach, und seine Worte hatten so viel Wärme, so viel Entwaffnendes, dass ihr die Argumente zur Verteidigung fehlten. Trotzdem sagte sie leise: »Jean bitte, ich möchte das nicht.«

Er ließ nicht locker: »Nenne mir bitte einen Grund, warum du das nicht möchtest!« Er drehte sich um und deutete mit der Hand über die Terrasse. »Es ist niemand hier. Nur du und ich.«

»Bitte, Jean, ich bin zu alt, zu alt für dich. Ich könnte deine Mutter sein.«

Jean richtete sich langsam wieder zur vollen Größe auf. »Was denkst du denn, was ich möchte?« Er sah sie überrascht an. »Ich möchte dich doch nur zeichnen!«

Isabell wurde rot. »So habe ich das nicht gemeint!«

»Wie denn dann?«

»Ich schäme mich, Jean!« Jetzt war es raus. »Du hast einen jungen Körper, straff und muskulös. Ich bin schon älter und, na ja ... Himmel Jean, ich bin fast fünfzig!«

Er starrte sie eine ganze Zeit lang an, ohne eine Miene zu verziehen. Dann reichte er Isabell die Hand. »Komm mit! Ich möchte dir etwas zeigen!«

Kapitel 6

Sie fuhren in Isabells Cabrio in Richtung Nordosten und ließen das Plateau der Lavendelfelder hinter sich. Die Landstraße, die von Kurve zu Kurve schmäler wurde, schlängelte sich immer weiter in die Höhe Richtung Berge. Zunächst säumten noch hüfthohe Macchiasträucher den Weg, kräftig gelbe Ginsterbüsche, die sich gegen den tiefblauen Himmel abhoben. Mit der Höhe wurde der Bewuchs jedoch spärlicher und bildete knorrige Bodendecker. Die Luft war klar und rein, und der Wind, der ihnen durchs Haar wehte, frisch. Außer hin und wieder Angaben zu machen, wohin sie fahren sollte, schwieg Jean während der ganzen Zeit. Er wirkte tief in Gedanken versunken und starrte aus dem Fenster. Isabell hatte versucht, das Ziel der Fahrt zu erfahren, aber seine kurzen Kommentare ließen sie mit der Zeit ebenso verstummen. Ein paar Mal warf sie ihm noch einen fragenden Blick zu, er reagierte jedoch nicht.

Die Natur wurde immer karger, die Felsen immer schroffer. Langsam fing sie an sich zu fragen, wie weit sie noch fahren würden, als Jean sie bat, langsamer zu fahren und in einen steinigen Weg hineinwies.

»Hier rechts, bitte.«

Mein armes Auto, dachte Isabell, aber es waren nur einige Meter, und schon bedeutete Jean ihr, den Wagen abzustellen. Er sprang aus dem Auto und forderte sie auf mitzukommen.

Der Wind pfiff kalt über den Gebirgskamm und vergessen

waren die angenehm warmen Temperaturen ihres Feriendomizils inmitten der Lavendelfelder. Isabell warf sich eine Jacke über, schlang die Arme um sich und stolperte hinter Jean den schmalen steinigen Pfad entlang. Wo führte er sie nur hin und was wollte er mit dieser Aktion bezwecken?

Endlich blieb Jean stehen. Als Isabell ihn erreichte und nach vorne blickte, verschlug es ihr die Sprache. Sie stand an einer Felskante und blickte hinunter in ein tiefes Tal, dahinter erstreckte sich ein Gebirgsmassiv, das imposanter nicht hätte sein können. Riesige Felsblöcke türmten sich gegen den Himmel, als wollten sie die Erde verlassen. Der Himmel, azurblau wie das Meer aus der Ferne, schien zum Greifen nah. Ein paar weiße Wolken versuchten, sich über den Gebirgskamm zu schieben, schienen dabei aber an den höchsten Bergspitzen hängengeblieben zu sein. Greifvögel drehten hoch über ihnen langsam ihre Kreise und stießen scharfe Schreie aus, die an den Steinwänden widerhallten. Der hellgraue Fels reflektierte das Sonnenlicht und ließ die wenigen Büsche und Gräser, die sich an seinen Flanken in Spalten und Nischen festzuklammern versuchten, in unauffälligen Farben verblassen. Ein einzelner knorriger Nadelbaum, eine Art Zeder, vermutete Isabell, hielt sich tapfer auf einem zerklüfteten Felsbrocken, und Isabell bewunderte seine Standfestigkeit und den Willen dieses kleinen Bäumchens, sich in dieser unwirtlichen Welt durchzusetzen. Hier oben gab es nichts außer Himmel, kargem Gewächs und nacktem Stein. Langsam glitt ihr Blick die Felswand hinab in die Tiefe, bis der Schatten der Schlucht ihr die Sicht nahm. Als ihr Magen unangenehm zu kribbeln begann, sah sie schnell wieder nach oben.

Das hier war eine unglaubliche Aussicht, ein atemberaubendes Panorama, und Isabell war nicht fähig, etwas zu sagen.

Erst jetzt wandte sich Jean ihr zu, legte den Arm um ihre Schulter und zog sie an sich. »Siehst du das, Isabell? Das ist die Nacktheit der Natur. Alte, pure Nacktheit! Einfach wunderschön!«

Isabell konnte nicht antworten, sie nickte nur. Tief beeindruckt von dem Ausblick auf Mutter Natur, fasziniert vom Facettenreichtum der Erde, ihrer Schönheit in der Kargheit, konnte sie ihren Blick nicht von diesem Felsmassiv abwenden.

»Ob Mensch oder Natur, beides sind wunderbare Gebilde unseres Schöpfers. Zu jeder Zeit!«, sagte Jean mit leiser, fast andächtiger Stimme.

Langsam schaute sie zu ihm auf und betrachtete lange sein Profil, während er seinen Blick versunken auf dem gegenüberliegenden Bergmassiv ruhen ließ. Was für ein außergewöhnlicher Mensch er doch war! Noch so jung und doch hatte er offenbar eine Lebenserfahrung, die sie eher bei einem Greis erwartet hätte. Auf diese Art und Weise hatte Isabell ihr Dasein noch nie betrachtet. Jean steckte voller Überraschungen. Sie lächelte und schmiegte sich an ihn. Dieses Panorama, solch eine unwirtliche Welt in seinen Armen zu genießen, empfand Isabell in diesem Moment als ein Geschenk des Schöpfers. So unglaublich geborgen hatte sie sich seit einer Ewigkeit nicht mehr gefühlt.

Es war schon tief in der Nacht, als sie wieder zu ihrem Ferienhäuschen zurückkamen. Dieses Mal schätzte Isabell die Stille im Auto während der Rückfahrt. Zu sehr war sie noch ergriffen von den Eindrücken, als dass sie dieses Gefühl mit Reden hätte zerstören wollen.

Isabell parkte ihren Wagen vor dem Haus und stellte den Motor ab. Sie blieben noch eine Weile schweigend im Auto sitzen, als schließlich Isabell, noch immer in Gedanken versunken, kaum hörbar flüsterte: »Danke Jean, dass du mir das gezeigt hast.«

Er lächelte sie an. »Alles ist immer so, wie es ist! Es kommt nur darauf an, von welcher Seite man es betrachtet!«

Erstaunt musterte sie ihn von der Seite. »Du redest über Dinge, für die du eigentlich noch zu jung bist.«

»Glaubst du wirklich, dass man zu jung sein kann, um mit offenen Augen durchs Leben zu gehen?«

»Nein, wahrscheinlich nicht«, antwortete Isabell nachdenklich. »Aber es ist ungewöhnlich. Ich kenne niemanden, der so denkt, wie du.«

Jean zuckte mit den Schultern. »Mach die Augen auf, und du wirst viel Ungewöhnliches im Leben sehen.«

»Ja, da hast du vermutlich Recht«, seufzte Isabell und zog den Schlüssel aus dem Zündschloss.

Die Tage vergingen und es wurde immer wärmer – der Frühsommer hielt Einzug in der Provence. Die Natur erstrahlte in immer bunteren und kräftigeren Farben, die die unterschiedlichsten Blumen und mediterranen Sträucher hervorzubringen vermochten. Die Rosen öffneten langsam ihre Blüten und verströmten ihren lieblichen Duft.

Isabell war unterwegs zu dem kleinen Lavendelladen im Dorf. Sie wollte sich erneut mit den ausgezeichneten Madeleines eindecken und mit Sylvie einen Kaffee trinken. Isabell mochte Sylvie sehr – mit ihr konnte sie über alles Mögliche reden und vor allem auch lachen. Sie hatte auch schon zweimal im Laden ausgeholfen, weil

Sylvie etwas zu besorgen hatte und ihre Schwiegermutter nicht alleine lassen wollte. Sie mochte Sylvies Schwiegermutter, die immer wieder mal ihren imaginären Ehemann ausschimpfte. Isabell mochte es, in das Leben der Einheimischen einzutauchen und nicht mehr als Touristin angesehen zu werden.

Wie erwartet saß die alte Dame vor dem Laden auf dem Stuhl im Schatten und nähte.

»Bonjour, Grand-mère Cathérine. Wie geht es dir heute Morgen?«

»Bonjour, meine Schöne. Belle Isabell«, sagte sie. »Was soll ich sagen: mein Rücken und meine Beine.« Dann drehte sie sich übergangslos in die andere Richtung und wetterte los: »Mir würde es bei weitem nicht so schlecht gehen, wenn du alter Ochse von Ehemann mir mehr helfen würdest!«

Isabell wartete geduldig ab, bis grand-mère Cathérine ihren imaginären Mann ausgeschimpft hatte. Sie mochte diese alte Frau, trotz oder vielleicht sogar wegen ihrer ungewöhnlichen Marotte.

»Gibt es noch ein paar von euren leckeren Madeleines? Ich möchte wieder etwas davon mitnehmen.«

»Da hast du Glück. Sylvie ist gerade losgegangen, sie zu holen. Sie hat heute Morgen gebacken.«

»Dann warte ich hier solange.«

Isabell setzte sich neben die alte Frau auf die Eingangsstufe zum Laden und schaute die Straße hinunter. In Gedanken versunken hob sie ein Blatt einer Esskastanie vom Boden auf und fing an, das zartgrüne Material zwischen den Blattadern herauszuzupfen.

»Grand-mère Cathérine«, sagte Isabell nach einiger Zeit und warf das Gerippe des Blattes vor sich auf die Straße, »darf ich dich etwas fragen?«

»Aber nur zu, mein Kind. Was möchtest du wissen?«

»Kennst du einen jungen Maler, der sich hier in der Gegend

aufhält? Groß, gut gebaut, Mitte Zwanzig. Ich weiß leider nicht, wie er heißt.« Isabell machte eine kurze Pause und fügte träumerisch hinzu: »Ich habe neulich eines von seinen Bildern in deinem Laden gesehen.«

»Oh ja, ich glaube, ich weiß, von wem du sprichst.« Grand-mère Cathérine legte ihr Nähzeug in den Schoß. »Hier treibt sich tatsächlich hin und wieder jemand herum, der Bilder verkauft. Das stimmt, gerade hängt eines seiner Bilder bei uns im Laden. Sylvie hat es angenommen.«

»Weißt du etwas von ihm?«

»Nein, nicht wirklich viel. Diesen jungen Mann kennt hier kaum jemand.«

»Woher kommt er?«

»Ich weiß es nicht genau. Er ist da, dann wieder für einige Zeit weg und dann taucht er irgendwann wieder auf«, sagte sie und zupfte an ihrem Nähzeug herum. »Es gibt Gerede, dass er aus einer reichen Familie aus Lyon stammen soll. Wenn ich ihn mir aber so anschaue, den Schwung seiner Augenbrauen, seine breiten Schultern, seine Größe, dann würde ich sagen, dass seine Wurzeln eher in der Bretagne liegen. Ich weiß nicht genau, was sein Vater macht, aber man behauptet, er sei sehr reich und nicht damit einverstanden, dass sein Sohn Künstler werden wolle. Deshalb sei der junge Mann angeblich von Zuhause fort gegangen. Ah, da kommt Sylvie.«

Grand-mère Cathérine deutete die Straße hinunter und winkte, wandte sich aber dann wieder Isabell zu. »Mehr weiß ich nicht, aber sein Vater hat doch recht, wenn du mich fragst. Maler, das ist doch kein Beruf für einen Mann. Brotlose Kunst.«

Dann drehte sich Grand-mère Cathérine energisch zur Seite, und Isabell erwartete schon eine Schimpfkanonade, aber die alte

Frau schien es sich anders überlegt zu haben und widmete sich wieder ihrer Näherei.

Als wäre ihr noch etwas eingefallen, fügte sie hinzu: »Soweit ich weiß, kennt keiner seinen wirklichen Namen. Bei uns heißt er immer nur »der Maler«.«

Isabell stand auf und ging Sylvie ein paar Schritte entgegen. Sie nahm ihr den Korb voller duftender Madeleines aus der Hand und betrat hinter ihr den kleinen Laden.

»Isabell, schön dich zu sehen. Ich dachte mir schon, dass du heute kommst.« Sylvies Freude wirkte echt. Sie reichte Isabell ein Blatt Papier. »Sieh mal, ich habe dir das Rezept für die Madeleines aufgeschrieben. Dann hast du ein Andenken an uns, wenn du zuhause in Deutschland Fernweh bekommst. Aber sie werden mit Sicherheit nicht so schmecken wie das Original von mir«, sagte Sylvie und lachte.

Isabell fühlte bei dem Gedanken, dass ihre Zeit hier irgendwann zu Ende gehen würde, ein Stich in der Magengrube. Sie mochte gar nicht daran denken. Sie stellte den Korb im Laden auf einen kleinen Nebentisch, steckte das Rezept in ihre Tasche und half Sylvie, die kleinen Biskuits in der Theke aufzureihen.

Die sonst so ruhige Sylvie wirkte heute merkwürdig aufgekratzt. Sie redete ohne Punkt und Komma und erklärte Isabell, dass sie beim Backen der Madeleines die Butter rechtzeitig aus dem Kühlschrank nehmen müsse und ja nicht zu viel Lavendel verwenden dürfe. Das sei ohnehin das Geheimnis ihres weichen Geschmacks. Hätte sie keinen frischen Lavendel, was wahrscheinlich der Fall sein dürfte, so könne sie auch einige Tropfen Lavendelöl in den Teig geben, aber ganz vorsichtig, denn mit dessen starken Geschmack würde man sich häufig verschätzen.

Sylvies Monolog wurde immer lauter und schneller und auch ihr Lachen wirkte aufgesetzt.

»Sylvie, was ist los mit dir?«

Sylvie hielt einen Augenblick inne und starrte Isabell in die Augen. Dann riss sie sich los. »Nichts ist los mit mir! Was soll schon los sein?«, fuhr sie Isabell an.

Isabell machte einen Schritt zurück und schaute sie überrascht an. Es dauerte nur einen kurzen Augenblick lang – dann fing Sylvies sorgsam errichtete Fassade an zu bröckeln. Die Mutter dreier Jungen, die, wie Isabell den Eindruck gehabt hatte, immer alles im Griff hatte, wirkte auf einmal aufgerüttelt, durcheinander und hilflos. Sie stützte sich auf den Korb und umklammerte den geflochtenen Rand so fest, dass die Knöchel weiß hervortraten. Verbittert stieß sie zwischen ihren zusammengepressten Lippen hervor: »Nichts ist los, außer, dass man sich sein ganzes Leben für seine Kinder abgerackert hat, um etwas für sie aufzubauen und sie einem dann verkünden, dass sie überhaupt kein Interesse daran haben. Mathéo geht früh am Morgen auf die Felder um die nötigen Arbeiten zu erledigen, danach arbeitet er noch in einer Fabrik, damit ein bisschen zusätzliches Geld hereinkommt, um die Familie zu ernähren. Ich stehe jeden Tag um fünf Uhr früh in der Küche und backe.« Sie warf die Arme in der Luft. »Wenn ich nicht im Laden stehe! Sich um grand-mère und das alles hier zu kümmern ist nicht einfach. Und was ist der Dank dafür? Mein ältester Sohn möchte weg! Er hat keine Lust auf »das alles« hier!«

Inzwischen rannen Sylvie Tränen die Wangen hinab und tropften auf die Plätzchen. Isabell legte den Arm um Sylvies Schulter und führte sie nach hinten in den Raum, in dem die Vorräte gelagert wurden. Sie setzten sich beide auf eine Kiste, die in der Ecke stand.

»Erzähl!«, forderte Isabell Sylvie auf.

»Ach, was soll ich schon groß erzählen? Ich habe mir auch oft etwas anderes vorgestellt, als mein ganzes Leben hier zwischen dem Lavendel zu verbringen. Es gibt Tage, da kann ich den Geruch nicht mehr ertragen, dann wird mir alles zu viel. Aber ich halte durch – warum? Weil das mein Leben ist und ich meinen Kindern etwas hinterlassen möchte! Und jetzt ist André achtzehn Jahre alt und mit der Schule fertig und könnte uns hier ein bisschen unterstützen, aber nein, stattdessen möchte er weg von uns!«

Isabell hatte Sylvies Hände in die ihren genommen. »Was möchte denn dein Sohn machen?«

»Er möchte in eine große Stadt gehen, ich weiß es nicht. Vielleicht Nizza oder sogar Paris und dort Karriere machen. Er will einmal viel Geld verdienen, hat er gesagt, und nicht so wie wir leben.« Sylvie deutete auf all die Vorräte um sie herum und verstummte dann.

»Sylvie«, sagte Isabell und tätschelte ihre Hand. »André hat sein eigenes Leben, seine eigenen Vorstellungen. Vielleicht solltest du ihn auch seine eigenen Erfahrungen machen lassen. Gegen seinen Willen wirst du ihn ohnehin nicht hierbehalten können. Und wenn ich Mathéo richtig verstanden habe, dann ist es sowieso Christian, der begeistert in den Lavendelfeldern arbeitet. Er könnte eines Tages hier alles weiterführen.«

»Aber er schafft das doch gar nicht alleine. Er braucht seinen großen Bruder.«

»Ach was, natürlich schafft er das alleine und, wer weiß, dein Jüngster ist ja auch noch da. Und vielleicht, eines Tages, wenn André die große weite Welt dort draußen kennengelernt hat, kommt er gerne wieder zurück, weil er erkannt hat, was für ein traumhaftes Fleckchen Erde das hier ist. Wie friedlich die Natur den Menschen hier umgibt. Diese Ruhe, die Balsam für die Seele ist. Ich denke, man muss erst etwas anderes kennenlernen, bevor man zu schätzen weiß, was man hier hat.«

Sylvie hatte aufgehört zu weinen und sah Isabell an.

»Lass ihn gehen, Sylvie, aber bleibe mit deinen Gedanken bei ihm. Lass nicht zu, dass er aus deinem Herzen verschwindet.«

Isabells Augen waren feucht geworden und ihr Blick verschwamm. Sie wischte sich verschämt darüber und sah Sylvie lächelnd an.

Sylvie drückte dankbar Isabells Hand. »Ich möchte dich gerne zu unserem Lavendelfest übernächste Woche einladen«, sagte Sylvie.

Plötzlich begann sie zu lachen und Isabell stimmte herzlich ein. Es war ein befreiendes Lachen, für beide auf ihre Art.

Isabell schwamm im Pool. Sie hatte es kaum abwarten können, dass endlich das Wasser warm genug geworden war und drehte nun genussvoll ihre Runden. Erst nach einer ganzen Weile stieg sie aus dem Pool, schüttelte sich die Wassertropfen aus den Haaren und wickelte sich in ein großes Handtuch ein. Dann streifte sie sich den nassen Badeanzug unter dem Handtuch vom Körper, legte ihn über einen Stuhl und wollte gerade ins Haus gehen, als sie hörte, wie Jean ihr hinterherrief:

»Warte!«

Er musste wohl, von Isabell unbemerkt, im Schatten der Büsche gesessen haben. Nun ging er um den Pool herum und kam auf sie zu. Als er direkt vor ihr stand, schaute er sie lange an. Isabell blickte unsicher zu ihm auf, dann wandte sie ihren Blick zum Boden. Ganz sachte berührte Jean ihren Handrücken, fuhr mit seinen

Fingerspitzen ihren Arm entlang nach oben und ließ seine Handfläche auf ihrer Schulter liegen. Die Wärme seiner Hand strömte in ihren Körper und ließ sie fast zu atmen vergessen.

»Lass mich dich zeichnen, bitte.«

Als sie zu ihm aufblickte, strahlten seine Augen Wärme, aber auch Faszination und Würde aus, und in diesem Moment verstand Isabell, was es war, das ihn faszinierte, das ihn antrieb, und was seine wahren Beweggründe waren. Er sah sie nicht als Lust- oder Sexualobjekt, auch nicht als junges Mädchen oder als alte Frau – sondern als ein Kunstwerk. Er sah in ihr die Anmut des Menschen, die Schönheit der Natur. Noch immer in seinen Augen versunken, ließ sie es zu, dass er ihr das Handtuch wegzog und zu Boden gleiten ließ. Sie stand vor ihm, nackt, wie Gott sie geschaffen hatte. Isabell konnte nicht glauben, dass sie das zuließ. Sie stand vor ihm, bewegungslos, fast willenlos und gleichzeitig verwundert, wie groß das Vertrauen zu ihm, einem fast fremden Mann war.

Er führte sie an den Beckenrand und bedeutete ihr mit einer Handbewegung, sich zu setzen. Isabell ließ sich langsam nieder, stützte sich nach hinten ab und ließ ein Bein angewinkelt. Sie beobachtete ihn, wie er seine Zeichenutensilien holte, die er im Schatten der Büsche zurückgelassen hatte und sich auf die gegenüberliegende Seite des Pools setzte. Er blieb eine ganze Weile ruhig sitzen und betrachtete sie so lange, bis sein Blick ihr doch etwas unangenehm wurde. Warum fing er nicht an zu zeichnen? Warum schaute er sie so an? Und plötzlich verstand sie: Jean schaute nicht, er betrachtete sie nicht nur – er bewunderte sie.

Sie nahm wahr, wie er immer mehr in ihr, seinem Kunstobjekt, versank und nach einer Weile begann, konzentriert die Linien über das Papier zu ziehen. Er war in seine Welt eingetaucht.

Isabell hatte jegliches Zeitgefühl verloren. Waren erst Minuten oder gar schon Stunden vergangen? Sie spürte die heißen Sonnenstrahlen auf ihrer Haut, die langsam ein Brennen auslösten, doch sie bewegte sich nicht. Ihre Arme wurden taub von der immergleichen Haltung, aber sie wagte nicht, ihre Stellung zu verändern, um Jean nicht zu irritieren. Sie betrachtete Jean, sah, wie vertieft er in seine Arbeit war und dass er nichts mehr um sich herum wahrnahm. Direkt neben ihm hüpfte eine Amsel auf der Suche nach Würmern im Gras und Isabell war sicher, dass Jean sie nicht bemerkte. Er war vertieft in die Welt der Kunst. All seine Sinne waren fokussiert auf das Erfühlen seines Motivs. Seine Brauen, angestrengt zusammengezogen, so dass sich auf der Stirn Falten bildeten, und die aufeinandergepressten Lippen verrieten seine Konzentration. Er fuhr mit der Hand flink über das Papier, stellte den Kopf schräg, betrachtete Isabell von neuem, um dann wieder etwas an seiner Arbeit zu verbessern.

Isabell war beeindruckt von Jean Arbeitsweise – sie faszinierte sie. *Er* faszinierte sie! Seine Art und Weise, die Dinge zu sehen, seine Sicht auf das Leben, auf die Menschen. Seine Weisheit trotz seiner Jugend. Und auf der anderen Seite seine Unbekümmertheit dem Leben gegenüber. Sie mochte Jean – sie mochte ihn sehr.

Als Isabell gerade dachte, sie würde es in dieser Position nicht länger aushalten, klopfte sich Jean auf den Oberschenkel und rief mit einem breiten Grinsen: »Fertig!« Er sprang auf und ging, mit der Zeichnung in der Hand, um den Pool herum auf sie zu. »Es wird dir gefallen.« Er reichte ihr die Hand, und half Isabell, die ganz steif vom Sitzen war, auf die Beine.

Sie massierte ihre Handgelenke und sah in sein glückliches Gesicht. Unwillkürlich musste auch sie grinsen, angesteckt von seiner jugendlichen Begeisterung. Behutsam beugte er sich über sie und gab ihr einen Kuss auf die Wange, dabei hauchte er ihr ein leises »Danke!« ins Ohr.

Ohne ein weiteres Wort überreichte er ihr die Zeichnung und ging ins Haus. Isabell sah ihm nach, wollte noch etwas sagen, verwarf es aber. Sie wickelte das Handtuch um ihren Körper, setzte sich auf den Liegestuhl und begutachtete die Skizze. Eine Bleistiftzeichnung auf weißem Papier. Sie war beeindruckt, wie er es geschafft hatte, in so kurzer Zeit ein kunstvolles Portrait zu zeichnen. Mit wenigen Linien beschrieb er ihren Körper, den er mit weichen Konturen sehr weiblich dargestellt hatte. Die Hell- und Dunkelpartien der Schattenwürfe waren durch unterschiedlich starke Schraffierungen dargestellt. Ihre Gesichtszüge jedoch waren im Gegensatz zum Körper sehr fein ausgearbeitet. Es waren sowohl die Lachfalten um ihren Mund als auch die Sorgenfalten auf der Stirn dargestellt. Aber etwas war anders als auf den Bildern, die sie bis jetzt von sich gesehen hatte. Sie überlegte lange, bis sie endlich an den Augen auf der Zeichnung hängen blieb: Das war es. Ihr Blick war freundlicher, nicht mehr so verbissen und angestrengt, wie auf früheren Portraits. Sie wirkte auf dem Bild entspannt, friedlich. Sie hielt die Zeichnung ein Stück weit von sich weg. Es gefiel ihr, was sie sah. Sie gefiel sich.

Die Amsel flog schimpfend aus dem Busch auf der anderen Poolseite und zankte sich in der Luft mit einem Artgenossen. Sie beobachtete die beiden Streithähne und lächelte.

Jean hatte Recht mit seinen Bildern. Sie hatte tatsächlich eine Veränderung in sich gespürt und jetzt konnte sie dies auch sehen. Ihre Mimik in der Zeichnung entsprach ihrem aktuellen Gemütszustand. Sie fühlte sich gelöst und locker, nicht mehr so durch ihr Leben gehetzt.

Kapitel 7

Am darauffolgenden Tag war es wieder einmal Zeit den Kühlschrank zu füllen. Jean bot sich an, Isabell zu begleiten, und kurz darauf fuhren beide nach Digne-les-bains, der nächstgelegenen größeren Stadt.

Als Isabell ihr Auto gerade auf dem Parkplatz eines riesigen Supermarktes einlenken wollte, winkte Jean ab und dirigierte sie weiter ins Zentrum. Dort fand ein Wochenmarkt statt, auf dem die Bauern aus der umliegenden Region ihre Waren verkauften. Sie fanden glücklicherweise schnell einen Parkplatz und stürzten sich ins bunte Treiben.

Die Stände auf dem Markt waren übervoll mit heimischen Früchten und Gemüsen der Saison. Rote Tomaten und bunte Paprika türmten sich in Pyramiden auf den wackligen Tischen, und die Zucchinis waren ordentlich der Länge nach aufgestapelt. Jean zog sie an der Hand durch die Menschenmenge und blieb an einem Gemüsestand stehen. Dort hielt er Isabell ein zusammengeschnürtes Bündel schlanker, dunkelgrüner Stängel unter die Nase.

»Das ist aspèrge sauvage – wilder Spargel. Er wächst hier überall und hat einen viel intensiveren Geschmack als weißer Spargel, leicht nussig.«

Sie roch daran und tatsächlich, sofort kam die Erinnerung hoch an den Geruch, den Isabell in letzter Zeit öfter in der Nase gehabt hatte, aber nicht hatte zuordnen können. Sie fühlte sich augenblicklich in die Wildnis der Provence versetzt.

»Und das hier«, Jean drückte ihr eine weitere Frucht in die Hand, »ist eine Loquat, eine Wollmispel.«

Er lächelte über ihr ratloses Gesicht, als sie die runde orangefarbene, aprikosengroße Frucht in ihrer Hand wog und betrachtete, unschlüssig, wie sie sie probieren sollte. Er nahm sie ihr aus der Hand, brach sie entzwei, schubste mit dem Zeigefinger zwei große runde dunkle Kerne aus dem Gehäuse und biss in das saftige Fruchtfleisch. Dann reichte er ihr die andere Hälfte.

»Probier mal. Diese Frucht gibt es nur im Mittelmeerraum. Sie muss am Baum ausreifen und dadurch ist sie zu empfindlich für den Transport.«

Isabell überraschte der süßlich-säuerliche Geschmack, der eine angenehme Frische im Mund verbreitete. Sie fand Gefallen daran, die Früchte vor dem Kauf zu kosten und sich von Jean die Herkunft und Zubereitung erklären zu lassen. Ihre Einkaufstaschen wurden voller und voller.

»Und hier kommen wir zu den Schätzen der Provence.« Jean führte sie an einen Stand, der unterschiedlichste Kräuter anbot. »Ohne die geht in der französischen Küche überhaupt nichts.«

Für Isabell war es ein Feuerwerk an verschiedenen Gerüchen. Sie roch an Kräutern, die ihr schon bekannt waren, wie Lavendel, Salbei und Rosmarin, aber sie verrieb auch Kräuter in der Hand, die sie nur aus der Trockenmischung für italienische Pizza kannte, wie Oregano, Majoran und Thymian. Doch erst recht interessant wurde es, als Jean ihr Bohnenkraut, Estragon und Lorbeer unter die Nase hielt.

»Ich möchte heute für dich kochen.« Scheinbar spontan hatte

Jean diesen Entschluss gefasst, und Isabell nahm das Angebot gerne an.

Nun war Jean in seinem Element. Er kaufte einen ganzen Bund unterschiedlichster Kräuter und verschwand dann so zielstrebig zwischen den Ständen, dass Isabell Mühe hatte, ihm zu folgen. Er feilschte hier, gestikulierte dort und probierte da. Hin und wieder schien die Ware ihn nicht zu überzeugen, dann lehnte er dankend ab, doch meistens ließ er sich die Taschen gut füllen. Fasziniert beobachtete sie ihn. Die Lauchstangen, die nicht mehr in die Taschen passten, reichte er kurzerhand an Isabell weiter, die sie im Arm hielt wie ein Redner seinen Dankesstrauß. Dann blieb er mitten auf dem Markt stehen, drehte sich um seine eigene Achse, um die Stände noch einmal zu überblicken und steuerte daraufhin gezielt einen Fleischstand am Rande des Marktes an. Dort kaufte er noch zwei schöne Stücke Lammfilet. Erst jetzt schien Jean tatsächlich alles zu haben.

Erschöpft von der Einkaufsaktion setzten sie sich in ein Café am Rande des Marktes an einen der kleinen Tische, die draußen in der Sonne aufgestellt waren. Jean bestellte zwei Café au lait und Isabell streckte ihr Gesicht der Sonne entgegen und genoss die Wärme.

»Hat dir der Markt gefallen?«

»Oh ja, sehr. Es macht viel mehr Spaß, hier einzukaufen als im Supermarkt.«

»Ja, das ist wahr«, sagte Jean und lachte.

»Es ist ein anderes Leben hier«, sagte Isabell nach einer Weile nachdenklich.

»Wie meinst du das?«

»Na ja, sieh dir die Bauern hier an. Es muss schon ein hartes Leben sein, den ganzen Tag auf den Feldern zu arbeiten.«

Jean nahm einen Schluck Kaffee. »Natürlich, es ist nicht einfach. Ein Leben in der Stadt ist es aber auch nicht! Sieh dich an und was aus dir geworden ist.«

Wie recht er hatte. Isabell ließ ihren Blick über den Marktplatz wandern und versank in ihren Gedanken. Nach einer Weile stupste Jean sie an und holte sie wieder in die Gegenwart zurück. Er deutete auf eine alte Marktfrau, die an ihrem Stand Zwiebeln, Zucchini und ganze Berge von grünem Salat zu verkaufen hatte.

»Was siehst du, wenn du diese alte Frau betrachtest?«

»Was meinst du?« Isabell sah zu Jean.

»Hier, diese Frau. Die gerade eben den Salatkopf in die Tüte packt. Sag mir, was du siehst?«

»Hmm, was sehe ich?« Isabell lehnte sich in ihrem Bistrostuhl zurück und beobachtete die Frau eine Zeitlang. Sie sah, wie sie noch Zwiebeln dazu packte und dann das Geld des Kunden in ein kleines Kästchen stecken wollte. Sie hatte offensichtlich Schwierigkeiten, den Deckel zu öffnen und das Wechselgeld herauszuholen. Wahrscheinlich hatte sie Gicht oder eine ähnliche schmerzhafte Erkrankung der Gelenke.

»Ich sehe eine alte Frau, die Gelenkschmerzen hat. Wahrscheinlich auch Rückenschmerzen von der vielen Feldarbeit, aber ganz bestimmt tun ihr inzwischen die Beine vom langen Stehen weh. Sie ist ziemlich mager, vielleicht hat sie nicht genug zu essen? Sie ist gezwungen, viel von ihrer Ware zu verkaufen, sonst reicht vielleicht das Geld nicht zum Überleben. Tja ...«, Isabell hob die Schultern, »... ich würde sagen, sie hatte ein sehr hartes und anstrengendes Leben.«

Jean nickte. »Du magst recht haben, dass sie in ihrem Leben viel gearbeitet hat. Ich denke, sie ist eine Frau, die es gewohnt ist, hart zu arbeiten. Vielleicht hat sie drei oder vier Kinder großgezogen. Und ich stimme dir zu, sie hat bestimmt Schmerzen. Jeder Mensch, der arbeitet, trägt im Laufe der Jahre Schäden davon, ob nun körperliche oder geistige.« Er sah Isabell ernst an, dann fuhr er fort. »Ihre Hände und ihr Gesicht sind von Wind und Sonne gegerbt, das heißt, sie hat viel auf den Feldern gearbeitet und hat wahrscheinlich nicht wirklich viel Geld damit erwirtschaftet. Diese Frau kann sich bestimmt keine Villa, auch kein schickes Cabriolet leisten.«

Isabell schaute verlegen zur Seite.

»Nein, das ist in Ordnung, ich betrachte es neutral.« Er legte seine Hand auf Isabells Arm. »Aber schau dir die Frau doch an! Schau ihr ins Gesicht! Siehst du nicht, wie zufrieden sie mit ihrem Leben ist? Diese Zufriedenheit macht sie schön. Schau dir die Augen dieser Frau an. Was siehst du darin? Vergleiche doch mal diese wunderschönen Augen mit denen derer, die alles haben und noch immer mehr wollen. Sie ist zufrieden mit dem, was sie in ihrem Leben erreicht hat. Und das ist doch das, was zählt.« Er schaute Isabell ins Gesicht. »Verstehst du, was ich meine?«

In diesem Moment lief ein kleines Mädchen über die Straße auf die alte Frau zu und rief: »Mamie, mamie!« Freudig warf sie sich in die Arme der alten Frau. Die alte Frau strahlte augenblicklich über das ganze Gesicht, fing ihr kleines Mädchen auf und hob sie hoch, so weit sie konnte.

Eine junge Frau trat hinter dem Mädchen an den Stand, küsste die alte Frau auf beide Wangen und stellte eine Kiste hochkant, damit die Großmutter sich setzen konnte. Sobald sie saß, krabbelte das kleine Mädchen auf ihren Schoß und redete wild gestikulierend auf sie ein, während sich die Mutter eine Schürze umband und den Verkauf am Stand übernahm.

Isabell schluckte den Kloß in ihrem Hals hinunter und kämpfte mit den Tränen, die ihr in den Augen brannten. Sie drehte sich weg und schaute zum Himmel. Jean hatte recht! Nicht Geld, nicht Erfolg – es war die Zufriedenheit, die das Wichtigste im Leben war! Die Zufriedenheit mit sich selbst und seinem Leben.

»Es ist nie zu spät, neu anzufangen«, sagte Jean mit sanfter Stimme. Dann schwieg er.

Jeans Ansichten und ihre Beobachtungen hatten Isabell stark aufgewühlt. Neuanfang? Zufriedenheit? In Isabells Kopf schwirrten die Worte wild umher. Welche Zufriedenheit hatte ihr denn ihr bisheriges Leben geben können? Natürlich war sie in den Tagen, nachdem sie Projekte gut abgeschlossen hatte, mit sich zufrieden gewesen, sogar hochzufrieden. Aber was bedeutete ihr das heute? Konnte sie aus der Distanz zufrieden darauf zurückblicken? Sie wollte nicht unfair sein: Es hatte auch viele tolle Momente in ihrem Job gegeben, aber würde sie in Zukunft davon zehren können? Eher nein! Sie empfand immer noch Wut über die katastrophale Entwicklung ihres Lebens. Aber andererseits hatte Jean recht. Ein Neuanfang wäre etwas Wunderbares. Alles hinter sich lassen, einen dicken Schlussstrich ziehen und wieder ganz von vorne anzufangen. Nicht zurück in die alte Tretmühle, die Hoffnung, *nicht* wieder in alte Fahrwasser zu geraten! Doch unter ihre aufkeimende Begeisterung über einen möglichen Neuanfang mischte sich der quälender Gedanke, dass sie so lange in ihrem alten Leben gefangen gewesen war, dass es ihr fast unmöglich erschien, einfach alles hinter sich zu lassen?

In diesem Moment unterbrach Jean ihre trüben Gedanken und sagte fröhlich: »Lass uns gehen! Ich habe viel zu tun. Ich möchte dich heute Abend kulinarisch verwöhnen.«

Isabell ließ sich von Jeans Stimmung anstecken. Sie fuhren zu ihrem Ferienhaus zurück, brachten die Einkäufe in die Küche und Jean fing an, die Zutaten, die er für sein Gericht brauchte, zusammenzustellen, während Isabell sich ein Glas Wein eingoss und ihn beobachtete.

»Was kochst du denn Leckeres?«

»Lamm nach provenzalischer Art mit Gemüse. Ein Rezept meiner Mutter.«

»Das klingt gut. Kann ich dir helfen.«

»Gerne.« Jean lächelte sie an.

Nun wurde geschält, geschnitten und zubereitet, angeschwitzt und abgelöscht, püriert und aufgegossen, bis Jean ihr plötzlich von hinten das Küchentuch um die Augen band und ihr etwas unter die Nase hielt. »Hier. Riech mal! Nach was riecht das?«

»Ähm, nach Gurke würde ich sagen.«

»Und das?«

»Das ist eine Tomate, eindeutig.« Sie griff nach seiner Hand, bevor er die Tomate wieder weglegen konnte und schnupperte intensiver an der Frucht. »Was für ein intensiver Geruch. Mir ist bisher nie aufgefallen, wie herrlich Tomaten riechen können.«

»Supermarkttomaten riechen auch nach nichts. Was denkst du, ist das?« Er hielt ihr eine andere Frucht unter die Nase.

Sie hielt seine Hand fest und überlegte. »Hmm, ich würde sagen ... nein ... warte, ich hab's gleich ... nein, keine Ahnung. Es riecht irgendwie nach nichts!«

»Eine Zucchini?«, antwortete er und grinste.

Sie lugte unter der Binde hervor: »Riechen so Zucchinis?

»Zucchinis riechen in der Tat kaum. Und jetzt kommt die Meisterprüfung. Augen zu!«

Jean lachte auf, als er ihr etwas unter die Nase hielt. Er schien sich köstlich zu amüsieren. »Was ist das? An was erinnert es dich?«

Isabell ließ sich Zeit und überlegte. »Oh, ich kenne den Geruch. Es riecht herb, irgendwie wild. Ich weiß nicht, wie ich es beschreiben soll, es ist mehr ein Gefühl als ein Geruch.«

»Jawohl!« Jean streifte ihr Küchentuch vom Kopf und klatschte in die Hände. »Du hast es verstanden. Obst, Gemüse, natürliche Lebensmittel – das alles ist mehr als nur ein Geruch oder ein Geschmack. Es ist ein Gefühl. Er hielt sich den grünen Spargel selbst unter die Nase und fing an zu schwärmen. »Es ist ein Gefühl von Freiheit, Erinnerung, Wildnis, ein Gefühl von Natur, von Leben.«

Isabells Augen leuchteten, und sein Lachen, seine Schwärmerei steckte sie an. Der Raum war mittlerweile erfüllt vom Duft der unterschiedlichsten Kräuter und Gemüsesorten. Sie roch an den aufgeschnittenen Tomaten im rohen Zustand und registrierte die Veränderung beim Garen. Erstaunt bemerkte sie, dass selbst Früchte der gleichen Sorte unterschiedliche Geruchsnuancen aufzeigten.

Als sie alles vorbereitet und das Lamm auf das Gemüsebett gelegt hatten, bestrich Jean das Fleisch mit grand-mère Cathérines Lavendelhonig, in dem er zusätzlich noch die gekauften Gewürze eingelegt hatte. Vorsichtig legte er die restlichen Kräuter zur Seite, die, wie er erklärte, er erst später dazu geben werde, damit sie nicht verbrannten, und schob die Kasserolle in den Ofen.

Während Isabell Jean dabei beobachtete, wie er gekonnt mit den Küchenutensilien hantierte, musste sie unwillkürlich an Simon denken. Sie hatten nie gemeinsam gekocht. Wenn sie zusammen gewesen waren, hatten sie entweder über bestehende oder zukünftige Projekte gesprochen oder Kundenprobleme diskutiert. Es war äußerst selten vorgekommen, dass sie sich über andere Dinge unterhalten hatten. Wie schade! Ihnen beiden war etwas Wundervolles entgangen.

Jean war so anders als Simon. Er war aufmerksam, achtete auf andere Menschen und bemerkte, wenn es Isabell nicht gut ging, ohne dass sie etwas gesagt hatte. Er hatte die Begabung, sich in andere Menschen hineinzuversetzen und ihre Sorgen zu erspüren. Gleichzeitig war er lebenslustig, tatkräftig und erfrischend.

Isabell beobachtete ihn, wie er mit dem Küchentuch die Anrichte sauber wischte, seine Hände damit trocknete und es sorgsam aufhängte. Er musste auch das gespürt haben, denn er drehte sich zu ihr um, sah sie fragend an und lächelte. Seine markanten Gesichtszüge und seine dunklen Augen fesselten Isabell. Sie ertappte sich dabei, ihm eine Haarsträhne nach hinten streichen zu wollen, die ihm in die Stirn gefallen war. Verschämt löste sie sich aus diesen Gedanken und drehte ihm den Rücken zu. Sie spürte die Hitze in ihren Kopf steigen, sagte hastig »Ich werde dann mal den Tisch decken« und verschwand mit zwei Tellern und dem Besteck durch die Terrassentür.

»Das Essen dauert noch eine ganze Weile, bis es fertig ist«, rief Jean ihr nach.

»Dann lese ich noch ein bisschen.«

Nachdem sie die Teller draußen abgestellt hatte, huschte Isabell wie ein ertapptes Kleinkind die Treppen hinauf in ihr Zimmer und schloss die Türe hinter sich. Sie ließ sich auf ihr Bett fallen und versuchte ihren Atem zu beruhigen. *Himmel, er könnte vom Alter her dein Sohn sein,* ermahnte sie sich und versuchte, sich mit einem Buch abzulenken.

Isabell musste über ihrem Roman eingeschlafen sein, denn als sie erwachte, begann es schon zu dämmern. Sie ging auf den Balkon, streckte sich und ließ ihren Blick über die einzigartige Landschaft schweifen. Der Wind wehte den Geruch der Lavendelsträucher zu ihr herüber. Wie beruhigend und befreiend dieser Geruch war!

Sie trug ein bisschen Make-up auf und zog das bunte Sommerkleid und hochhackige Schuhe an. Ein kurzer Blick in den Spiegel, dann verließ sie ihr Zimmer. Aus der Küche strömte ihr ein unwiderstehlicher Geruch entgegen, und als sie auf die Terrasse trat, fand sie einen liebevoll gedeckten Tisch vor.

Jean sprang aus der Liege auf und blieb wie angewurzelt vor ihr stehen. »Isabell, du siehst bezaubernd aus.« Sie lächelte ihn schüchtern an. Er stockte kurz und sah sie an. Dann fügte er hinzu. »Du kommst genau im richtigen Moment. Das Essen ist fertig, wir können anfangen. Ich hoffe, du hast Hunger.« Er eilte an ihr vorbei in die Küche.

»Oh ja! Danke, ich verhungere fast und es riecht köstlich.«

»Setz dich, ich bin gleich wieder da«, rief er aus der Küche.

Er kam mit der Kasserolle zurück, in der zwei köstlich aussehende Fleischstücke auf einem Gemüsebett lagen, stellte sie auf den Tisch und bediente sie. Daraufhin schenkte er ihnen beiden Rotwein ein und hob sein Glas.

»Zum Wohl! Ich hoffe, es schmeckt dir.«

Sie stießen an, und nachdem Isabell einen Schluck genommen hatte, probierte sie das Essen. Das Fleisch war himmlisch: zart und würzig. Isabell schloss die Augen und gab sich ganz dem Aroma hin. Sie hatte solch eine Mischung aus verschiedenen Aromen, solch eine Geschmacksvielfalt vorher noch nie so intensiv erlebt. Sie konzentrierte sich ganz auf diesen Genuss. Auch Jean schwieg und so aßen beide in fast andächtigem Schweigen.

Als sie mit dem Essen fertig war, lehnte Isabell sich im Stuhl zurück und sagte gerührt: »Jean, das war das Beste, was ich jemals gegessen habe.«

Jean lächelte sie an und schenkte noch Wein nach. Die Sonne verschwand allmählich hinter dem Horizont und die Abenddämmerung zog auf. Grillen zirpten und die Luft wurde angenehm kühl. Isabell stieß mit Jean an und trank einen weiteren Schluck. Der Abend war perfekt.

Isabell schwenkte den letzten Tropfen Rotwein in ihrem Glas. »Erzähl mir von dir, Jean. Wer bist du?«

Sie sah ihn durchdringend an, aber er wandte sein Gesicht ab.

»So viel gibt es gar nicht von mir zu berichten. Ich liebe es, Menschen zu beobachten und versuche, ihr Inneres und ihre Gedanken auf Leinwand festzuhalten.«

»Das weiß ich bereits. Aber du musst doch von irgendetwas leben?«

Er beobachtete einen Gecko, der an der Hauswand hochkletterte, um sich an den Insekten, die um die Lampe schwirrten, gütlich zu tun. »Wie ich dir schon gesagt habe. Entweder helfe ich den Bauern bei der Ernte oder verkaufe hin und wieder eines von meinen Bildern, obwohl ich das sehr ungerne tue, denn sie sind mein Leben.«

»Grand-mère Cathérine sagte, du hättest einen reichen Vater, der deine Kunst nicht unterstützen würde.«

»Was wissen die Leute schon von mir! Sie wissen überhaupt nichts, aber reden! Bitte, Isabell, lassen wir das Thema!«

Mit einer Geste gab er ihr zu verstehen, dass dieses Thema für ihn beendet war, und sie respektierte es. Er blieb geheimnisvoll. Sie hätte so gerne mehr über ihn erfahren, hätte gerne gewusst, woher er kam, wie er seine Jugend verbracht hatte, wer seine Familie war.

Aber dieses Thema wurde nicht mehr berührt, stattdessen erzählte sie ihm von München. Dann tat der Wein seine Wirkung: Isabell fühlte sich langsam schläfrig und begann zu frösteln.

Als sie die Teller aufeinanderstapelte, um den Tisch abzuräumen, sprang Jean auf, hielt sie am Arm fest und zog sie zu sich heran. Isabell wagte kaum zu atmen, als er behutsam mit seinem Zeigefinger ihre Lippen berührte, über ihre Wange strich und die Konturen ihres Gesichtes nachfuhr. Er beugte sich über sie, und ganz zaghaft berührten sich ihre Lippen. Isabell schloss die Augen, versuchte die Million Schmetterlinge, die in ihrem Magen losflatterten, zu ignorieren, und erwiderte seinen Kuss schüchtern wie ein Teenager. Es war nur ein kurzer Moment, eine flüchtige Berührung, und zu Isabells großem Bedauern löste sich Jean von ihr und berührte sie zärtlich am Kinn. »Ich mach das hier. Schlaf gut, meine Schöne.« Dann gab er ihr einen weiteren flüchtigen Kuss auf die Nasespitze und ließ sie los. Isabells Beine drohten zu versagen – sie hätte sich gerne noch an ihm festgehalten, doch blieb sie wacker stehen und verabschiedete sich für die Nacht.

Später lag Isabell noch lange wach, spürte immer noch seine Lippen auf ihren und schloss die Augen, um dieses Gefühl zu genießen und zu bewahren. Sie hatten sich so weich, so voller Wärme und Leben angefühlt. Sie fuhr sich mit der Zunge über die Lippen, als sie mit einem Male über sich selbst erschrak. Was tat sie denn da? Sie schwärmte von einem Mann, der über zwanzig Jahre jünger war als sie! Was hatte sie bloß für Gedanken. Er war ein Mitbewohner in diesem Haus, der sich noch dazu illegal hier eingenistet hatte und der für sie eine nette Gesellschaft darstellte – und mehr war da nicht! Was bildete sie sich denn ein? Und doch konnte sie das Gefühl großer Zuneigung zu ihm nicht leugnen. Er war so überaus aufmerksam und sensibel und umgarnte sie, wo immer er konnte. Und war es nicht andererseits auch Jean, der ihr die ganze Zeit beizubringen versuchte, für den Moment zu leben, den Augenblick zu genießen, das Leben zu nehmen, wie es kam?

Als sie sich zur Seite drehte und spürte, dass sie der Schlaf bald übermannen würde, beschloss sie, es wahrlich kommen zu lassen wie es kam. Sie wollte ihr Leben genießen!

Mit diesem Gedanken entschwand sie ins Land der Träume.

Kapitel 8

Am nächsten Morgen war der Himmel bedeckt. Ein starker Wind wehte ums Haus und rüttelte heftig an den Fensterläden. Was für ein ungewohnter Anblick für Südfrankreich, dachte Isabell, als sie aus dem Fenster schaute und die dunklen Regenwolken beobachtete, die mit rasender Geschwindigkeit über den Himmel fegten. Bäume und Büsche bogen sich im Wind und selbst im Haus war es kühl geworden. Isabell fror und wickelte sich ihre Strickjacke noch fester um die Taille.

Der Tag verging zäh. Jean ließ sich nicht sehen, und Isabell nahm an, dass er sich in seinem Zimmer aufhielt. Sie war unschlüssig, was sie unternehmen sollte. Nachdem sie sich einen Tee aus der Küche geholt hatte, schnappte sie sich eines ihrer Bücher und legte sich wieder ins Bett. Vergebens versuchte sie, sich auf das Buch zu konzentrieren, aber nachdem sie zum fünften Mal dieselbe Stelle gelesen hatte, gab sie schließlich auf. Sie war jetzt seit sechs Wochen hier – die Hälfte ihres Aufenthaltes war vorbei und es war Zeit für ein vorläufiges Resümee. Was hatte sich verändert? Vieles – wie sie erfreut feststellte. Sie hatte nur noch sehr selten Kopfschmerzen und fand auch nachts wieder einen erholsamen Schlaf. Ihre realen Träume über ein Versagen im Beruf waren deutlich weniger geworden, und sie war sicher, wieder ganz gesund zu werden. Es fiel ihr schwer, an ihr altes Leben zurückzudenken, sich die Hektik vorzustellen, der sie tagtäglich ausgesetzt gewesen war, und sie fragte sich wie so oft in letzter Zeit, aus welchem Grund sie sich so durch die Projekte hatte hetzen lassen.

Warum war sie nicht imstande gewesen, Beruf und Freizeit in einem vernünftigen Verhältnis zu kombinieren? Der Ausdruck Work-life-balance und vor allem seine Wichtigkeit war ihr doch bekannt gewesen. Hatte sie geglaubt, ihr würde das nicht passieren, gedacht, dass sie stärker war, als diese zartbesaiteten Arbeitnehmer, die ihren gesamten Jahresurlaub nahmen und sich dann immer noch über Stress beklagten? Auf die sie deshalb herabgesehen hatte. Genervt wischte sie die Gedanken zur Seite. Sie fand es mittlerweile müßig, sich damit zu beschäftigen, sie würde ohnehin keine Antworten darauf bekommen. Was gewesen war, war vorbei. Was zählte, war, dass sie ihr künftiges Leben ausgeglichener gestaltete.

Leise ging sie aus ihrem Zimmer und brachte ihre Teetasse zurück in die Küche. Jean war immer noch nicht aufgetaucht. Isabell ging wieder die Treppe hoch, schob den Wandteppich vor seiner Tür zur Seite und klopfte zaghaft an.

»Ja?«, hörte sie seine Stimme rufen.

Unsicher schaute sie ins Zimmer. »Störe ich?«

»Nein, überhaupt nicht. Komm rein!« Er saß auf einem kleinen Schemel vor seiner Staffelei, hielt den Block auf seinen Knien und skizzierte.

»Was machst du?«, fragte Isabell neugierig und trat näher.

»Ach, ich probiere eine neue Schraffur-Technik aus, die mir aber nicht so gelingen will.«

Er stand auf, legte Block und Stift zur Seite, nahm Pinsel und sein Malbrett zur Hand und mit einem gekonnten Schwung aus dem Handgelenk heraus warf er einige dunkle Farbtupfer auf die

Leinwand. Schon wirkte der vorher einheitlich graue Himmel auf dem Bild stürmisch und bedrohlich. Die Landschaft darunter war nur schemenhaft als Silhouette am Horizont zu erkennen. Die Komposition wirkte ausschließlich durch den Sturm und die Wolkenbildung.

Fasziniert betrachtete Isabell das Bild. »Es sieht wirklich real aus«, sagte sie bewundernd. »Du hast eine Begabung, die Dinge so wiederzugeben, wie sie tatsächlich sind. Und sie lebendig werden zu lassen. Die Wolken bewegen sich doch fast.«

»Oh, vielen Dank!« Jean lächelte sie an. »Das ist wirklich das schönste Kompliment, das du mir machen kannst.«

Er tauchte den Pinsel in gelbe Farbe und deutete einen Blitz an, der in diesem Moment aus einer der dunklen Gewitterwolken herauszubrechen schien. Im selben Augenblick ließ ein beängstigendes Grollen von draußen die Fensterscheiben klirren. Isabell zuckte zusammen und schauderte. Jean legte Pinsel und Farbbrett zur Seite, zog sein ehemals weißes T-Shirt aus, das durch zahlreiche Farbkleckse schon fast selbst zu einer Leinwand geworden war, und ging langsam auf sie zu. Er stand ganz nah vor ihr, unverschämt gutaussehend, barfuß, nur in seiner zerrissenen Bluejeans und betrachtete sie. Sie fühlte seinen Blick auf ihr ruhen, die Hitze seines nackten Oberkörpers und die Wärme seines Atems. Wie gelähmt stand sie vor ihm, wagte nicht, sich zu rühren. Sie hatte Angst vor dem, was sie nun erwarten könnte, und doch wollte sie es. Sie wünschte sich nichts sehnlicher, als sich diesem Mann hinzugeben, auch wenn er um so vieles jünger war. Sie schloss die Augen, als Jean sie sanft an den Schultern berührte, ihr die Strickjacke abstreifte und sie achtlos zu Boden fallen ließ. Isabell stand, nur mit einem leichten Trägerkleidchen bekleidet, vor ihm. Seine Hand wanderte zärtlich über ihre nackte Haut und berührte sie am Hals. Unendlich langsam glitten seine Finger zu ihrem Kinn und vorsichtig hob er ihren Kopf, so dass sie ihn ansehen musste. Dabei verlor sie sich in seinen dunklen Augen und sehnte den unvermeidlichen Kuss herbei. Er legte einen Arm um sie und senkte den Kopf, doch kurz bevor sich ihre Lippen berührten, krachte ein erneuter Donnerschlag, heftiger als der erste, über das Land und ließ Isabell zum zweiten Mal zusammenschrecken. Sie sah Jean an, als wäre sie gerade eben aus einer langen Bewusstlosigkeit erwacht, und entwand sich rasch seiner Umarmung. Sie machte einen Schritt zurück. »Jean, es tut mir leid. Ich kann nicht.«

Er stellte den Kopf schräg und fragte mit weicher Stimme: »Was kannst du nicht? Mich küssen?«

Isabell drehte sich um und fuhr sich energisch durch das Haar. »Jean, ich könnte deine Mutter sein.«

»Bist du aber nicht.«

»Ja schon, ich meine, nein ...« Isabell sah ihn verwirrt an. »Sieh mal, du bist jung und gutaussehend ...«

»Du bist etwas älter und gutaussehend«, unterbrach er sie.

»Ich bin ... ach Jean, du machst es mir wirklich schwer.« Sie hob hilflos ihre Arme zur Decke. »Ich mag dich, ich mag dich wirklich sehr! Ich wünsche mir nichts mehr, als ... Nein. Du bist ein attraktiver junger Mann, aber ich habe nicht die Courage, dir zu geben, was du brauchst.«

Jean hob erstaunt eine Augenbraue hoch und schaute sie lange an. »Woher willst du wissen, was ich brauche? Hast du denn von dem, was ich dir erzählt habe, gar nichts verstanden?«

Er nahm ihre Hand und führte sie vor den Standspiegel. Dann stellte er sich dicht hinter sie und sie sahen sich gegenseitig im

Spiegel an. Isabell spürte seinen heißen Atem im Nacken. Gleichzeitig sah sie vor sich ein Paar in einer unglaublich romantischen Pose. Zärtlich streifte Jean die Träger des Sommerkleides von Isabells Schulter und ließ es zu Boden gleiten. Fast nackt, nur mit einem schmalen Slip bekleidet, stand sie vor ihm. Sie zuckte kurz, als er sie berührte, wollte sich umdrehen, doch er hielt sie fest.

»Sieh dich an!«

»Jean«, flehte Isabell, aber er reagierte nicht darauf. Langsam fuhr er mit der Hand die leichten Rundungen um ihre Hüfte nach und streichelte über ihren Bauch. Isabell hielt den Atem an und ließ es geschehen. Seine Hand glitt langsam den Bauch hinauf und umfuhr sanft ihre weichen Brüste. Er küsste sie am Hals und hauchte ihr ins Ohr: »Habe Vertrauen zu dir! Nimm dich wahr! Du bist eine atemberaubend schöne Frau.«

Isabell holte tief Luft, drehte sich um und blickte in seine großen, jungenhaften Augen. Sie ließ ihre Finger über seinen nackten Oberkörper gleiten, streifte über seine Schultern, fuhr seine Gesichtszüge nach. Langsam beugte er sich über sie. Ganz sanft berührten sich ihre Lippen. Isabell tauchte ein in ein Meer von Gefühlen, die sich zu einem Sturm der Leidenschaft entwickelte. Sie warf ihre Arme um ihn und ließ geschehen, was unvermeidlich schien. Nie hätte sie sich vorstellen können, sich an einen Mann jemals so vollkommen zu verlieren. Sie fühlte sich wie eine Feder auf dem Wasser. Sie trieb auf einer ruhigen Oberfläche, spiegelglatt wie Öl, um im nächsten Moment von einer Stromschnelle mitgerissen zu werden und in einem Orkan der Gefühle zu versinken.

Lange Zeit später, der Sturm hatte sich mittlerweile gelegt und die ersten Wolkenlücken waren am Himmel zu sehen, lag Isabell wach und betrachtete Jean. Er schlief. Seine Gesichtszüge waren entspannt und friedlich und sein Brustkorb hob und senkte sich rhythmisch. Vorsichtig schlüpfte sie aus dem Bett und sah sich seine Bilder im Zimmer an. Sie ging zum Schreibtisch und legte Bilder von sich der Reihe nach hin und betrachtete sie. Nun erkannte sie, was sie in letzter Zeit schon geahnt hatte.

Die Bilder hatten sich verändert, ihr Gesichtsausdruck war ein anderer. Sie war zufriedener, glücklicher. Es war, als sei eine leere Hülle plötzlich von innen heraus beleuchtet worden. Isabell lächelte. Ja, sie hatte sich verändert. Die Bilder bewiesen es. Sie ging hinüber zum Spiegel und betrachtete sich darin. Jean hatte recht, sie war eine schöne Frau, nicht mehr zwanzig, aber interessant und noch durchaus begehrenswert. Sie lächelte, als sie Jeans Spiegelbild hinter sich auftauchen sah. Er schlang die Arme um sie und zog sie zurück ins Bett.

Am nächsten Morgen trieb sie der Hunger aus dem Bett, und sie saßen gemeinsam auf der Terrasse und frühstückten. Das Wetter war wieder deutlich besser geworden – noch war es kühl, aber die Sonne trocknete bereits die letzten Pfützen auf dem Terrassenpflaster. Jean war wieder einkaufen gewesen und hatte auf Isabells Wunsch hin eine reichhaltige Käseplatte zusammengestellt aus Weichkäsesorten, von denen Isabell noch nie im Leben etwas gehört hatte. Okay, sie kannte Camembert und Brie, aber das war es dann schon. Neufchâtel, einen Rotschimmelkäse namens Livarot, Maroilles, sowie einen Weichkäse mit Naturrinde, der Rocamadour hieß, hatte sie weder gesehen noch jemals gegessen. Jean machte sich lustig über ihre Aussprache, und sie kicherte, als er versuchte »Weißwurstsenf« korrekt auszusprechen.

Plötzlich hörte sie das Knirschen von Autoreifen auf der gekiesten Hofeinfahrt.

Isabell blickte erstaunt zu Jean. »Erwartest du jemanden?«

Jean zuckte mit den Schultern. »Ich? Sicher nicht. Ich bin gar nicht hier. Schon vergessen?«, fragte er und schob sich genüsslich ein weiteres Stück Rocam-was-auch-immer in den Mund.

Isabell ging zur Türe und sah hinaus in den Hof.

Simon! Er stieg gerade aus und kam auf sie zu. Kurz bevor er Isabell erreicht hatte, drehte er sich zu seinem Auto um und machte eine Geste eines Autoverkäufers, der stolz sein Prachtstück präsentierte.

»Tadaa! Was sagst du dazu?«, rief er voller Begeisterung.

Völlig perplex stand Isabell in der Türe und wollte ihren Augen nicht trauen. »Was machst du hier?«, fragte sie lahm.

»Was ich hier mache? Hey, ich wollte dich überraschen.« Er ging um den Wagen herum. »Und? Sag schon, wie findest du mein Schätzchen?«, fragte er und strahlte so stolz, als habe er das Auto erfunden, nicht einfach nur gekauft. Fast zärtlich strich er mit der Hand über den glänzenden Lack. Die karminrote Farbe schimmerte im Sonnenlicht und brachte die Konturen der Karosse bestens zur Geltung. Er machte ein paar Schritte zur Seite und schaute sie erwartungsvoll an.

»Aha. Ein neues Auto.«

Isabell ging ein paar Schritte auf ihn zu, während er stolz seinen Neuerwerb anpries. »Bentley Continental GT V8 mit 575 PS. Hab ich zu einem absoluten Schnäppchenpreis bekommen.«

»Und dein altes Auto?«

»Das hat der Händler in Zahlung genommen.« Simon drehte sich zu Isabell um, breitete seine Arme aus, als erwarte er, dass Isabell sich hineinstürzte. »Und deshalb dachte ich mir, ich nehme mir das Wochenende frei, mache eine Ausfahrt und überrasche dich.«

Sie rang nach Worten. »Ja, die Überraschung ist dir allerdings gelungen.«

Doch es gab noch etwas anderes, was Isabell an Simons Wortwahl störte. Was sollte das heißen, er hatte sich »das Wochenende freigenommen«? Sollte es nicht normal sein, dass Wochenenden frei waren? Aber sie wollte Simon gegenüber nicht unfair sein. Wie oft hatte sie selbst früher Samstage und Sonntage durchgearbeitet und zum Teil gar nicht mitbekommen, welcher Tag gerade war.

Simon stand immer noch freudestrahlend mit offenen Armen auf dem Hof und wartete darauf, Isabell in die Arme zu nehmen. Als sie immer noch nicht reagierte, stemmte er die Hände in die Hüften. »Ich dachte, du würdest dich freuen, mich zu sehen!«

»Entschuldige, Simon, natürlich freue ich mich, dich zu sehen.« Sie ging zu ihm und schlang die Arme um seinen Hals. »Es ist nur sehr überraschend, das ist alles.«

Er umarmte und küsste sie überschwänglich. Dann holte er seine Tasche aus dem Auto und ging ihr voraus zum Haus. Isabell beeilte sich, ihn einzuholen. An der Eingangstür gab er ihr nochmals einen flüchtigen Kuss auf die Wange und drückte sich an ihr vorbei ins Haus.

Im Eingangsbereich ließ er seine Tasche fallen, blickte sich im Haus um. »Hier hast du dich also versteckt.«

Hastig schloss Isabell die Türe und eilte ihm hinterher. »Simon, warte mal ...«, doch weiter kam sie nicht. Simon war schon auf die Terrasse hinausgetreten.

»Gemütlich hast du es hier«, hörte sie ihn von draußen sagen. »Da kann man es aushalten.«

Sie stolperte hinter ihm auf die Terrasse, um einen Erklärungsversuch abzugeben, aber Jean war nirgends zu sehen. Die Käseplatte stand mitten auf dem Tisch mit nur einem Gedeck. Jeans Teller war verschwunden, ebenso wie seine Malutensilien, sein T-Shirt und weitere Dinge, die verstreut auf der Terrasse herumgelegen hatten. Es deutete auf den ersten Blick absolut nichts darauf hin, dass hier noch eine weitere Person wohnte.

»Was wolltest du gerade sagen?« Simon drehte sich fragend zu ihr um.

»Ach ... nichts«, stotterte sie und sah sich unauffällig um. »Da ist ein Käseteller, den ich gerade hergerichtet habe. Hast du Hunger?«

»Ja, ich habe Hunger. Und zwar auf dich.« Er drehte sich grinsend um und nahm Isabell in den Arm. »Sag mir, wie geht es dir?«

»Es geht mir gut, Simon. Es geht mir *richtig* gut.« Sie drückte ihm einen Kuss auf den Mund und schob ihn von sich weg. »Setz dich doch erst mal. Du wirst nach der langen Fahrt bestimmt etwas essen wollen.« Isabell verschwand in die Küche und richtete auf einem Tablett weiteres Brot, einige Schinkenstreifen und Käsestückchen her. Simon schwärmte unterdessen von seinem neuen Auto und erklärte ihr, dass die Fahrt mit solch einem luxuriösen Gefährt eine Kleinigkeit war. Es reichte, dass sie hin und wieder mit einem kurzen »Ja, toll« antwortete, um seinen Redefluss am Laufen zu halten. Währenddessen blickte sie sich nach Jean um, hektisch ging sie zum Treppenansatz und sah nach oben. Das Bad war leer und auch der Wandteppich bewegte sich nicht. Isabell entspannte sich und lächelte – Jean war einfach ein Meister der Unauffälligkeit. Sie erinnerte sich lächelnd daran, dass sie ihn zu Beginn ihres Aufenthaltes hier selbst tagelang nicht bemerkt hatte.

»Ist alles okay bei dir?«

Isabell zuckte zusammen und wirbelte herum. Simon war unbemerkt hereingekommen, stand im Türrahmen und blickte sie fragend an.

»Ja, ja! Ähm ... ich wollte gerade ...«, stotterte Isabell und zeigte nach oben, »... ich meine, ich habe überlegt ... mich umzuziehen, aber ...« Sie fasste sich wieder, ging zurück in die Küche und schob Simon energisch hinaus auf die Terrasse. »Wir essen jetzt besser, bevor der Käse davonläuft. Ich bin sofort bei dir.«

Sie atmete tief durch, setzte einen frischen Milchkaffee auf und brachte das Tablett auf die Terrasse. Dann setzte sie sich Simon gegenüber und sah zu, wie er sich Käse und Schinken wahllos in den Mund schob. Ob er wohl merkte, was er aß? Es sah nicht danach aus.

Isabell hatte sich wieder auf den Stuhl gesetzt, zog die Beine zu sich heran und beobachtete ihn neugierig.

»Und dir, Simon, wie geht es dir?«

»Hm, wir haben gerade das Zanker-Projekt abgeschlossen und am Dienstag geht es nach Düsseldorf.« Er schluckte den Bissen hinunter und schob sich schon das nächste Stück Käse in den Mund. »Dort werden wir uns mit den Auftraggebern der Lima-Corporation treffen und weitere Schritte vereinbaren. Ich habe die Unterlagen dazu schon vorbereitet, was etwas knifflig war, weil wir Firmen und Fertigungsstraßen aus Rumänien integrieren müssen. Aber ich habe mich an einen Kunstgriff erinnert, den du vor vielen Jahren mal erfolgreich angewandt hast und voilà, siehe da, wir sind in der Endphase der Beauftragung. Es sieht so aus, als ob wir das Gesamtprojekt bekommen ...«

Wie weit doch diese Themen mittlerweile von ihr entfernt waren, dachte Isabell. Sie hörte Simon zu, so unbeteiligt, als würden im Fernsehen die Wirtschaftsnachrichten laufen. Das war doch vor nicht allzu langer Zeit auch ihre Welt gewesen! Trotzdem fühlte sie sich nicht angesprochen, nicht beteiligt und konnte sich überhaupt nicht vorstellen, dass sie sich noch vor wenigen Wochen in diesem Kreisel mitgedreht hatte. Sie lauschte fasziniert, aber auch befremdet, mit welchem Enthusiasmus er über seine Arbeit sprach.

»Wie hast du mich eigentlich gefunden?«, fragte sie plötzlich.

»Ich habe versucht dich anzurufen, aber dein Telefon war ständig ausgeschaltet. Du musst hundert Nachrichten von mir auf der Mailbox haben.«

Isabell lächelte – das war wieder eine von Simons typischen Übertreibungen. Wahrscheinlich gab es genau eine Nachricht auf ihrer Mailbox, wenn überhaupt.

»Na ja, und als ich in deine Wohnung gekommen bin, habe ich gesehen, dass du es gar nicht dabei hast. Auf dem Wohnzimmertisch habe ich dann auch die Adresse des Ferienhäuschens gefunden. Und weil ich dir mein neues Auto zeigen wollte, bin ich schnurstracks hierher gefahren. Ein paar Tage Entspannung werden mir auch guttun.«

»Du bleibst länger?«, fragte Isabell erstaunt.

Simon überhörte ihren Einwurf. »Wie bist du denn gerade auf Südfrankreich gekommen? Ich meine, es ist sehr schön hier, aber warum hast du dir denn kein Haus an der Küste gemietet, direkt am Meer?«

Isabell zuckte mit den Schultern. »Das hier hat mich einfach am meisten angesprochen. Es gab keinen besonderen Grund. Und ich wollte alleine sein.«

»Aha, wie auch immer. Es war gar nicht so einfach dich zu finden. Übrigens, soll ich dich von allen aus dem Büro grüßen. Ich sag dir, bei uns geht es zu ... Man merkt deutlich, dass du nicht da bist. Deine Kollegen sind ganz schön ins Rotieren gekommen, bis Whitehead endlich einen Ersatz für dich gefunden hat. Die macht es ganz gut, du kennst sie vielleicht, Ulrike Sanders. Sie kommt aus der Abteilung des internationalen Akquise-Teams zum Kunden-Benchmark und war früher zuständig für die Voranalyse im südamerikanischen Raum.«

Simon war in seinem Element. Er redete und redete und redete und das meiste rauschte an Isabell vorbei wie ein reißender Fluss. Sie beobachtete Simon, ohne weitere Fragen zu stellen, sah, wie er nebenbei den wunderbaren Livarot in den Mund schob und herunterschluckte, ohne seine würzige und gleichzeitig cremige Note zu bemerken oder gar zu würdigen.

Es störte Isabell, dass er hier in dieser einzigartigen Umgebung nur von seiner Arbeit sprach, ausschließlich seine Projekte im Kopf hatte. Er sah, hörte, roch, fühlte nichts um sich herum, trug Scheuklappen für all das Schöne, das ihn umgab. Es störte sie, wie er die Käseplatte wegputzte, ohne ein einziges Mal auf den Geschmack einzugehen. Er konsumierte das Essen, ohne dass er es wahrnahm. Was war nur aus diesem Mann geworden? Bei dem Gedanken, dass sie ihm bis vor kurzem sehr ähnlich gewesen war, schüttelte es sie fast. Es kam ihr vor, als würde sie in einen Spiegel der Vergangenheit schauen, sich dort sehen. So, wie sie sich nie wieder sehen wollte.

»... aber erzähl doch mal, wie geht es dir? Hast du dich erholt?«, beendete Simon mit einem Mal seinen Monolog.

Etwas verwirrt blickte Isabell ihn an. Sie würde es erklären, aber wusste jetzt schon, er würde es nicht verstehen. »Ja, ich erhole mich hier sehr gut. Es ist hier so ein friedliches Fleckchen Erde. Ich habe es geschafft, die Arbeit komplett aus meinem Kopf zu verbannen, mich hier der Ruhe und Stille hingegeben. Ich lese, ich gehe spazieren, ich schwimme, ich schlafe viel. Es tut mir sehr gut und ich habe hier vieles an mir und in mir entdeckt, wovon ich gar nicht wusste, dass es da ist.«

Wie erwartet sah Isabell nur Ratlosigkeit in seinen Augen. Aber wie konnte sie es ihm erklären? Es war auch für Isabell ein langer Prozess gewesen, das zu verstehen. Schließlich war sie jetzt schon sechs Wochen hier. Ihr wurde bewusst, dass er aus seinem Blickwinkel heraus gar keine Möglichkeit hatte, ihre Gedankengänge nachzuvollziehen. Es war nicht seine Schuld.

Simon hatte wieder begonnen, von seinen Projekten zu erzählen, und Isabell versuchte, ihm ernsthaft zu folgen, aber es war für sie alles so weit weg, und auch so unwichtig geworden, dass sie Mühe hatte, sich zu konzentrieren.

Ihre Gedanken schweiften ab zu Jean und ihren Erlebnissen der letzten Tage und Wochen. Wie anders er war! Unwillkürlich musste sie an die Fahrt in die Berge denken, wie sie vor der Kulisse der Viertausender gestanden hatten. Sie sah die Gewaltigkeit der Natur vor ihrem inneren Auge. In Gedanken schlenderte sie erneut über den bunten Bauernmarkt und versuchte sich an die unterschiedlichen Düfte zu erinnern, während Simon in Tabellen und Graphen, Besprechungen und Businessplänen unterwegs war. Erst jetzt, da sie hier mit Simon saß, und in gewisser Weise einen Vergleich zu ihrem früheren Ich vor sich hatte, wurde ihr bewusst, wie stark sie sich verändert hatte.

Gerade sagte er: »Es ist gut zu sehen, dass es dir wieder besser geht. Wann kannst du wieder anfangen? Es warten so viele Projekte auf dich! Vielleicht können wir uns gemeinsam für ein Projekt bewerben, dann könnten wir uns häufiger sehen.«

»Ja, vielleicht«, antwortete Isabell zögerlich.

Simon stand abrupt auf, ging um den Tisch herum und beugte sich über sie. »Isabell, ich habe dich wirklich vermisst.« Er küsste sie, zog sie aus dem Stuhl hoch und presste sich an sie. »Komm her, ich brauche dich.«

Doch Isabell entwand sich aus seiner Umarmung. »Bitte Simon, nicht jetzt.«

»Nicht jetzt? Ich fass es nicht! Was ist los? Ich dachte, du würdest dich freuen, mich zu sehen!«

»Ja, ich freue mich ja auch, aber ...«, stotterte sie und fügte schnell hinzu. »Gib mir bitte ein bisschen Zeit.«

»Zeit? Wofür denn?«

Isabell ließ sich wieder auf den Stuhl sinken und blickte zu ihm auf. Er sah verwirrt aus. War sie wirklich ehrlich ihm gegenüber? Freute sie sich tatsächlich, dass er gekommen war?

Simon setzte sich wieder und sah Isabell skeptisch an. Er tat ihr leid, sie fühlte sich schuldig. Plötzlich sprang sie auf und nahm ihn bei der Hand.

»Komm!«, forderte sie ihn auf. »Ich möchte dir etwas zeigen!«

Sie gingen um den Pool, tauchten zwischen den Büschen durch und standen am Rand der Lavendelfelder. Diese geraden Linien der einheitlich kniehoch geschnittenen Kugelbüschchen mit ihren silbergrauen schmalen Blättern trafen sich an einem Punkt am Horizont. Was für ein Farbspektakel musste das im Sommer sein, wenn der Lavendel lila blühte. Isabell lief begeistert zwischen den kleinen Büschen hindurch, ließ ihre Hände über die Zweige streifen und hielt sie Simon unter die Nase.

»Riech mal!«

»Uach, was ist das denn für ein Kraut?«

Seinen negativen Unterton überhörte sie. »Das ist Lavendel. *Das* Gewürz der Provence. Wusstest du, dass seine Blüten angstlösend und beruhigend wirken? Seine jungen weichen Triebspitzen kann man auch in verschiedenen Gerichten verwenden. Ich habe schon einige davon probiert. Köstlich, kann ich dir sagen. Hier in Südfrankreich sollte man ohnehin am besten schnuppernd durch die Landschaft laufen. Düfte spielen hier eine große Rolle. An der Côte d'Azur im Hinterland von Cannes liegt die Ortschaft Grasse, sie gilt als die Welthauptstadt des Parfüms. Da spielt übrigens der Roman »Das Parfüm« von Patrick Süskind.«

Sie drehte sich zu ihm um, sah aber nur, wie er, genervt von einer Fliege, die er sich wiederholt aus dem Gesicht wischte, hinter ihr her stolperte.

Isabell blieb abrupt stehen. »Es interessiert dich nicht, was ich dir erzähle, nicht wahr?«

»Doch, doch es interessiert mich. Aber diese Fliegen hier sind so lästig.«

Er schlug sich fest auf den Arm und fluchte, als die Fliege unbeirrt weiterflog.

Isabell beobachtete ihn. Es hatte keinen Zweck. »Lass uns wieder zurückgehen.«

Sie drehte sich um und ging schweigend zurück zum Haus.

Kapitel 9

Am Nachmittag saß Isabell auf der Terrasse und sah zu, wie Simon Runden im Pool drehte. Er war Anfang fünfzig und sah für sein Alter enorm gut aus, fand Isabell. Er war groß und schlank. Doch seine Haut hatte, abgesehen von Händen und Gesicht, noch nicht viel Sonne in diesem Jahr abbekommen. Isabell schmunzelte – er war weiß wie ein Bettlaken. Unbewusst wanderte ihr Blick die Fassade hinauf zu Jeans Fenster. Er hatte sich seit Simons Ankunft nicht mehr blicken lassen. Ob er in seinem Zimmer saß und malte? Und wenn ja, würde er auch Simon beobachten und portraitieren? Welchen Gesichtsausdruck würde Simon wohl auf seinen Bildern haben? War er glücklich in seinem aktuellen Leben? Vielleicht fehlte ihm ja tatsächlich nichts. Entmutigt sah sie wieder zu Simon und ihr wurde bewusst, wie groß die Kluft zwischen ihr und ihm geworden war. Würde er jemals verstehen, was sie durchgemacht hatte? Und dass der Aufenthalt hier sie zu einem anderen Menschen gemacht hatte? Simon war pflichtbewusst, zielstrebig und, was seine Arbeit anging, vielleicht auch ein wenig verbissen. Aber war sie das nicht auch gewesen?

Ein Spritzer Wasser landete in ihrem Gesicht.

»Träumst du?«

Simon hatte sich am Beckenrand hochgezogen und spritzte sie an. Isabell sprang lachend aus dem Stuhl auf und machte einen Satz zur Seite.

»Komm doch rein. Das Wasser ist herrlich«, rief er ihr zu.

»Ach nein, lieber nicht! Es wird langsam frisch. Ich schaue mal lieber, was ich uns zum Abendessen koche.«

»Du kochst?«, fragte er verwundert und hob seine Augenbrauen, eine Geste, die Isabell so sehr an ihm mochte.

»Klar, warum nicht?«

»Na ja, das hast du früher nie gemacht.«

Sie legte ihren Kopf schräg und sah ihn an. »Es gibt vieles, was ich früher nicht gemacht habe.« Mit diesen Worten drehte sie sich um und verschwand im Haus. Im Essbereich blieb sie kurz stehen und hörte, wie Simon sich wieder ins Wasser warf und weitere Runden schwamm. Sie warf einen Blick nach oben auf den Wandteppich und seufzte. Um wie viel lieber würde sie mit Jean auf der Terrasse sitzen. Mit Wehmut dachte sie an den Moment, wie Jean sie beim Zeichnen angesehen hatte. Er interessierte sich für sie, wollte wissen, wie es ihr wirklich ging. Während Simon sie nur oberflächlich betrachtete. Was für ein Unterschied!

Als sie ihren Kopf in den Kühlschrank steckte, um herauszufinden, was für Zutaten vorrätig waren, hörte sie auf einmal Fußgetrappel hinter sich. Ein kleiner Junge stand in der Terrassentür und sah sie mit großen dunklen Augen an. Seine schwarzen kurzen Haare standen wirr in alle Richtungen und seine Gesichtszüge ließen nur unschwer erahnen, wen sie vor sich hatte – er war ein Abbild seiner Mutter.

»Salut, junger Mann. Lass mich raten: Du bist Bernard, der jüngste Sohn von Sylvie, nicht wahr?«

»Oui. Ich soll dir das geben.« Er reichte Isabell einen kleinen Umschlag. Während Isabell die Nachricht las – eine Einladung zu Sylvies Lavendelfest –, blickte Bernard wehmütig zum Pool hinaus, in dem Simon immer noch seine Runden drehte.

»Möchtest du auch schwimmen?« Isabell musste lachen, wie heftig Bernard mit dem Kopf nickte.

»Na, dann spring doch rein! Der Mann da drin heißt übrigens Simon. Vielleicht hat er ja Lust, mit dir im Wasser herumzutoben.«

Und ehe sich Isabell versah, hatte Bernard alles bis auf seine bunte Mickey-Maus-Unterhose ausgezogen und sprang jauchzend ins Wasser.

»Hey, Kleiner, wer bist du denn«, rief Simon überrascht.

»Das ist Bernard, der Sohn einer Freundin von mir, die ich hier kennengelernt habe«, erklärte Isabell, da Bernard kein Deutsch verstand.

Allerdings waren weitere Übersetzungstätigkeiten nicht gefragt – es war schön zu sehen, dass die Sprachbarriere für die beiden kein Hindernis darstellte und sie wie zwei junge Seehunde im Wasser tobten. Simon warf Bernard über die Schulter oder stellte sich breitbeinig hin, damit Bernard unter ihm hindurchtauchen konnte, und beim Wettschwimmen musste sich Simon gehörig anstrengen, um die Nase vorne zu behalten. Bernard war eine richtige Wasserratte. Vergnügt lehnte Isabell am Türrahmen und schaute den beiden eine Zeit lang zu. Nach einer Weile riss sie sich los und ging in die Küche, um zu kochen.

Sie hatte sich entschieden, ein einfaches Ratatouille zuzubereiten. Sie richtete Zwiebel, Knoblauch, Tomaten, Paprikaschoten, Zucchini und, ganz wichtig, die Auberginen auf die Arbeitsfläche, wickelte noch ein paar übriggebliebene Kräuter wie Basilikum, Oregano, Majoran und Rosmarin aus einem feuchten Tuch, während sie schmunzelnd dem Geschrei der beiden im Pool lauschte.

Gekonnt häutete sie die Tomaten und schnitt diese und die Zucchini in grobe Stücke. Sie schälte die Paprika und in dem Moment, als ihr der süßliche Geruch der rohen roten Spitzpaprika in die Nase stieg, fühlte sie plötzlich eine tiefe Ruhe und Zufriedenheit. Sie legte das Messer zur Seite, hielt sich die Paprika an die Nase und sog den Geruch ein. Den Geruch von Lebensqualität, von Zufriedenheit, von Harmonie. Ja, und von Einfachheit. Ein warmes Gefühl durchflutete ihren Körper und ließ sie Raum und Zeit vergessen. Sie schloss die Augen und gab sich für einen Augenblick dem Wohlgefühl von Frieden und Ausgeglichenheit hin. Wie wundervoll und entspannt das Leben doch sein konnte!

Als nächstes schnitt sie die Zwiebel in kleine Würfel. Diese fast süßen Knollen hatten wirklich gar nichts mit den kleinen, scharfen Gemüsezwiebeln gemein, wie sie in Deutschland zum Kauf angeboten wurden. Vorsichtig nahm sie die duftenden Kräuter aus dem feuchten Tuch und schnitt sie klein. Als das Gericht kurze Zeit später in einer Pfanne auf dem Herd brutzelte, deckte Isabell den Tisch auf der Terrasse. Sie stellte zwei Kerzen auf, schnitt ein paar Rosenblüten aus dem Garten ab und legte die Blütenblätter als Schmuck auf den Tisch. Bernard war, während Isabell in der Küche beschäftigt gewesen war, wieder nach Hause gelaufen, und Simon hatte sich abgetrocknet und angezogen. Jetzt saß er im Liegestuhl und tippte auf seinem Laptop.

Sie blieb vor ihm stehen. »Ich dachte, du hättest dieses Wochenende frei.«

»Das hab ich doch auch«, erwiderte er ohne aufzublicken.

»Warum legst du dann den Rechner nicht zur Seite?«

»Ich muss nur kurz die Mails checken, das ist alles.« Er sah zu ihr auf und in seinem Blick lag etwas Vorwurfsvolles. »Ich muss doch am Ball bleiben. Muss wissen, was läuft! Vielleicht ist etwas Wichtiges dabei, das nicht warten kann.«

Und schon war er wieder in seine digitale Welt abgetaucht. Isabell zuckte die Achseln und ging zurück in die Küche. Das Essen war mittlerweile fertig. Sie streute die geschnittenen Kräuter darüber, rührte noch einmal vorsichtig um und brachte die Pfanne auf die Terrasse.

»Simon, Essen ist fertig.«

»Ja, gleich!«

Seine Finger huschten über die Tastatur, die monoton klackte. Isabell achtete nicht weiter auf ihn, goss sich ein Glas Wein ein und fing an zu essen. Als Simon endlich den Laptop zur Seite legte, war sein Essen bereits kalt. Dass er gedanklich immer noch in seinen Projekten gefangen war, merkte sie daran, dass er sich schweigend an den Tisch setzte. Er schien sich Sorgen zu machen. Isabell konnte die Probleme förmlich in seinem Hirn rotieren sehen.

»Wusstest du, dass das Bauer-Projekt kurz davor ist, den Bach runterzugehen?«

Isabell schüttelte den Kopf und das war ihr Fehler, denn nun bekam sie von Simon einen Vortrag darüber, was in diesem Projekt alles schiefgelaufen war, was jetzt zu tun war, wie er vorgehen würde und was auf gar keinen Fall vernachlässigt werden durfte. Er erklärte ihr, dass er sehr spät in dieses Projekt involviert worden sei, zu spät eigentlich, und so kaum noch Chancen habe, das Ruder herumzureißen, um den Kunden noch zufriedenzustellen. Er redete ununterbrochen und schaufelte nebenbei das Ratatouille in sich hinein, ohne darüber ein Wort zu verlieren. Er merkte vermutlich gar nicht, was er aß. Isabell hätte ihm sonstwas auftischen können, merkte sie mit leichter Verärgerung.

Sie lehnte sich im Stuhl zurück, um ihn besser zu beobachten. Der Inhalt seiner Worte interessierte sie nicht, auch nicht wie welche Projekte im Unternehmen liefen. Sie interessierte sich für ihn als Menschen, als Person, als Charakter. Plötzlich wollte sie die Antwort auf eine Frage haben, die sie zu lange nicht zu stellen gewagt hatte und platzte damit unvorbereitet in seinen Redefluss hinein.

»Simon, warum haben wir keine Kinder?«

Es dauerte einige Sekunden, bis diese Frage sein Bewusstsein erreichte, dann aber stoppte er abrupt seinen Redeschwall. Er hustete und schaute Isabell entgeistert an.

»Was?«

»Ja, warum haben wir nie geheiratet und Kinder bekommen?«

»Wie kommst du denn jetzt darauf?«

»Das ist doch eine legitime Frage, oder etwa nicht? Ich habe dich beobachtet, wie du mit dem kleinen Bernard im Wasser getobt hast.«

»Das ist doch ganz was anderes. Natürlich hat das Spaß gemacht, aber hatten wir uns nicht beide dafür entschieden, keine Kinder haben zu wollen.«

»Haben wir das tatsächlich? Haben wir beide jemals wirklich ernsthaft über dieses Thema gesprochen?«

»Isabell, was soll das? Ich wollte nie Kinder, aber das wusstest du! Ich wollte immer frei bleiben!«

Isabell schaute ihn lange an, sie musste die Worte erst sortieren. Einerseits hatte er recht – auch sie war, zumindest in der Vergangenheit, zu sehr mit ihrer Arbeit verheiratet gewesen – aber das so direkt ins Gesicht gesagt zu bekommen, das tat weh. Sie wollte aber nicht mit ihm streiten.

»Ja, das stimmt schon. Wir waren beide zu sehr in unsere Arbeit vertieft.«

»Ja, genau!«

Simon entspannte sich etwas und aß weiter. »Weißt du«, sagte er kauend, »dass Peter Whitehead mir den Posten des internationalen Projektleiters angeboten hat? Ich denke, ich werde ihn annehmen. Das heißt aber auch, dass ich sehr viel unterwegs sein werde. Ich meine, noch mehr als jetzt.« Er rutschte unbehaglich auf seinem Stuhl hin und her und sah ihr direkt ins Gesicht.

»Gratuliere!«, sagte Isabell und war erstaunt, dass sie es tatsächlich ernst meinte. Sie gönnte Simon den beruflichen Aufstieg, für den er so hart arbeitete, von ganzem Herzen. Aber dieser Moment führte ihr glasklar vor Augen, was sie eigentlich schon die ganze Zeit wusste: Ihre Wege würden sich trennen! Hatten sich schon getrennt. Erstaunlicherweise tat ihr diese Tatsache nicht leid. Sie waren lange Zeit ein Paar gewesen, mit vielen aufregenden Momenten, aber ihre Entwicklung hatte in den letzten Wochen eine andere Richtung genommen und das mit einer Geschwindigkeit, die es Simon unmöglich machte, ihr zu folgen, selbst wenn er gewollt hätte. Der Schritt, den sie durchmachte, war ihr Schritt, nicht seiner.

Erleichtert darüber, dass Isabell die Nachricht seiner Beförderung so entspannt aufnahm, wurde er wieder etwas lockerer. Doch blieb in seinen Augen ein Schatten der Enttäuschung, vermutlich, weil Isabell nicht mehr dieselbe Frau war wie noch vor einigen Wochen. Sie unterhielten sich noch einige Zeit lang über belanglose Dinge, bis Simon sich das Gähnen nicht mehr verkneifen konnte.

»Ich gehe zu Bett. Kommst du mit?«

Isabell schüttelte kaum merklich den Kopf, und Simon verstand.

Er wandte sich ab und ging schweigend in den ersten Stock, in Isabells Schlafzimmer.

Isabell blieb sitzen und starrte lange Zeit in die dunkle Nacht hinaus, ohne an etwas Bestimmtes zu denken. Ihr Gehirn war leer, wie frisch ausgefegt – der Besen lehnte noch in der Ecke. Sie nahm einen Schluck aus ihrem Weinglas. Dann drehte sie das Glas in der Hand, schwenkte es leicht vor der Kerze und beobachtete die Flüssigkeit darin, die viel dunkler und rötlicher zu sein schien als bei Tageslicht. Jeans Worte kamen ihr in den Sinn »Alles ist immer so, wie es ist! Und trotzdem kommt es darauf an, von welcher Seite man es betrachtet«. Er hatte recht – ja, sogar auf den Wein traf das zu. Sie trank den restlichen Schluck aus ihrem Glas und sah, wie das Licht in ihrem Zimmer erlosch - Simon war zu Bett gegangen. Unbewusst wanderte ihr Blick weiter die Fassade entlang zu Jeans Fenster. Ob Jean gerade in seinem Zimmer war, war er überhaupt im Haus?

Isabell verbrachte noch eine ganze Zeit lang auf der Terrasse und genoss die warme Nacht und ihre vielfältigen Geräusche. Sie wollte nicht ins Schlafzimmer kommen, so lange Simon noch wach war.

Später, als sie sich neben Simon ins Bett legte, musterte sie ihn. Er drehte sich im Schlaf hin und her. Simon hatte schon immer einen unruhigen Schlaf gehabt, doch es hatte sie bisher nie gestört, vielleicht hatte sie es aber auch nie so bewusst wahrgenommen. Isabell setzte sich im Bett wieder auf. An Schlaf war neben einem solchen Rotor ohnehin nicht zu denken.

Seine Augenlider flatterten nervös und seine Kiefermuskulatur war völlig verspannt. Als er mit dem Zähneknirschen begann, streichelte sie ihm sanft über die Wange, um ihn zu beruhigen. Isabell erinnerte sich, einmal gelesen zu haben, dass der Kiefermuskel der stärkste im gesamten Körper war und etwa eine Tonne Kraft aufbauen konnte, mit der die Zähne aufeinandergepresst wurden. Dieser Mann wurde von Unruhe und Hektik getrieben. Simon tat ihr leid. Nie wieder wollte Isabell in diesen Mühlen gefangen sein.

Als Isabell am nächsten Morgen die Augen öffnete, stand Simon fertig angezogen neben ihrem Bett, die gepackte Reisetasche in der Hand. Sie schreckte hoch.

»Ich glaube, es ist besser, wenn ich wieder fahre«, sagte er ganz ruhig.

Noch schlaftrunken starrte Isabell ihn an, nahm dann langsam seine Hand und hielt sie fest: »Simon, es tut mir leid.« Sie sah in seine traurigen Augen und wusste, dass auch er begriffen hatte.

»Wir sehen uns, wenn du wieder nach Hause kommst.«

Doch beide wussten, dass es nie wieder so wie früher werden würde. Simon drehte sich um und verließ das Zimmer.

»Warte doch. Lass uns doch noch gemeinsam frühstücken.«

Sie sprang aus dem Bett, zog sich ihren Morgenmantel über und eilte die Treppe hinter ihm hinunter.

»Lass mal. Ich werde unterwegs etwas essen«, winkte er ab. Er ging zur Tür hinaus, verstaute seine Tasche im Auto und kam noch einmal zu Isabell zurück, die barfuß im Morgenmantel auf dem Schotter stand. Er lächelte sie an und schlang seine Arme um sie.

»Pass auf dich auf und melde dich, wenn du wieder da bist. Ich wünsche dir alles Gute.« Er küsste sie auf die Stirn, drehte sich um und ging zum Auto.

Isabell wurde es schwer ums Herz. Sie wusste nicht, was sie sagen sollte, es tat ihr alles so furchtbar leid. Sie spürte Simons Enttäuschung, aber es gab keine Lösung.

»Simon!«, rief sie ihm nach und ging einige Schritte auf ihn zu. Er drehte sich um und sah sie an, aber was sollte sie sagen? Ihr fielen keine Worte ein. »Fahr vorsichtig und gib auf dich acht.«

Seine Mimik zeigte keine Anzeichen, dass er noch auf etwas wartete. Er hob kurz die Hand und stieg ins Auto. Langsam fuhr er vom Hof und, ohne sich noch einmal umzudrehen, verschwand er aus Isabells Herzen.

Im selben Moment, als das Auto um die Kurve bog, schlangen sich zwei starke Arme um Isabell. Sie lehnte ihren Kopf nach hinten an Jeans Brust und genoss die Wärme, die sein Körper ausstrahlte. Traurig über Simons Verlust schmiegte sie sich an ihn.

»Es ist nicht so gelaufen, wie du es dir gewünscht hattest?«

Sie blickte zu Jean auf. »Ich weiß nicht, ich glaube, wir wussten beide schon länger, dass es vorbei ist, wollten es aber nicht wahrhaben.« Wehmütig blickte Isabell noch einmal die Hofeinfahrt hinunter. »Du hast ihn gesehen. Was glaubst du, ist er glücklich in seinem Leben?«

Jean zuckte mit den Schultern, ohne etwas zu sagen.

»Hast du ihn gemalt?«, wollte Isabell wissen.

»Nein«, antwortete Jean nur knapp.

»Warum nicht?« Isabell hob erstaunt die Augenbraue.

»Warum sollte ich? Er ist kein interessanter Mensch.« Jean drückte Isabell näher an sich heran. »Lass uns einen Café au lait trinken.«

Während Jean schon auf der Terrasse saß, holte Isabell den Zettel, den ihr Bernard gebracht hatte, und faltete ihn auseinander. Sie las ihn noch einmal durch und ging, einer inneren Eingebung folgend, mit dem Zettel hinaus auf die Terrasse.

»Die Familie Molière hat mich zu ihrem Lavendelfest

eingeladen«, sagte sie und winkte mit der Notiz. Sie setzte sich Jean gegenüber und sah ihn nachdenklich an. »Sylvie hat mir erzählt, dass die Familie das Fest immer vor der Ernte abhält. Zum einen ist da mehr Zeit, zum anderen möchte man sich damit auf eine gute Lavendelernte einstellen.« Sie faltete den Zettel wieder zusammen und legte ihn vor sich auf den Tisch. »Jean, ich möchte, dass du mich begleitest.«

Jean winkte sofort energisch ab. »Oh non, non, non! Rechne nicht mit mir. Ich werde dort nicht hingehen.«

»Warum nicht?«

»Weil ich da nicht hingehöre!«

Isabell hatte schon mit solch einer Reaktion gerechnet, war aber erstaunt über die Heftigkeit von Jean Ablehnung. Trotzdem war sie fest entschlossen, dieses Mal nicht locker zu lassen.

»Oh, das musst du mir jetzt aber erklären, das verstehe ich nicht. Du sagst doch immer selbst, dass du Menschen beobachten und ihr Innerstes kennenlernen möchtest!«

»Beobachten? Ja! Kennenlernen? Nein! Diese Leute reden viel zu oft über Dinge, die sie nicht verstehen.«

»Du meinst über dich, nicht wahr?«

Dieses Mal war es Jean, der verlegen zur Seite schaute.

»Du gibst ihnen aber auch nicht wirklich Gelegenheit, dich kennenzulernen. Komm mit mir! Begleite mich!«

»Non, das möchte ich nicht.«

»Hhmmm, es gab auch einige Dinge, die ich nicht wollte«, sagte sie und schmunzelte. »Ich glaube, du weißt, was ich meine. Aber manchmal tut es gut, Neues auszuprobieren. Leider habe ich keine so guten Argumente wie du, die ich anbringen könnte. Ich kann dich nur bitten.«

»Das ist nicht fair!« Jean war aufgesprungen und ging unruhig auf der Terrasse auf und ab.

Isabell zuckte mit den Achseln und zwinkerte ihm zu. »Wer sagt, dass das Leben fair ist?«

Sie konnte Jean seine innerlichen Kämpfe förmlich ansehen. Nach einer Weile verschwand er aufgewühlt im Haus. Kurze Zeit später kam er wieder herausgestürmt, deutete mehrmals mit dem Zeigefinger auf sie und sagte trotzig: »Ich komme mit. Aber ich mache das nur dir zuliebe!« Dann drehte er sich wieder um und rauschte zurück ins Haus.

Isabell grinste.

Am Tag der Lavendelfeier hatte Isabell passend zum Anlass ein blaues Kleid angezogen und setzte dazu einen weißen Strohhut auf, während Jean wie üblich in einer Bluejeans und einem weißen T-Shirt auftauchte. Isabell hielt einen halbhohen Rosenstock im Arm, den sie als Gastgeschenk für Sylvie besorgt hatte.

Sie gingen die Straße entlang in Richtung Ortschaft, bogen am Lavendelladen ab und schlenderten zum Haus der Molières, das am anderen Ende der kleinen Ortschaft lag, versteckt hinter riesigen Oleanderbüschen. Geruch von brennender Holzkohle vom Grill wehte ihnen entgegen und wies ihnen den Weg in den Garten. Als Isabell bemerkte, dass Jean zögerte und schließlich ganz stehenblieb, packte sie ihn am Handgelenk und zog ihn mit sich ums Haus in den Garten. Sie betraten die gepflasterte Terrasse, die mit einer weißen Pergola überdacht war, an der sich Weinreben emporrankten. Am Terrassenrand standen unterschiedlich große und kleine Pflanztröge, in denen die verschiedensten Gewächse – Rosen, Margueriten, Geranien, diversen Sukkulenten, Olivenbäumchen und Zitronenstämmchen – in voller Blüte standen. Eine lange, reich gedeckte Tafel, die gut fünfzehn Personen Platz bot, stand im Schatten der Pergola. Kleine, mit rosa Schleifen zusammengebundene Lavendelsträuße waren auf dem weißen Tischtuch um die Gedecke und die Gläser dekoriert und erinnerten an den Anlass dieser Feier. Ein paar Schritte entfernt von der Terrasse stand ein gemauerter Kamin, um den sich mehrere Männer versammelt hatten, die sich lauthals unterhielten, scherzten und lachten und dabei das Anschüren der Grillkohle überwachten. Sylvie kam in diesem Moment aus dem Haus heraus, hielt zwei große Keramikkrüge mit Wasser in der Hand und strahlte, als sie Isabell erblickte. »Isabell! Ich freue mich, dass du gekommen bist!« Sie stellte die Krüge auf den Tisch, umarmte Isabell samt Rosenstock herzlich und nahm ihr dann den Blumentopf ab, um ihn mitten auf die Tafel zu stellen, so dass die rote Farbpracht über allem thronte. »Und du hast uns den Maler mitgebracht, wie ich sehe.«

»Ja, das ist Jean. Ich hoffe, du hast nichts dagegen, dass er mitgekommen ist. Wir haben uns zufällig in meinem Ferienhaus kennengelernt.«

Isabell zwinkerte Jean scherzhaft zu, während Sylvie den jungen Mann ernst in Augenschein nahm. Obwohl sie mit Sylvie über alles sprechen konnte, hatte sie ihr noch nichts von Jean erzählt. Vielleicht fürchtete sie sich davor, was ihre Freundin zu dieser Männerbekanntschaft sagen würde.

Sylvie reichte ihm die Hand. »Herzlich willkommen auf unserem Fest, Jean. Ich freue mich, dass Sie es einrichten konnten«, sagte sie förmlich. Zu Isabell gewandt fügte sie hinzu: »Kommst du mal mit? Du könntest mir helfen, das Essen aus der Küche zu holen!«

Kaum waren sie außer Hörweite, fiel sie über Isabell her. »Das ist doch der Maler, dessen Bild ich in Kommission genommen habe. Isabell, warum bringst du ihn hierher? Woher kennst du ihn überhaupt? Der lässt sich doch nur vor dir aushalten!«

Isabell blieb abrupt stehen und starrte Sylvie fassungslos an. »Das ist jetzt aber nicht dein Ernst, oder?«

»Sieh mal, niemand weiß, wo er herkommt und wer er ist. Er lungert hier seit geraumer Zeit herum. Er könnte böse Absichten haben. Ich mache mir doch nur Sorgen um dich!«

Isabell schüttelte den Kopf. »Er hat nichts Böses im Sinn. Im Gegenteil, er schenkt mir wieder Lebensqualität. Durch ihn lerne ich Dinge kennen, von denen ich vergessen habe, dass es sie gibt. Du kennst doch seine Bilder, du hast doch selbst eines von ihm im Laden.«

»Ja, er hat es mir eingeredet, dass ich es für ihn verkaufen soll. Begeistert war ich nicht. Wer weiß, ob er es überhaupt selbst gemalt hat.«

»Das hat er, das kann ich dir versichern.«

»Ich mache mir einfach Sorgen um dich und möchte nicht, dass du von so einem ... einem Taugenichts verletzt wirst.«

Isabell nahm Sylvies Hände. »Sylvie, du musst dir um mich keine Sorgen machen, nicht wegen Jean. Er tut mir gut und lebt vielleicht im Moment ein anderes Leben als wir, aber er ist wirklich ein guter Mensch. Vertraue mir!«

Sylvie sah nicht überzeugt aus, seufzte leise, beließ es aber dabei. Sie umarmte Isabell und beide betraten die Küche. Auf der Ablage standen kleine Schalen mit fein gemixten Pasten in den unterschiedlichsten Farben: rot, grün, orange und weiß. Isabell roch an jeder einzelnen, und Sylvie lächelte.

»Das sind Pasten aus grand-mères Rezeptbuch. Die hier ist aus Oliven gemacht, bekannt ist sie bei uns unter dem Namen »Tapenade«, und das hier ...«, Sylvie deutete auf das Schälchen mit einer weißen Creme, »... ist Aioli, eine Knoblauchmayonnaise. Und die ...«, sie deutete auf ein weiteres Schälchen, »... ist mit Eiern und hier ist viel Paprika eingerührt, wie man unschwer erkennen kann. Und auf die hier bin ich ganz besonders stolz.« Sylvie nahm ein Schälchen mit einer orangefarbenen, fein pürierten Mixtur in die Hand und schwärmte: »Das hier ist Zwiebel-Karotten-Mus, kräftig mit Safran gewürzt. Sie schmeckt etwas scharf, ist aber zum Niederknien.« Sie nahm ein Tablett, stellte alle Schälchen darauf und drückte Isabell das Tablett in die Hand. »Würdest du diese hier bitte draußen auf den Tisch stellen, ich schneide in der Zwischenzeit das Baguette auf.«

Ein hoher Stapel mit mindestens zehn Stangen Baguette lag wartend auf der Arbeitsfläche.

Als Isabell gerade wieder zurück in die Küche kam, wackelte grand-mère Cathérine gerade vom ersten Stock die Treppen herab und ging wortlos an Isabell vorbei hinaus auf die Terrasse. Isabell schaute ihr etwas verwundert nach, aber Sylvie winkte ab.

»Lass sie, wenn so viele Leute hier sind, ist sie kaum ansprechbar. Zu viele Menschen überfordern sie, und sie zieht sich zurück. Sie nimmt dich im Moment gar nicht wahr, sie nimmt jetzt niemanden wahr. Kann sein, dass es später wieder etwas besser wird.«

Sylvie drückte Isabell einen geflochtenen Brotkorb, gefüllt mit herrlich duftenden Baguettescheiben, in die Hand.

Isabell nahm sich eine Scheibe aus dem Korb und biss hungrig hinein. »Ach übrigens, hast du eigentlich noch einmal mit André gesprochen?«

Sylvie legte das Messer zur Seite und seufzte. »Ja, das haben wir, beide, Mathéo und ich. Du hast vermutlich recht. Er wird hier nicht glücklich werden. Vielleicht kommt er eines Tages wieder zurück, aber im Moment ist das nicht sein Weg. Wir haben ihm gesagt, dass er gehen kann – aber glücklich bin ich damit nicht.«

Sie drehte sich erneut zu ihrem Brot um und schnitt es schweigend weiter in Scheiben.

Auf Mathéos Aufforderung setzten sich alle Gäste an den langen Tisch, und Sylvie kam mit einer großen Suppenschüssel aus der Küche. Es roch stark nach Knoblauch, und Sylvie erklärte, das sei eine Aigo Boulido, eine Knoblauchsuppe mit Kräutern, und, augenzwinkernd an Isabell gewandt, flüsterte sie: »Und natürlich ist auch hier eine kleine Handvoll Lavendel hineingewandert.«

Mathéo machte mit einem großen Weinkrug die Runde und schenkte jedem, außer seinem Jüngsten, ein Glas ein. Er schwärmte von seinem selbstgekelterten Rotwein, der – seiner Ansicht nach – den bekannten französischen Marken wie dem Saint-Chinian Roquebrun oder dem Moulin-á-Vent Cru du Beaujolais in nichts nachstand.

Isabell probierte und war überrascht über das blumig-fruchtige Aroma. Isabell saß neben Jean, der etwas in sich gekehrt wirkte, und Sylvie. Gegenüber beobachtete sie, wie grand-mère Cathérine sich immer wieder zur Seite ins Leere beugte und ihrem imaginären Ehemann energisch etwas zuflüsterte. Neben Grand-mère zappelte der kleine Bernard auf seinem Stuhl herum und stopfte sich schon die zweite Scheibe Brot in den Mund. Daneben Christian und André, die angeregt miteinander diskutierten, und am anderen Ende der Tafel saßen einige Herren, die Isabell nicht kannte. Isabell bemerkte, wie Jean grand-mère Cathérine beobachtete und grinste in sich hinein. Wahrscheinlich überlegte er schon, wie er diese Frau auf der Leinwand darstellen könnte. Plötzlich richtete sich grand-mère Cathérine auf und starrte Jean an. »Du bist der Maler, nicht wahr!«

Jean nickte. »Ja. Warum fragen Sie, Madam?«, sagte er steif.

»Kann man davon leben?«, wollte grand-mère Cathérine wissen.

»Wie Sie sehen, Madame, bin ich noch nicht verhungert. Ich hoffe, ich habe damit Ihre Frage zur Zufriedenheit beantwortet.«

»Warum machst du nichts Anständiges?«

»Madame, Malen ist doch nichts Unanständiges!«

Sie beobachtete ihn scharf, neigte sich mit einem Mal abrupt zur Seite und zischte. »Was willst du jetzt schon wieder? Wie oft soll ich dir sagen, dass du dich nicht ständig einmischen sollst!« Sie wartete einen Augenblick und schimpfte weiter. »Das geht dich gar nichts an, was ich ihn frage!«

Jean warf Isabell einen fragenden Blick zu, aber Isabell zuckte nur mit den Schultern und grinste. Grand-mère Cathérine wandte sich wieder an Jean und hielt ihm – zu seinem Leidwesen – eine Standpauke über ihrer Ansicht nach anständige Arbeit. Jean, zu höflich, um sie zu unterbrechen, hörte sich ihre Meinung geduldig an.

Die Suppe und das Brot mit den Pasten schmeckten himmlisch und waren schnell aufgegessen, unterdessen drängten die Männer schon zum Grill. Mathéo holte eine große Wanne mit eingelegtem Lammfleisch aus der Küche und legte alles auf den mittlerweile heiß gewordenen Rost. Sylvie stellte Töpfe mit Gemüse und verschiedenen Salate auf den Tisch, und köstlicher Grillgeruch zog schon durch den Garten. Jean war aufgestanden und hatte sich zu den Männern an den Grill gesellt – offenbar hatte er genug von den Belehrungen der alten Frau. Er würde ihre Meinung – und die ihres imaginären Ehegatten – darüber, was »anständige« Arbeit war, nicht ändern können. Da half auch nicht, dass ihn Isabell ständig daran erinnerte, dass Grand-mère Cathérine es sicher nicht so meinte.

Der Abend schritt voran. Die Hauptmahlzeit war einfach köstlich gewesen und Isabell hatte so viel gegessen, dass ihr das Luftholen schwerfiel. Grand-mère Cathérine war auf ihrem Stuhl eingeschlafen. Als Sylvie dies bemerkte, weckte sie ihre Schwiegermutter und bat sie, ins Bett zu gehen. Ihren Jüngsten, Bernard, schickte sie gleich mit.

Isabell war aufgestanden und ließ ihren Blick über den dunklen Garten schweifen. Die Grillen zirpten, und die Gaslaternen, die in den Bäumen aufgehängt worden waren, schwankten leicht im Wind und ließen die Schatten der Blätter über den Kies tanzen. Es war ein lauer Frühsommerabend und die Lavendelblüte würde bald den ganzen Landstrich in ein tiefes Lila tauchen. Und Isabells Zeit hier würde bald zu Ende sein. Sie hatte diese Tatsache immer weit von sich geschoben, wollte nicht daran denken, es nicht wahrhaben. Jean stellte sich neben sie und legte seinen Arm um ihre Schulter. Sie sah ihn an und wusste, dass er ihre Gedanken erraten hatte. Er drückte sie ein wenig an sich, und Isabell versuchte, einen dicken Kloß im Hals herunterzuschlucken. Sie hatte diese Menschen hier in ihr Herz geschlossen, ihre Mentalität, ihre Lebensart. Sie drehte sich zu den Männern um, die noch am Tisch saßen, alte französische Bauernlieder sangen und währenddessen ein Glas wasserverdünnten Pastis nach dem anderen tranken. Einer hob sein Glas, prostete ihr zu und deutete an, ihr auch ein Glas einschenken zu wollen, doch Isabell lehnte dankend ab. Einen Schnaps zu so später Stunde, das war nichts für sie. Isabell lächelte und überlegte, dass ihnen bestimmt nicht bewusst war, wie gut es ihnen ging. Oder vielleicht doch?

Schließlich bedankten Isabell und Jean sich herzlich bei Sylvie und Mathéo für die Einladung und das ganze köstliche Essen und machten sich auf den Rückweg in ihr Ferienhäuschen.

Als sie eng umschlungen durch die dunklen Gassen schlenderten, kniff Isabell Jean in die Seite und grinste ihn an. »Na, das war doch gar nicht so schlimm, oder?«

»Es war okay.«

»Ich finde es eigenartig, dass du die Gesellschaft der Menschen scheust«, sagte Isabell nachdenklich.

»Warum findest du das eigenartig?«

»Na ja, du beobachtest sie, du zeichnest sie und du weißt so viel über die menschliche Natur und trotzdem gehst du ihnen aus dem Weg.«

»Aber du sagst es doch schon selbst, ich beobachte die Menschen. Ich bleibe dabei im Hintergrund. Sie sollen nicht bemerken, dass ich da bin, während ich sie in meinen Bildern durchschaue. Das ist doch gerade das Spannende, verstehst du?«

»Hmm, ich denke schon. Aber fühlst du dich nicht mit der Zeit einsam? Ich meine, hast du nicht manchmal das Bedürfnis dich mit jemandem auszutauschen, Freunde zu haben, mit jemandem zusammen zu sein?«

Er blieb stehen und blickte sie überrascht an. »Aber ich bin doch mit jemandem zusammen, im Moment zum Beispiel mit dir.«

Isabell blickte in das verblüffte Gesicht von Jean und musste unwillkürlich lachen. »Ach Jean, weißt du was, ich gebe es auf! Du bist mir rhetorisch einfach überlegen.«

Und noch mehr lachen musste Isabell, als sie bemerkte, dass auch Jean flüchtig seine Mundwinkel verzog.

Sie hakte sich bei ihm unter, und beide schlenderten weiter durch die Gassen, lauschten den Stimmen der Nacht.

Das Zirpen der Grillen, das sie den Weg entlang begleitete, in der Ferne schuhte irgendwo eine Eule und eine Katze sprang auf einen kleinen Mauervorsprung, maunzte kurz auf und verschwand dann geräuschlos in der Dunkelheit.

Sie hatten schon fast das Ferienhäuschen erreicht, als Jean fragte: »Wie steht es mit dir?«

»Was meinst du?«

»Wie hat es sich für dich angefühlt, dass ich in deiner Begleitung war?«

»Gut«, antwortete Isabell überrascht. Sie verstand nicht, worauf er hinauswollte. »Sehr gut sogar! Warum fragst du?«

»Hast du die Blicke der anderen nicht gesehen? Deine Freundin schien auch nicht wirklich begeistert, mich zu sehen. Eine erfolgreiche, attraktive Frau zusammen mit einem jungen Nichtsnutz wie mir?«

Isabell drehte sich entrüstet zu ihm um und wollte energisch protestieren, als sie sein provokantes Grinsen im Gesicht sah.

»Das ist nicht fair, wenn du so über uns sprichst.«

»Aber das denken die Leute.«

»Kann sein. Aber es ist mir egal, was andere denken.«

»Auch was Sylvie denkt?«

»Nein, das ist mir nicht egal. Sie ist eine wunderbare Freundin.« Isabell rieb sich das Kinn. »Sie ist die erste und beste Freundin, die ich jemals hatte.«

Er wartete, ohne etwas zu sagen.

»Weißt du, Jean«, fuhr Isabell fort. »Früher war ich tatsächlich sehr darauf bedacht, ein perfektes Bild von mir abzugeben. Aber auch das hat sich geändert. Und ich habe festgestellt, wenn man sich selbst akzeptiert, akzeptieren einen auch die anderen – und zwar genau so, wie man ist.«

Jean nickte. Dann nahm er Isabell in den Arm und hielt sie fest.

Kapitel 10

Die verbleibenden Wochen vergingen viel zu schnell und Isabells Auszeit neigte sich langsam dem Ende zu. Mittlerweile war es Anfang Juli und der Hochsommer sandte seine heißen Strahlen über das Land. Der Staub der Trockenheit legte sich auf die Natur, die silbernen Blätter der Olivenbäume verwandelten die Landschaft in ein farbloses Grau.

Es wäre ein eintöniges Bild, wäre da nicht der Lavendel, der langsam seine langen lilafarbenen Blütenähren öffnete und die Region in ein sanft wogendes Farbspektakel verwandelte.

Isabell hatte sich in den letzten Tagen immer öfter gefragt, ob sie hier in Südfrankreich ihren Besuch beenden wolle, ohne wenigstens einen Tag an der Küste verbracht, im Meer gebadet und am Strand gelegen zu haben – Massentourismus hin oder her.

Nein, wollte sie nicht. Allerdings bereute sie schon auf der Zufahrtstraße nach Saint-Tropez, diesen Entschluss gefasst zu haben. Bereits die entschiedene Ablehnung von Jean, als sie ihn bat, mitzukommen, hätte ihr eine Warnung sein sollen. »Vergiss es!«, hatte er nur gesagt.

In der glühenden Hitze saß Isabell nun an ihrem vorletzten Tag in ihrem Cabriolet und quälte sich mit tausenden anderen Autofahrern auf der Küstenstraße am Golf von Saint-Tropez entlang in den beliebten Ferienort hinein. Die Blechlawine schob sich nur schleppend voran, und während ihr die Sonne auf die Schultern brannte, war sie froh, zumindest an ihren Sonnenhut gedacht zu haben. Kurz überlegte sie, das Verdeck zu schließen und die Klimaanalage hochzudrehen, aber nein, sie wollte es sich nicht nehmen lassen, wie die High-Society aus den früheren Jahren »oben ohne« in die Ortschaft einzufahren.

Motorradfahrer überholten sie von beiden Seiten, junge Franzosen in Jeans Alter saßen auf schweren Maschinen und schlängelten sich gefährlich nahe an den sich stauenden Autos vorbei. Immer wieder zuckte Isabell zusammen und sah schon ihren Außenspiegel auf der Straße liegen, während die Motoren der Bikes aufheulten, und die Lärmbelästigung und der Gestank nahezu unerträglich wurden. Was für ein Tumult!

Was für ein gravierender Unterschied zu ihrer geliebten Provence im Hinterland! Wie schön war doch damals die Fahrt in die Berge gewesen, die sie mit Jean zusammen unternommen hatte, als sie die Kargheit der Natur kennen lernen sollte. In der Einsamkeit der Berge hatte sie das Meer nur aus der Ferne gesehen. Das Meer, eine ebene, blaue Fläche, wie es scheinbar friedlich einen Großteil der Erde bedeckte. Lag das tatsächlich schon so lange zurück? Wo war bloß die Zeit geblieben? Doch an diesem Küstenstreifen mit dem ganzen Trubel hier zeigte das Meer sich von einer anderen Seite. Durch diese Menschen hier, die am Ufer spazieren gingen, joggten oder mit ihren Bikes Slalom um die Fußgänger fuhren, etwas tranken und dabei ein unglaubliches Durcheinander veranstalteten und Lärm, Schmutz und Hektik verbreiteten, wirkte das Meer fast nebensächlich – seine Großartigkeit verblasste vor der allzu bunten Kulisse.

Das war nicht Isabells Welt! Sie war schon fast so weit, ihre ganze Unternehmung abzubrechen, umzudrehen und zurückzufahren, als sich die Kolonne in diesem Moment wieder langsam in Bewegung setzte.

Eine dreiviertel Stunde später erreichte sie am Ortseingang von Saint-Tropez einen großen Parkplatz, auf dem sie mit viel Glück eine Lücke ergatterte. Erst jetzt schaffte es Isabell, endlich erleichtert aufzuatmen. Sie nahm ihre bunte Sommertasche vom Beifahrersitz und machte sich auf den Weg in den Hafen.

An der Hafeneinfahrt schlenderte sie entlang, vorbei an den hier vor Anker liegenden Megajachten. Vor ihr öffnete sich das Hafenbecken und gab den Blick frei auf – ein unglaubliches Chaos! Der Verkehr auf dem Wasser war mindestens genauso turbulent wie der Verkehr eben noch auf der Straße! Das Hafenbecken war, entgegen seinem weltweiten Ruf, überraschend klein, fand Isabell. Es wurde abgelegt, angelegt und vertäut, in der Mitte des Hafenbeckens tummelten sich Yachten in den verschiedensten Größen und Luxuskategorien, die versuchten, sich irgendwo noch in eine Lücke zu quetschen, auch wenn es offensichtlich keinen Platz mehr gab. Dazwischen flitzten kleine Sportboote herum, wirbelten das ohnehin schon aufgewühlte Hafenwasser noch mehr auf und brachten die angespannten Freizeitkapitäne nahezu zum Überkochen. Die Häuser, die die Hafenlinie einrahmten, standen dicht an dicht in der Hitze der Mittagssonne und erstrahlten in den unterschiedlichsten Ocker- und Rosétönen. Hinter der Häuserlinie in der Altstadt thronte über alldem die Kirche mit ihrer gemauerten, kräftig gelben Spitze auf dem roten Glockenturm und bildete die unverkennbare Silhouette von Saint-Tropez.

Entlang der Häuserfront reihten sich Unmengen von Cafés, Bistros und Shops aneinander und auf der Hafenmole schoben sich

Menschenmassen wie eine Gletschermoräne im Schneckentempo voran, behindert von diversen Künstlern, die mitten auf der Mole ihre Staffeleien aufgebaut hatten und Bilder von Saint Tropez in jeder nur erdenklichen Lichtstimmung anpriesen.

Isabell bahnte sich einen Weg durch die Masse und erkannte recht bald, dass sie nur vernünftig vorwärtskam, wenn sie sich der Geschwindigkeit des Menschenflusses anpasste. Von der einen Seite bekam sie einen schmerzhaften Kick mit dem Ellenbogen in die Rippen, während auf der anderen Seite eine energische Mutter mit ihrem Kinderwagen versuchte, sich an ihr vorbeizuzwängen. Isabell schüttelte genervt den Kopf und ließ die unsensible Frau passieren. Wie konnte sie sich nur mit dem armen Baby in dieses Gemenge zwängen? Ein erneuter Rempler von hinten und Isabell musste sich zusammenreißen, dass sie ruhig blieb. Nein, das machte keinen Spaß!

Endlich fand sie einen freien Platz in einem der überfüllten Cafés. Sie teilte sich den Tisch mit einem älteren Herrn, der unbeeindruckt von dem ganzen Tumult in seiner Lokalzeitung las. Erschlagen schaute Isabell auf das Treiben und trank einen Smoothie. Sie beobachtete eine hochgewachsene Frau, sehr schlank, äußerst schlank, – oder magersüchtig, schoss es Isabell durch den Kopf – die ihre Stöckelschuhe am ausgestreckten Zeigefinger baumeln ließ und unsicher über die Gangway einer riesigen weißen Jacht auf die Hafenmole stolperte, offensichtlich froh, wieder sicheren Boden unter den Füßen zu spüren. Hektisch sah sie sich um und in ihrem Gesicht spiegelte sich eine Mischung aus Angespanntheit und Nervosität wider. Wie alt mochte sie sein? Was ihre Figur anging, hätte Isabell sie auf Mitte zwanzig geschätzt, doch das Gesicht verriet, dass sie bereits jenseits der Fünfzig angekommen sein musste. Die

Nervosität wich jetzt einer Verärgerung – sie schien auf jemanden zu warten, was ihr eindeutig nicht behagte. Endlich kam ein junger Bursche auf sie zu, der, wenn überhaupt, gerade mal zwanzig Jahre alt war. Mit seiner muskulösen Figur, die sich deutlich unter dem schwarzen Shirt abzeichnete und seinem bezaubernden, jugendlichen Lächeln hätte er viele junge Mädchen um den Verstand gebracht, aber er nahm die wartende Frau in den Arm, küsste sie überschwänglich und griff ihr mit der freien Hand an den Po. Die Frau lachte schrill auf und dann verschwanden beide kurz danach in der Menge. Isabell schüttelte verständnislos mit dem Kopf: Wie konnte sich so ein junger Kerl nur mit einer so alten Frau einlassen? Unwillkürlich musste sie an Jean und sich denken. Nein, das war etwas anderes! Energisch schob sie den Gedanken beiseite.

In einiger Entfernung machten Matrosen gerade eine noch größere Jacht abfahrbereit, während sich ein dicker Mann – der Eigner? – am obersten Deck sonnte und den Rauch einer Zigarre in die Luft blies. Was für ein blasiertes Gesicht dieser Mann doch machte! War ihm überhaupt noch bewusst, von welchem Reichtum er umgeben war, oder war das alles für ihn zu einer Selbstverständlichkeit geworden? Er blies eine weitere Wolke Zigarrenrauch in die Luft und streckte sein Kinn mit solch einer Überheblichkeit hervor, als stünde er nicht nur physisch über den anderen Menschen auf der Hafenmole.

Isabell fiel auf, dass sie anfing, wie Jean zu denken. Sie fing an, Menschen zu beobachten, fragte sich, was die vielen Menschen hier dachten, wie sie sich fühlten und ob sie zufrieden waren mit ihrem Leben? Versuchte hinter deren Fassaden zu blicken. Und war erstaunt, wie viel sie aus den Gesichtern der Menschen lesen konnte.

Es hatte Zeiten gegeben, überlegte Isabell, da hätte sie ein

Saint-Tropez-Leben auch gereizt. Früher hätte sie sich ohne weiteres vorstellen können, mit Simon zusammen auf solch einer Jacht Urlaub zu machen. Aber heute? Nach alldem, was mit ihr geschehen war? Nein, das war nicht mehr ihre Vorstellung von Erholung. Überhaupt, dieses ganze Saint-Tropez, so reizvoll dieser ganze Luxus und Glamour auch war, es war nicht mehr das, wonach sie sich sehnte.

Nein, für Isabell hatte das alles hier keine Bedeutung mehr. Sie wollte nur noch weg von hier, weg von diesem Lärm, diesem Zirkus, weg von den vielen Menschen, die sie zu erdrücken drohten, weg von der Zurschaustellung von Reichtum und Luxus, und der Manifestation einer zweifelhaften Klassenzugehörigkeit.

In diesem Moment wurde Isabell eines klar: Sie hatte den Reichtum ihres Lebens gefunden, und der bestand nicht aus materiellen Dingen, nicht aus Geld, beruflicher Position oder Erfolg, sondern aus Ruhe, innerer Zufriedenheit und Freude. Die Lebensqualität hatte für sie einen anderen Stellenwert bekommen – sie kam von innen.

Isabell zahlte einen horrenden Preis für das kleine Getränk, packte ihre Sommertasche und zwängte sich durch die Menschenmenge zurück zur Hafeneinfahrt, vorbei an dem Parkplatz, auf dem ihr Auto stand, weiter am Fischerhafen vorbei, bis der Menschenstrom langsam abebbte und sie etwas aufatmen konnte. Sie kam an einen kleinen Sandstrand, stellte sich auf ein niedriges Mäuerchen, das den Strand von der Straße trennte und überblickte das Getümmel. Es gab kein einziges freies Stückchen Sand mehr, auf dem sie ihr Handtuch hätte ausbreiten können.

Wo sollte sie sich hinlegen? Neben eine Großfamilie, deren Kinder kreischend und eisleckend hin- und herrannten, oder lieber dorthin, wo Kinder mit kleinen Eimerchen Richtung Meer stürmten, dabei mit sandigen Füßen über fremde Handtücher stolperten und Sekunden später mit wassergefüllten Eimerchen zurückkamen und auf denselben Handtüchern nasse Spuren hinterließen? Sie sah einem kleinen Jungen zu, der gerade unglücklicherweise stolperte und das ganze Meerwasser aus dem Eimerchen über die Tasche einer älteren Dame schüttete. Die ließ daraufhin eine Schimpfkanonade los und scheuchte den weinenden Jungen mit einer energischen Handbewegung fort. Der plärrende Junge lief zu seinen Eltern, die wiederum der fremden Frau bitterböse Blicke zuwarfen, als sei sie schuld daran, dass das Kind überhaupt gestolpert war. Nicht weit entfernt auf dem Mäuerchen hatten ein paar Jugendliche ihre Musik überlaut aufgedreht und ließen einen Partysong nach dem anderen laufen.

Isabell dröhnte der Kopf von so viel Lärm und Hektik. Sie wünschte sich ein ruhiges Plätzchen, eine kleine Nische zwischen Steinen, wo sie alleine war und in Ruhe aufs Meer blicken konnte. Sie schüttelte irritiert den Kopf. Das hier war auf jeden Fall nicht der richtige Ort für sie.

Sie machte auf dem Mäuerchen kehrt, ohne den Strand betreten zu haben und ging zu ihrem Auto zurück. Sie musste sich eingestehen, dass sie immer mehr Schwierigkeiten damit hatte, so viele Menschen um sich herum zu ertragen. Sie fühlte sich erschlagen und abgekämpft, durch den Tag gehetzt, von anderen Dingen getrieben, obwohl sie doch nur einen gemütlichen Tag an der Küste hatte verbringen wollen. Sie musste weg von hier. Zurück zu den Lavendelfeldern auf dem Hochplateau, zu ihrem kleinen Häuschen, in den ruhigen Garten. Zu ihrer liebgewonnenen Oase in dieser hektischen Welt.

Es war schon spät, als sie wieder bei ihrem Feriendomizil ankam. Sie war erschöpft. Wie froh sie war, wieder hier zu sein. Sie hatte ihre Stirn gegen das Lenkrad gestützt und genoss die Stille nach so einem hektischen Tag. Jetzt konnte sie sehr gut verstehen, warum Jean diesen Trubel mied. Nach einer Weile stieg sie aus ihrem Auto, ging ins Haus und suchte nach ihm. Das Haus lag im Dunklen, und sie fand ihn weder in der Küche noch auf der Terrasse. Sie ging die Treppe hinauf und öffnete leise die Türe zu seinem Zimmer. Da lag er friedlich schlafend auf dem Bett. Sie streifte sich ihr Kleid vom Körper, ließ es auf den Boden gleiten und legte sich vorsichtig zu ihm. Ohne seine Augen zu öffnen, drehte sich Jean zu ihr um, legte einen Arm um sie und drückte sie an sich. Entspannt und geborgen schlief Isabell in seinen Armen ein.

Am nächsten Morgen schlug Isabell die Augen auf und spähte durch Jeans Zimmer in die aufgehende Morgensonne. Er hatte immer noch den Arm um sie geschlungen, und als sie zu ihm aufsah, bemerkte sie, dass er sie beobachtete. Jetzt lächelte er und fragte:

»Wie war dein gestriger Tag?«

»Er war unglaublich hektisch, es hat mir ehrlich gesagt nicht gefallen.«

»Ja, das ist der Küstenbereich zu dieser Zeit. Du musst die Küste besuchen, wenn keine Saison ist, dann ist sie wunderschön.«

»Das kann ich mir gut vorstellen.«

Sie lagen eine Weile schweigend nebeneinander, als Isabell traurig flüsterte: »Heute ist mein letzter Tag hier, Jean. Morgen fahre ich nach Hause.«

»Freust du dich auf zuhause?«

Sie drehte sich zu ihm um und schaute ihn lange an. »Nein,

überhaupt nicht.« Betrübt legte sie sich wieder zurück in seine Arme. »Ich würde viel lieber hier bleiben.«

»Warum tust du es dann nicht?«

»Was?«

»Na, hier bleiben.«

»Ach Jean, du hast leicht reden, ich kann nicht hierbleiben. Meine Arbeit, meine Wohnung warten auf mich.«

»Verstehe!« Jean nickte wissend.

»Wie meinst du das?« Isabell war sein provokanter Unterton nicht entgangen.

»Tja«, er atmete seufzend aus und ließ seinem herausfordernden Ton freien Lauf. »So, wie es aussieht, kehrst du zu genau dem Leben zurück, vor dem du vor nicht allzu langer Zeit geflohen bist.«

»Ja, so könnte man es sehen. Aber ...«, sie hatte seine Anspielung erkannt und hob lachend den Zeigefinger. »... *ich* habe mich verändert! *Ich* bin nicht mehr dieselbe Person, die ich vorher einmal war.«

»Das hast du schön gesagt. Ich hoffe, dass du dich daran immer erinnern wirst.«

»Das hoffe ich, ehrlich gesagt, auch«, antwortete sie nachdenklich.

Langsam setzte sie sich auf und ihr Blick fiel auf Jeans vertraute Unordnung. Ein Stich fuhr in ihre Magengegend – sie wusste jetzt schon, wie sehr sie ihn vermissen würde.

Den Rest des Tages herrschte eine sehr melancholische Stimmung bei Isabell. Egal, wohin sie auch ging und was sie machte, eine freudige Stimmung wollte sich einfach nicht einstellen. Sie saß den ganzen Vormittag auf der Terrasse und blickte in die Natur hinaus, ohne diese tatsächlich wahrzunehmen. Sie erinnerte sich an die ersten Tage, wie sie hier angekommen war, ausgebrannt, innerlich leer, kaputt. Die ersten Nächte in dem fremden Haus und ihr Unwohlsein, als sie den Eindruck gehabt hatte, dass sie beobachtet wurde. Sie lächelte. War das alles wirklich geschehen? Hatte sie tatsächlich so lange mit einem anderen Menschen unter einem Dach leben können, ohne etwas zu merken, bevor er sich endlich gezeigt hatte? Sie wunderte sich heute noch darüber.

Jean! Ihm hatte sie in der Tat unglaublich viel zu verdanken. Mit seiner Hilfe hat sie es geschafft, wieder zu sich selbst zu finden. Herauszufinden, was ihr guttat und was ihr Kraft im Leben gab. Von ihm hatte sie gelernt, das Leben als ein Geschenk zu betrachten und den Augenblick zu genießen. Und morgen würde sie das alles hier verlassen müssen. Sie ging traurig in ihr Zimmer zurück, stellte sich auf den Balkon und ließ ihren Blick über die blühenden Felder schweifen. Wie sehr ihr dieses Fleckchen Erde ans Herz gewachsen war und wie sehr sie sich doch an diesen Anblick gewöhnt hatte! Sie konnte förmlich spüren, wie sie das alles hier schmerzlich vermissen würde.

Leise trat Jean neben Isabell, legte beide Arme um sie und schaute mit ihr in die Ferne. Kaum hörbar, als wollte er ihren Gedankengang nicht unterbrechen, flüsterte er in ihren Nacken:

»Du hast die Wahl, Isabell!«

»Ich glaube nicht, dass ich eine Wahl habe.«

»Man hat immer eine!«

Eine Träne lief ihr über die Wange.

»Komm mit!«, sagte er und nahm sie an der Hand. »Ich habe etwas für dich vorbereitet.«

Er führte sie an der Hand aus dem Zimmer und ließ sie am Beginn der Treppe los. Doch als sie den Fuß auf die erste Treppenstufe setzen wollte, stockte sie und starrte in den freien Raum hinunter ins Erdgeschoß. Sämtliche Wände waren mit Bildern verziert, überall, wo sie hinblickte, hingen Bilder, und es waren ausschließlich Zeichnungen von ihr. Langsam ging sie die Treppe hinunter und drehte sich mitten im Raum um sich selbst, um einen Überblick über alle Bilder zu bekommen. Sie erkannte, dass diese Bilder ihre Veränderung in den letzten Wochen dokumentierten.

Sie suchte das erste Bild, auf dem sie entnervt, traurig und deprimiert wirkte. Hier, da war es, sie stellte sich davor und schritt langsam die Wand entlang. Ja, das war ihre Entwicklung in den letzten drei Monaten. Hier erkannte sie sich in den Gemütszuständen, die sie durchgemacht hatte, wieder. Sie sah die damalige Verzweiflung deutlich in ihren Augen, die Verbitterung, die Schmerzen, von denen sie heute nichts mehr spürte.

Bedächtig schritt sie an der Wand entlang und betrachtete lange die Veränderung in den Bildern, spürte der Veränderung nach, die tatsächlich in ihrem Inneren stattgefunden hatte. Von Bild zu Bild, von Woche zu Woche wirkte sie entspannter, ruhiger und befreiter. Als sie bei dem letzten Bild in der Reihe ankam, überkam sie eine Gänsehaut am ganzen Körper. Es zeigte eine Isabell, die entspannt durch die Lavendelfelder ging, in einem luftigen weißen Kleid und mit einem Strohhut auf dem Kopf. Sie hatte sich noch nie so frei in ihrem Leben gefühlt wie in diesem Moment. Das Bild war mit viel Liebe gemalt und bis ins Detail ausgearbeitet und die Farben unterstrichen ihr Wohlgefühl. Sie schaute lange auf das Bild und konnte sich nicht davon lösen.

»So bist du heute«, hörte sie Jeans Stimme hinter sich.

»Es gefällt mir unbeschreiblich gut«, hauchte Isabell.

Jean nahm das Bild von der Wand und hielt es ihr hin. »Dann schenke ich es dir. Es soll dich an die Zeit hier erinnern, an mich, aber besonders daran, worauf es im Leben wirklich ankommt! Versuche, dir dieses Gefühl zu bewahren. Versuche, so glücklich und zufrieden zu bleiben, wie du jetzt bist. Und wenn das Gefühl vergehen sollte, schaust du wieder auf das Bild und erinnerst dich an die Zeit hier.«

Tränen der Rührung ließen ihren Blick verschwimmen. Isabell nahm das Bild von der Wand und hielt es wie einen wertvollen Schatz.

»Du alleine hast es in der Hand, ob es so bleiben wird oder nicht.«

»Danke«, flüsterte sie und eine Träne tropfte auf ihre Hand. Zutiefst bewegt von Jeans Geste verbrachte Isabell den restlichen Nachmittag damit, die Bilder zu betrachten und nachzudenken. Sie durchschritt die einzelnen Stufen des Erlebten in den letzten drei Monaten in Gedanken noch einmal. Lachte laut auf, als sie das Bild sah, auf dem sie nackt vor dem Pool lag. Wie hatte sie sich doch geziert, sich nackt zeichnen zu lassen. Doch war die Nacktheit nicht das natürlichste Kleid eines Menschen?

Sie entdeckte auch eine Skizze, auf der sie in der Küche stand und Gemüse schnitt. Ihr war gar nicht bewusst gewesen, dass er sie auch dabei gezeichnet hatte. Waren die Bilder, die zu Beginn ihres Aufenthaltes gezeichnet wurden noch in Schwarzweiß gehalten, wurden sie von Woche zu Woche zunehmend farbiger, fröhlicher. Ihr durch Schmerz, Sorgen und Anspannung verzerrte Gesicht wich immer mehr einer gelösten Miene. Die Gesichtszüge wirkten entspannter, die tiefen Sorgenfalten lösten sich von Bild zu Bild weiter auf und sogar die Augen fingen wieder an zu glänzen. Auch ihre Haltung schien aufrechter, selbstbewusster – irgendwie erhabener.

Ach, was waren das alles für bezaubernde Momente. Die Zeit, die sie mit Jean verbracht hatte, war ein Geschenk gewesen. Er war ein so wundervoller Mensch!

Der nächste Morgen kam viel zu früh. Zum ersten Mal nach drei Monaten weckte sie das Klingeln ihres Weckers. Energisch schaltete sie ihn ab, warf sich wieder zurück ins Kopfkissen und stieß einen tiefen Seufzer aus. Sie zog die Bettdecke bis zum Hals, drehte sich auf die Seite und blieb eine lange Zeit in gekrümmter Stellung liegen, als hätte sie Bauchschmerzen. Dann strampelte sie mit den Füßen die Bettdecke vom Körper und kroch aus dem Bett. Es hatte keinen Sinn – die Zeit hier war nun mal vorüber!

Schweren Herzens stieg sie aus dem Bett, zog sich ihren Morgenmantel über und verließ das Zimmer, in dem die Koffer und die Reisetasche schon gepackt in der Ecke standen. Sie ging langsam nach unten zum Frühstücken, ihr letztes Frühstück in diesem Haus. Sie kam sich vor, als schreite sie zu ihrer Henkersmahlzeit.

Alles, was sie an diesem Morgen tat, tat sie mit Bedacht. Sie machte sich bei jeder Bewegung bewusst, dass es die letzte in diesem Haus, bei diesem Aufenthalt war. Sie saß das letzte Mal mit Jean auf der Terrasse und trank einen Café au lait in der Frische des Morgens, sie warf ein letztes Mal einen Blick von ihrem Balkon auf die Lavendelfelder und als sie ihre Sachen aus dem Zimmer holte und sich von dem Haus verabschiedete, hätte sie sich am liebsten ein letztes Mal in den Pool gestürzt.

Es versetzte ihr einen schmerzlichen Stich in der Magengegend, als sie an den Abschied von Sylvie am Tag zuvor zurückdachte. Sylvie war ihr in den letzten Wochen zu einer richtigen Freundin geworden – eine Freundin, wie sie sie seit ihrer Jugendzeit nicht mehr gehabt hatte. Eine Freundin, die sie kompromisslos verstand und unterstützte, der sie alles erzählen konnte, bei der sie sich darauf verlassen konnte, dass ein Geheimnis ein Geheimnis blieb. Eine Freundin, mit der sie all ihre Sorgen, Nöte und Freuden teilen konnte. Sie waren sich weinend um den Hals gefallen und hatten sich versprochen, in Kontakt zu bleiben. Und obwohl sie so unterschiedlich waren und in ganz anderen Stadien ihrer Leben unterwegs waren, hatten sie sich gegenseitig ins Herz geschlossen. Isabell wusste, sie würde Sylvie vermissen und fürchtete sich vor der Einsamkeit in Deutschland.

Schweren Herzens verstaute sie die letzten Dinge in ihren Wagen und ging langsam zurück zu Jean, der am Eingang stand, um sie zu verabschieden. Er schlang ein letztes Mal seine kräftigen Arme um Isabell und hielt sie lange Zeit einfach nur fest. Isabell vergrub den Kopf an seiner Brust und wünschte sich, die Zeit würde einfach stehenbleiben. Jetzt sofort! Die Erde sollte aufhören sich zu drehen und alles sollte in diesem einen Moment verharren – für immer.

»Ich werde dich sehr vermissen – du bist eine wundervolle Frau.« Er drückte ihr zärtlich einen Kuss auf die Stirn.

Isabell sah zu ihm hoch. Er war so erwachsen, so unglaublich reif für sein Alter. Sie ließ ihre Hände über seine Schulter gleiten, strich mit einem Finger über die Tätowierung unterhalb seines rechten Schlüsselbeins.

»Warum ein Anker, Jean?«

Er hielt ihre Hand fest und küsste sie.

»Das ist meine Erinnerung daran, mit dem einfachen Leben und der Natur verankert zu bleiben.« Er wollte offensichtlich nicht tiefer in dieses Thema einsteigen und fügte knapp hinzu: »Jeder braucht hin und wieder eine kleine Erinnerung, was wirklich zählt im Leben.«

»Jean, ich danke dir für alles. Du hast mir geholfen, wieder zu mir zurückzufinden, zu erkennen, was im Leben wichtig ist. Und was nicht! Ohne dich hätte ich das nicht geschafft.«

»Doch, das hättest du! Denn das war alles hier drinnen«, er deutete auf ihr Herz. »Ich habe dir nur geholfen, es auszugraben. Dir nur einen kleinen Schubs verpasst, den Rest hast du selbst geschafft.«

Jean gab ihr einen letzten Kuss auf die Stirn und schob sie sanft von sich, um sie besser betrachten zu können. »Und jetzt geh deinen Weg, deinen neuen Weg.«

Mit diesen letzten Worten von Jean setzte sie sich ins Auto und fuhr los. Sie beobachtete ihn im Rückspiegel, bis sie ihn nicht mehr sehen konnte. Ohne dass es ihr bewusst war, liefen ihr Tränen die Wangen hinunter.

Wehmütig fuhr sie in Richtung Küste zur Autobahn und ließ das Plateau mit den Lavendelfeldern hinter sich. Sie reihte sich in den Verkehr ein und ihre Stimmung wurde mit jedem Kilometer gedrückter, den sie sich von ihrem liebgewonnenen Haus entfernte. Trotz ihrer Traurigkeit genoss sie diesmal die Fahrt durch die wechselnden Landschaften: die atemberaubende Küste und das glitzernde Meer. Genoss es, die Ortschaften Cannes, Nizza und San Remo zu passieren und die abwechslungsreiche Natur erst der Lombardei, dann des Trentinos zu sehen. Hier war sie doch vor drei Monaten auch entlanggefahren und hatte dabei nichts davon wahrgenommen! Wie interessant doch der Brennerpass war, mit seinen steilen Felsflanken links und rechts der Autobahn, wie atemberaubend die mächtigen Berge Österreichs.

Und doch konnte sie nicht umhin, sich selbst einzugestehen: Ihr Herz war in Südfrankreich geblieben.

Kapitel 11

Es war fast Mitternacht, als Isabell in München ankam und vor dem Mehrfamilienhaus, in dem sie wohnte, parkte. Sie schaute die Fassade empor und betrachtete die dunklen Fenster. Eine Zeit lang blieb sie noch in ihrem Auto sitzen, hielt das Lenkrad fest umklammert und lehnte den Kopf gegen die Seitenscheibe. Sie war erschöpft von der langen Fahrt und die Müdigkeit drohte sie zu übermannen. Schließlich kramte sie umständlich in ihrer Handtasche nach dem Hausschlüssel und stieg die Treppen hinauf zu ihrer Wohnungstür. Sie sperrte auf und betrat langsam die Wohnung. Es roch muffig, nach abgestandener Luft. Wie fremd alles auf Isabell wirkte! Sie öffnete das Fenster im Wohnzimmer und blickte sich um. Entfernter Straßenlärm war zu hören und Zigarettenrauch von der unteren Wohnung drang ins Zimmer. Genervt schloss sie das Fenster wieder und öffnete stattdessen die Balkontür ihres Schlafzimmers, das auf der anderen Seite lag. Auch hier Zigarettenrauch. Erstaunlich, das hatte sie doch früher nicht gestört. Ein lautes Grummeln ihres Magens holte sie wieder in die Gegenwart zurück. Sie ging in die Küche, ohne wirklich damit zu rechnen, etwas Essbares zu finden – wie auch?

Aus Gewohnheit öffnete sie den Kühlschrank, doch der war erwartungsgemäß leer. Im Fach der Tiefkühltruhe lag noch eine Fertigpizza, aber darauf hatte sie überhaupt keine Lust. Das Sandwich, das sie sich in Südtirol an der Raststätte gekauft hatte, musste wohl oder übel bis zum nächsten Morgen vorhalten. Sie würde einfach hungrig ins Bett gehen.

Nach einer traumlosen Nacht wachte Isabell erst spät am nächsten Morgen auf. Sie hatte lange geschlafen, fühlte sich aber tatsächlich nicht erholt.

Welcher Tag war heute? Samstag? Sie gab sich einen Ruck – sie würde sich wieder an das normale Leben gewöhnen müssen. Mit Entschlossenheit packte sie ihre Sachen aus und entschied danach, erst einmal einkaufen zu gehen. Im Lebensmittelladen kaufte sie nur das Nötigste, Nudeln, Reise und Butter, und beschloss dann, zum Viktualienmarkt zu fahren. Dort würde sie frische Ware bekommen.

Sie schlenderte an dem Stand einer rundlichen Marktfrau vorbei, die tatsächlich Kräuter aus der Provence hatte. Begeistert blieb sie stehen und kaufte einen Strauß Thymian, Estragon und Rosmarin. Auch ein paar frische Lorbeerblätter wanderten in ihre Einkaufstasche. Sie blieb noch einen Augenblick, roch an weiteren Kräutern und schloss die Augen. Die Erinnerung kam auf der Stelle. Leichtfüßig lief sie durch das Lavendelfeld, streifte mit ihren Armen die Blütenähren und war dicht eingehüllt von den wundervollsten Gerüchen. Jean nahm ihre Hand und wollte sie fortziehen. Jean?

Nein, es war nicht Jean, es war die Marktfrau, die sie an der Hand hielt und besorgt fragte, ob denn alles in Ordnung sei. Isabell starrte sie irritiert an, lachte dann auf und antwortete mit einem beschwingten »Ja«.

Beim Metzger besorgte sie Fleisch und in einem türkischen Laden kaufte sie frischen Schafskäse und eingelegte Oliven.

Schließlich kaufte sie noch einen schlichten Bilderrahmen aus weißem Holz.

Zurück in ihrer Wohnung holte sie als erstes den Rahmen aus ihrer Tasche, legte das Bild, das ihr Jean zum Abschied geschenkt hatte, hinein und stellte es neben ihr Bett auf das Nachtkästchen – es sollte jeden Morgen das erste sein, was sie sah.

Am Abend versuchte sie sich an dem Gericht, das Jean für sie gekocht hatte: in Lavendelhonig eingelegtes Lamm auf provenzalischem Gemüsebett. Sie deckte liebevoll den Tisch und öffnete eine Rotweinflasche. Das Gericht war ihr gut gelungen, doch es schmeckte trotzdem nicht so wie in Südfrankreich, wo sie es auf der Terrasse in Begleitung von Jean und unter dem wundervollen provenzalischen Himmel genossen hatte.

Das restliche Wochenende verbrachte sie damit, sich wieder einzuleben, und dachte mit Nervosität an den Montag, ihren ersten Arbeitstag.

Und ehe sie es sich versah, klingelte der Wecker. Montagmorgen. Sie ließ sich Zeit mit dem Waschen, dem Ankleiden und dem Frühstück. Bewusst versuchte sie, nicht in die Hektik der letzten Jahre zu verfallen. Isabell hatte sich am Vortag ein Croissant besorgt und goss nun nur noch einen Kaffee auf. Ungewohnter Straßenlärm drang durch das offene Fenster in die Küche, während sie an die Küchenzeile gelehnt ihren Milchkaffee im Stehen trank und in das Croissant biss. Es schmeckte fade! Wie einsam und verloren sie sich in diesem Moment fühlte, durfte sie sich selbst nicht eingestehen – es hätte sie umgeworfen. Sie gab sich einen Ruck und mahnte sich selbst zur Eile.

Isabell reihte sich in den Berufsverkehr ein und je näher sie ihrer Arbeitsstelle kam, desto schneller schlug ihr Herz. Sie bekam feuchte Hände und die Härchen im Nacken stellten sich auf. Als sie auf dem Firmengelände parkte, hatte sie einen trockenen Mund und Krämpfe in der Bauchgegend.

Sie sah zu dem Fenster hinauf, hinter dem früher ihr Büro gewesen war. Würde sie wieder in diesem Zimmer arbeiten? Was für eine Arbeit würde sie überhaupt bekommen? Sie konnte sich nicht vorstellen, sofort wieder die Leitung eines Projektes übertragen zu bekommen. Und wollte sie das überhaupt? Das Rumoren in der Magengegend wurde stärker, als sie ausstieg und zum Foyer ging. Im Eingangsbereich war ein neuer Empfang errichtet worden, an dem eine junge, hübsche und sehr schlanke Frau mit langen blonden Haaren saß.

»Guten Morgen! Zu wem wollen Sie bitte?«, rief die Isabell nach, als sie am Empfang vorbei gerade zielsicher zum Aufzug gehen wollte.

Isabell drehte sich um, kramte umständlich ihren Firmenausweis aus der Tasche und hielt ihn der Empfangsdame hin. »Ich bin Isabell Jacoby. Ich arbeite hier.«

»Oh, entschuldigen Sie, das wusste ich nicht.«

»Kein Problem«, sagte Isabell und lächelte sie an. »Sie sind neu hier?«

»Eigentlich nicht mehr! Ich bin schon seit ungefähr zwei Monaten da.«

»Und, gefällt es Ihnen?«

»Ja sehr, die Arbeit ist sehr abwechslungsreich, manchmal auch sehr viel, aber ich denke das gibt sich, wenn ich einmal richtig eingearbeitet bin.«

Isabell hob die Augenbraue und lächelte sie an. »Na, dann wünsche ich Ihnen viel Spaß, und ...«, sie war weitergegangen, drehte sich aber noch einmal um und schaute auf das Namensschild auf der Theke: »... passen Sie auf sich auf, Mandy.«

Dann fuhr Isabell mit dem Lift nach oben.

Langsam glitten die Aufzugstüren auseinander, und vor ihr stand die Person, die sie vielleicht am wenigsten erwartet hatte – Simon. Er sah sie überrascht an und suchte nach den passenden Worten.

»Isabell, ich wusste gar nicht, dass du schon wieder zurück bist«, stotterte er unbeholfen, als Isabell an ihm vorbei in den Flur trat. »Seit wann denn? Warum hast du dich nicht gemeldet? Du, ich muss zu einem Kundenmeeting, aber lass uns telefonieren.«

Eilig sprang er in den Aufzug, bevor sich die Türen wieder schlossen. Sie drehte sich um und sah gerade noch sein verlegenes Gesicht. Dann war er weg. Noch lange starrte Isabell die verschlossenen Türen an, dann drehte sie sich um und sah in den leeren Flur, der ihr fremd und doch so vertraut vorkam. Da war sie also wieder, zurück in ihrer alten Welt. Langsam ging sie den Flur entlang. Es war ziemlich still, hier und da hörte sie aus einem der Büros ein Telefon klingeln und Leute leise diskutieren. Eine Leuchtstoffröhre aus dem Oberlicht flackerte und ein leises Besteckklimpern drang aus der Stehküche. Während sie zum Büro ihres Vorgesetzten ging, versuchte sie vergebens, die Gefühle in ihrem Inneren zu ergründen.

Peter Whitehead, Director Germany – Chief Consulting las sie auf dem Namensschild neben der Tür. Sie holte tief Luft, klopfte und wartete ab, bis sie ein »Ja, bitte« hörte. Dann öffnete sie langsam die Türe und streckte ihren Kopf hinein. Ihr Vorgesetzter saß am Schreibtisch und sah von seinem Computer auf. Sein angespanntes Gesicht erhellte sich mit einem Schlag, als er Isabell erkannte. Er sprang fast aus dem Stuhl, ging um seinen Schreibtisch herum und begrüßte sie überschwänglich. Wäre sie nicht einen Schritt zurückgewichen, Isabell war sicher, er hätte sie umarmt. So umfasste er nur ihre Hand und schüttelte sie freudig.

»Isabell! Schön, Sie wieder bei uns zu sehen. Ich freu mich, dass Sie wieder zurück sind. Kommen Sie, setzen wir uns.«

Er deutete auf zwei Stühle in der Besprechungsecke. Ein zaghaftes Klopfen unterbrach seine Freude, und er sagte nur laut, ohne hinzublicken. »Nicht jetzt!« Dann setzte er sich Isabell gegenüber und betrachtete sie. »Sie sehen fantastisch aus! Haben sich also gut erholt. Wie geht es Ihnen?«

Isabell erzählte in knappen Worten, dass sie sich entspannt habe, sich wohlfühle und keinerlei Anzeichen einer Überarbeitung mehr zu erkennen seien. Ihr Chef schien sich merklich für sie zu freuen. Sie unterhielten sich noch kurz über Allgemeines, bis Whitehead das Thema auf die Aufgabenverteilung lenkte.

»Isabell, Ihre Position mussten wir natürlich neu besetzen. Ich würde vorschlagen, Sie unterstützen Ulrike Sanders, bis wir ein neues Aufgabengebiet für Sie finden. Wir müssen auch sehen, welche neuen Projekte hereinkommen und wo Sie langfristig zuarbeiten könnten.«

Bei all der überschwänglichen Freude entging es Isabell nicht, dass ihr Chef nur von »unterstützen« und »zuarbeiten« sprach. Ihr wurde schlagartig klar, dass er ihr nicht mehr zutraute, ihre früheren Arbeiten wieder aufzunehmen, zumindest vorläufig noch nicht. Das Unternehmen wollte kein weiteres Risiko eingehen. Isabell war das in diesem Moment nur recht. Nachdem sie noch kurz weitere organisatorische Details durchgesprochen hatten, verließ Isabell Whiteheads Zimmer und ging zu ihrem ehemaligen Büro.

Ihr Name an der Türe war entfernt und durch *Ulrike Sanders, Senior Consultant* ersetzt worden. Sie öffnete die Tür ihres früheren Büros ohne anzuklopfen – diese Erniedrigung wollte sie sich nicht antun.

Frau Sanders telefonierte. Sie saß zurückgelehnt im Bürostuhl vor Isabells altem Schreibtisch, die schlanken Beine elegant übereinandergeschlagen, und diskutierte gestikulierend am Telefon. Sie schien Isabell erwartet zu haben, denn sie winkte ihr kurz zu, sie solle hereinkommen, und gab ihr mit einer lässigen Handbewegung zu verstehen, dass sie sich setzten solle. Dann stand sie auf, drehte Isabell den Rücken zu und telefonierte weiter.

Isabell sah sich in ihrem alten Büro um. Es hatte sich nicht viel verändert. Auch ihre Nachfolgerin hatte noch nicht die Zeit gefunden, sich das Büro mit persönlichen Dingen einzurichten.

Ulrike Sanders, die ihr immer noch den Rücken zugewandt hatte, mochte Mitte dreißig sein, hochgewachsen mit kurzen, streng nach hinten gekämmten dunklen Haaren, in denen lässig eine Sonnenbrille steckte. Sie war sehr dünn, fast dürr, und mit dem Jackett, dem sehr kurzen Minirock und hochhackigen Schuhen wirkte sie wie ein Modell vom Laufsteg, das ein Outfit für Jung-Unternehmerinnen präsentierte.

Isabell konnte es nicht verhindern, das Telefonat mit anzuhören und verdrehte innerlich die Augen, als sie mitbekam, wie Frau Sanders ihrem Gegenüber mit deutlichen Worten die nächsten Schritte erklärte und keinen Zweifel daran ließ, dass sie keine Verzögerung dulden würde. Als das Telefongespräch endlich beendet war, drehte sie sich zu Isabell um und musterte sie, dann ging sie auf sie zu und reichte ihr die Hand.

»Du bist also Isabell. Ich würde vorschlagen, wir duzen uns, alles andere ist so unnötig formell. Ich bin mir nicht sicher, aber ich glaube, wir haben uns früher schon einmal gesehen, auch wenn wir nichts miteinander zu tun hatten.«

Ulrike Sanders ging zurück zu ihrem Schreibtisch und tippte eine kurze Notiz in ihren Rechner, während sie weiter mit Isabell redete. »Es ist gut, dass du wieder da bist. Ich kann sehr gut Unterstützung gebrauchen, denn ein Abteilungsleiter deines ehemaligen Kunden KMT macht Ärger und stellt sich quer. Ich habe den Eindruck, er versucht, unser Projekt zu blockieren. Er meinte, er hätte früher mit dir zu tun gehabt. Du kennst ihn doch – vielleicht kannst du die Boxhandschuhe auspacken und versuchen, ihn wieder auf Spur zu bekommen«, sagte sie und schlug zur Verdeutlichung die Faust der einen Hand in die Handfläche der anderen. »Du kannst dich übrigens vorübergehend in das Gemeinschaftsbüro nebenan setzen, dort gibt es Springerplätze – bis wir etwas anderes für dich finden. Um vierzehn Uhr findet eine Web-ex mit dem Kunden statt, dort möchte ich dich dabeihaben und danach müssen wir uns sputen, denn um halb fünf ist die Konferenz zum Materialmanagement. Dort muss ich die Punkte zum Teilprojekt SMP vorstellen, das Ähnlichkeiten zu dem Projekt hat, das von dir vor drei Jahren betreut worden ist. Da hoffe ich ja schwer, von deinen Erfahrungen profitieren zu können.« Sie ging hinüber zu dem einzigen Schrank im Raum, holte Isabells alten Laptop heraus und drückte ihn ihr in die Hand. »Den hier wirst du wieder brauchen.«

Isabell stand völlig überfahren mit dem Laptop im Arm da und bevor sie auch nur einmal den Mund aufmachen konnte, um etwas zu erwidern, klingelte erneut das Telefon. Ulrike hob ab und Isabell war vergessen.

Sie blieb noch eine ganze Zeitlang verdutzt stehen und starrte der Kollegin nach. Was war denn das gewesen, fragte sie sich kopfschüttelnd und ging zur Tür, den Laptop fest an sich geklammert. Bevor sie die Tür öffnete, warf sie noch einmal einen Blick auf diese Frau, die energisch ins Telefon sprach und wild mit ihrer Hand in der Luft gestikulierte, als wollte sie einen Schwarm Fliegen verjagen. Ulrike Sanders sah sich nicht noch einmal um.

Kopfschüttelnd trat Isabell auf den Gang hinaus und schloss die Türe hinter sich. Im Flur war niemand zu sehen. Einige Zimmertüren standen offen, man hörte gedämpfte Gespräche. Zwei Türen weiter prangte ein Schild mit der Aufschrift »Springerplätze« an der Tür. Isabell betrat den Raum und stellte erleichtert fest, dass er leer war. Schnell schlüpfte sie hinein und ging zu einem Schreibtisch am Fenster. Sie stellte ihre Tasche darauf ab, legte den Laptop auf den Tisch, setzte sich und atmete erst einmal tief durch.

»Herzlich Willkommen, Isabell. Zurück in der Welt der Hektik und des Stresses«, murmelte sie leise vor sich hin.

Sie klappte den Laptop auf und schaltete ihn ein. Kurze Zeit später blinkte der Cursor in der Mitte des Bildschirms und verlangte nach dem Passwort. Erstaunt stellte sie fest, dass sie keinerlei Probleme hatte, sich an das Passwort zu erinnern. Kurze Zeit später erschien die ihr vertraute Laptop-Oberfläche. Der Rechner wartete auf ihre ersten Befehle, nur Isabell hatte keine Ahnung, was sie nun tun sollte. Sie schaute aus dem Fenster und sah sich im Zimmer um. In diesem Moment wurde die Türe aufgerissen, Ulrike Sanders rauschte herein und knallte ihr mit Schwung einen Ordner auf den Tisch.

»Ah, hier hast du dich niedergelassen! Das ist gut, dann sind wir nicht zu weit voneinander entfernt. Es wäre nicht schlecht, wenn du dir das hier schon mal ansehen würdest, die übrigen Unterlagen findest du im Ordner unter KMT GmbH auf unserem File-Server. Ich würde gerne deine Meinung dazu hören. Ich möchte, dass du dir bis zu unserer Web-ex einen groben Überblick verschaffst, vielleicht schaffen wir es, uns vorher noch kurz zusammenzusetzen und uns eine gemeinsame Strategie zu überlegen.« Ohne Isabells Antwort abzuwarten, fegte sie wieder zur Tür hinaus.

Isabell starrte ihr lange hinterher, dann zog sie den Ordner zu sich, klappte ihn auf und warf einen Blick auf die ersten Seiten. Sie zeigten Diagramme des Unternehmens schön säuberlich aus diversen Mails zusammengetragen und ausgedruckt. Isabell lächelte – sie erkannte eindeutig die Handschrift der Teamassistentin, die dafür bekannt war, alles zu kopieren, zusammenzutragen und den roten Faden in einem Projekt zu behalten. Die gute Ella, auf sie war Verlass.

Sie blätterte durch die Seiten und sah sich die Tabellen an, überflog E-Mails und klappte daraufhin den Ordner wieder zu. Lange saß sie da, die Zeit verging, der Ordner blieb geschlossen und der Laptop hatte sich mittlerweile selbst in den Ruhemodus geschaltet. Sie stand auf, trat ans Fenster und blickte hinunter auf den Parkplatz. Das Unternehmen schien gewachsen zu sein – der Parkplatz war bis auf den letzten Platz belegt und selbst die Zufahrtswege zu der Nebenstraße waren vollgeparkt. Wie viele Mitarbeiter hatte wohl das Unternehmen in den letzten Wochen neu eingestellt? Wie viele neue Projekte waren hinzugekommen? Soweit sie sah, schien es der Firma recht gut zu gehen.

Vielleicht gehe ich nach der Arbeit in den Englischen Garten und lege mich an den Eisbach, überlegte Isabell. Ihr Blick wanderte weiter über die in diesem heißen Sommer vertrockneten Gräser und die Straßenbäume, an denen traurig die Blätter herabhingen. Das ist ja fast ein Sommer wie in Südfrankreich, überlegte sie, nur dass Münchner Pflanzen diese Hitze nicht gewohnt waren. Südfrankreich! Plötzlich sah sie sich auf dem Balkon stehen und in den kleinen Garten herabsehen. Das Wasser im Pool kräuselte sich leicht, als eine kleine Windböe darüber streifte. In der Ferne sah sie Mathéo und Christian die Lavendelfelder schneiden und sie bedauerte, dass die violette Blütenpracht bald nicht mehr zu sehen sein würde. Jeans Gesicht schob sich in ihr Blickfeld. »Träumst du?«

Erschrocken fuhr Isabell zusammen und starrte den Mann an, der vor ihr stand und sie angrinste. Erst jetzt erkannte sie, das war nicht Jean. Es war Adam.

»Entschuldige, ich wollte dich nicht erschrecken, aber ich habe geklopft und du hast gar nicht reagiert.«

»Ist schon in Ordnung.«

»Es ist schön, dass du wieder da bist.« Adam schien sich ehrlich zu freuen, sie zu sehen. »Wie geht es dir?«

»Gut. Es geht mir wirklich gut.« Isabell lächelte ihn an. »Ich nehme an, du hast erfahren, was mit mir los war?«

Adam nickte nur.

»Tja, so kann es gehen«, seufzte Isabell. »Aber heute bin ich tatsächlich dankbar für den Zusammenbruch, denn ich habe unheimlich viel dadurch gelernt.« Sie drehte sich zu ihm um. »Aber wie geht es dir? Wie ist das Projekt gelaufen?«

Adam hob die Schultern. »Eigentlich ganz gut, aber es war halt nicht mehr so wie mit dir. Leider hat man mir die Leitung nicht übertragen.«

»Wieso das denn nicht? Ich hätte gedacht, du würdest das Projekt übernehmen. Du hattest dich doch gut eingearbeitet und wusstest am besten Bescheid. Außerdem warst du doch schon beim Kunden eingeführt.«

»Tja, bis Ulrike Sanders kam! Sie hat alles an sich gerissen.« Er verdrehte die Augen. »Sie ist eine Beißzange«, flüsterte er und sah Isabell verschwörerisch an.

»Adam! Solche Worte aus deinem Mund bin ich gar nicht gewohnt!«, sagte Isabell und lachte.

»Ach, normalerweise würde ich nie über eine Arbeitskollegin so sprechen, erst recht nicht über eine Vorgesetzte, aber in diesem Fall ...«, er verdrehte erneut die Augen und winkte mit der Hand ab. »Möchtest du hören, was sie mit deinem Projekt gemacht hat, als sie es übernommen hatte? Wie sie deine Ideen umgekrempelt hat und dir mit einigen deiner Punkte in den Rücken gefallen ist?«

Isabell schaute Adam lange an, dann wandte sie sich wieder zum Fenster.

»Ehrlich gesagt, nein, ich möchte es *nicht* wissen. Lass es gut sein, Adam. Ich denke, ich werde es noch früh genug erfahren, denn sie möchte gleich einige Dinge mit mir besprechen.«

»Verstehe«, sagte Adam und nickte. »Wie ich sehe, bist du von ihr ohnehin schon mit Arbeit eingedeckt worden.« Er deutete auf den dicken Ordner auf ihrem Schreibtisch. »Kommst du klar damit?«

Isabell zuckte mit den Schultern. »Ich habe mich, ehrlich gesagt, noch nicht damit beschäftigt«, sagte sie und in Gedanken musste sie sich eingestehen, dass es sie nicht wirklich interessierte. »Ich brauche noch ein wenig Zeit. Um mich hier wieder einzugewöhnen.«

Adam nickte verständnisvoll und wandte sich zum Gehen. Er drückte die Klinke hinunter und drehte sich noch einmal zu Isabell um. »Das kann ich gut nachvollziehen. Nach jedem Urlaub dauert es einfach ein paar Tage, bis man sich wieder in die Arbeit eingefunden hat. Lass mich wissen, wenn du etwas brachst, ich bin im Büro gegenüber.« Er ging zur Tür hinaus.

Isabell schaute ihm nach und überlegte: Urlaub? Nein, das war kein Urlaub gewesen in den letzten drei Monaten. Ein Urlaub würde bedeuten, dass danach wieder alles so war wie vorher. Aber ihr Aufenthalt in Südfrankreich war etwas anderes gewesen. Es war eine Art Neufindung, eine Reise ins Ich, eine Lebenserkenntnis. Doch damit hatte sie, wie ihr jetzt schlagartig bewusst wurde, ein neues Problem geschaffen! Wie sollte sie sich hier wieder einleben, motivieren und gewissenhaft ihre Arbeit erledigen?

Die Zeit verstrich, ohne dass Isabell ernsthaft die Kraft aufbringen konnte, sich mit dem Ordner zu beschäftigen. Sie blätterte wahllos darin und erkannte durchaus Diagramme und Tabellen aus ihrer früheren Tätigkeit, doch gab es unheimlich viele neue Richtungen in ihrem ehemaligen Projekt. Sie blieb an dem Punkt *Produktionsstandort* hängen. Sie selbst hatte damals alles dafür getan, die Vorteile hervorzuheben, die es für KMT haben würde, wenn die Produktionsstandorte Göttingen und Braunschweig bestehen bleiben würden. Sie hatte viel Fingerspitzengefühl aufbringen müssen, die Geschäftsleitung davon zu überzeugen, dass sie die zusätzlich anfallenden Kosten dafür akzeptierten. Nun aber las sie, dass Ulrike Sanders der Geschäftsleitung von KMT riet, beide Produktionsstandorte nach Arat in Rumänien zu verlegen, um weitere 2,5 Millionen Euro zu sparen. Isabell blieb die Luft weg. Damit hatte sie natürlich die Geschäftsleitung sofort auf ihre Seite gebracht und Isabells Bemühungen um die Arbeitsplätze der Menschen in Deutschland zunichte gemacht.

Sie konnte sich die Enttäuschung des Produktionsleiters und der Belegschaft bildlich vorstellen. Das waren nicht mehr die Prozessabläufe, die Isabell einst ausgearbeitet hatte. Sie blätterte weiter und wunderte sich, wie viel sich in den letzten drei Monaten bei diesem Projekt geändert hatte. Das war *überhaupt* nicht mehr ihr Projekt!

Die Türe wurde erneut aufgerissen und Ulrike Sanders stand im Türrahmen. »Kommst du?«, sagte sie, mehr Forderung als Frage oder gar Bitte, und hatte sich schon zum Gehen gewandt, bevor Isabell überhaupt aufstehen konnte. Es war Vormittag, die erste Besprechung hatten sie doch erst um zwei Uhr nachmittags. Isabell packte den Ordner auf dem Tisch und eilte Ulrike hinterher. Kurz vor dem Besprechungsraum holte sie sie ein.

»Es geht noch einmal um die Finanzverteilung bei KMT«, erklärte Ulrike. »In dieser Besprechung möchte ich dich dabeihaben! Ich möchte, dass du dir den Prokuristen, der heute ohne die Geschäftsleitung antritt, genau anschaust und ihn einzuschätzen versuchst. Ich bin mir nicht sicher, ob er tatsächlich mit offenen Karten spielt. Mandy hat mich gerade angerufen, dass die Delegation im Anmarsch ist, sie dürften jede Sekunde hier auftauchen.«

Ulrike öffnete die Türe zum Besprechungsraum, in dem schon Getränke und Kekse vorbereitet worden waren, selbst Beamer und Rechner waren schon eingeschaltet, so dass sich Ulrike nur noch einloggen musste. Sie setzte sich vor den Rechner, deutete Isabell an, sich neben sie zu setzen und gab ihr Passwort ein. Kurze Zeit später kam Adam und setzte sich stirnrunzelnd neben Isabell. Es dauerte keine weiteren zwei Minuten und Mandy führte die vier Kunden herein. Sie wurden sich gegenseitig vorgestellt – zwei der Geschäftsleute erkannten Isabell wieder. Beide nickten ihr freundlich zu, während Ulrike alle aufforderte, sich zu setzen, und sofort das Wort ergriff: »Vielen Dank, dass Sie so kurzfristig kommen konnten. Ich möchte Ihnen Isabell Jacoby kurz vorstellen. Sie hat ihre Firma zu Beginn dieses Projektes betreut und wird mich nun in der weiteren Umsetzungsphase unterstützen.«

Faktisch hatte Ulrike recht, doch stieß das Worte »unterstützen« Isabell sauer auf, aber sie schluckte ihren Unmut herunter.

»Es geht heute um die Finanzverteilung der einzelnen Bereiche. Dabei im Speziellen um die Bereiche Einkauf und Qualität.« Sie machte eine kurze Pause. »Diese beiden Bereiche sollten wir uns noch einmal genauer ansehen. Ich stelle hiermit die Frage: Ist es unbedingt notwendig, diese zwei Bereiche parallel am Leben zu halten oder besteht auch die Möglichkeit, diese Bereiche zu einem zusammenzufassen? Ich habe hier mal einen Finanzplan erstellt, der uns die Einsparungskosten darlegt.«

Sie deutete mit einem Laserstift auf in der Tat beeindruckende Ersparnispotentiale. Isabell jedoch sah verdutzt zu Adam. Adam hatte sich im Stuhl zurückgelehnt, rollte mit den Augen und zuckte nur mit den Achseln, als wolle er sagen, ich habe es dir doch gesagt. Isabell sah in die entsetzten Gesichter der beiden Bereichsleiter Einkauf und Qualität. Ganz klar war, dass sie jeden Moment zu einer Gegenargumentation ansetzen würden, die sich gewaschen hatte, wobei sie nicht nur um ihre eigenen Posten kämpften. Sie hatten auch recht!

Isabell begann sich zu fragen, ob Ulrike überhaupt wusste, was sie da tat. Es war vielleicht möglich, dass man in Südamerika komplette Bereiche einfach wegstreichen konnte, aber nicht hier in Deutschland. Nicht bei einem durchstrukturierten Unternehmen wie diesem, bei dem alle Bereiche wie Zahnräder ineinandergriffen. Der Vorschlag war einfach absurd!

Und wie Isabell erwartet hatte, stiegen beide Bereichsleiter in eine energische Debatte ein, die in Isabells Augen noch recht gesittet war. Sie selbst hätte in so einem Fall sicherlich andere Worte benutzt. Der Qualitätssicherungschef war puterrot angelaufen. Er versuchte anfangs noch mit schlüssigen Argumenten zu kontern, während der Chef vom Einkauf langsam persönlicher wurde.

Isabell fühlte sich höchst unwohl in ihrer Haut. Sie hatte mit diesen Leuten gearbeitet, zusammen mit ihnen ein für deren Firma schlüssiges Konzept erarbeitet, das diese Frau nun mit wenigen Worten aushebelte. Isabell war entsetzt, wie kaltblütig und ruhig Ulrike in ihrem Stuhl saß und ein schlüssiges Argument nach dem anderen einfach mit der Begründung, es sei irrelevant, vom Tisch fegte. Entweder das, oder sie ging gar nicht erst darauf ein. Sie stellte ihre Präsentation in sachlichem und kühlem Ton vor, zählte die Vorteile auf und widerlegte scheinbar problemlos die Gegenargumente der beiden Herren. Die Stimmung drohte zu kippen – merkte das diese Frau gar nicht? – doch Ulrike machte unbeirrt weiter.

Gleich, da war Isabell sicher, würde sich der Prokurist einschalten und dem Spuk ein Ende machen. Ulrike erklären, dass ihre Vorstellungen Irrsinn waren und dass man bitte nun zu einem wirtschaftlichen gemäßigteren Fahrwasser übergehen solle. Doch ein Blick auf den Prokuristen verriet ihr, dass Ulrike ihn schon auf ihrer Seite hatte. Dieser Prokurist konnte kein Mann der Technik sein, sonst hätte er dem Ganzen hier schon längst Einhalt gebieten müssen. Er war ein Mann der Zahlen. Isabell beschlich das Gefühl, dass das hier ein abgekartetes Spiel war. Er musste vorab Informationen bekommen haben, denn wie sonst konnte er so ruhig auf seinem Stuhl sitzen und seine beiden Bereichsleiter ins offene

Messer laufen lassen? Die Punkte, die Ulrike hier vortrug, waren ganz augenscheinlich schon mit ihm abgesprochen worden und waren womöglich bereits mit der Geschäftsleitung abgestimmt.

Diese Besprechung war ein Schauspiel und diente lediglich dazu, den beiden Bereichsleitern das Gefühl zu geben, dass sie nicht komplett übergangen worden waren. Aber wozu hatte Ulrike Isabell unbedingt dabeihaben wollen? Aus welchem Grund sollte sie den Prokuristen, die Szenerie, dieses Drama hier beobachten? Das Meeting dauerte noch eine weitere volle Stunde, in der sich die Gemüter immer weiter erhitzten, doch am Ende war allen klar, was vorher schon festgestanden hatte. Die beiden Bereiche würden zusammengelegt werden, die Kosten würden sich halbieren und einer der beiden Herren, wahrscheinlich sogar beide, würden ihren Job verlieren. Ohne eine Geste des Abschieds verließen die beiden Bereichsleiter wütend den Raum, während der Prokurist Ulrike die Hand schüttelte – und Isabell sich sicher war, ein Lächeln über dessen Gesicht huschen gesehen zu haben. So lief das also! Was der vierte Mann im Bunde dazu beizutragen hatte, das wurde Isabell nicht klar, vielleicht war er auch nur ein Beobachter der Gegenseite, so wie sie selbst.

»Das ist doch ganz gut gelaufen, oder?«, sagte Ulrike vergnügt, als die Kunden allesamt das Zimmer verlassen hatten. Adam sah Ulrike wortlos an, schob geräuschvoll seinen Stuhl zurück, stand auf und verließ den Raum.

»Findest du?«, fragte Isabell skeptisch.

»Aber natürlich«, antwortete Ulrike mit einer entschiedenen Geste.

»Du hast dir heute Feinde gemacht, das ist meines Erachtens keine gute Taktik!«

»Ach, die beiden beruhigen sich schon wieder. Ich habe vorher die Thematik mit dem Prokuristen abgeklärt. Wir haben uns die Zahlen angeschaut und den Finanzplan entsprechend gemeinsam ausgearbeitet.« Stolz schwang in Ulrikes Stimme mit.

Also doch! Isabell hatte sich nicht getäuscht, es war eine abgesprochene Sache gewesen, eine Farce!

»Und wie sieht es mit der technischen Komponente aus, wenn beide Bereiche zusammengelegt werden? Wie soll hierbei die Datenintegration funktionieren? Der Workflow passt doch in keinster Weise zusammen.«

»Das wird alles überbewertet, dafür findet sich schon eine Lösung!«

Isabell schüttelte verständnislos den Kopf. »Eine Frage: Warum wolltest du mich dann hier in der Besprechung dabeihaben? Warum sollte ich den Prokuristen für dich beobachten, wenn doch schon alles klar war?«

»Von dir wollte ich nur wissen, ob es zu offensichtlich war, dass wir uns schon im Vorneherein abgesprochen hatten.«

Isabell starrte Ulrike fassungslos an, solche Geschäftspraktiken war sie nicht gewohnt. Sie selbst hatte immer auf eine Win-win-Lösung gesetzt. So zu spielen, war nicht ihr Stil und widerstrebte ihr zutiefst.

»Und? War es?«, hakte Ulrike nach.

»Nein, ich glaube nicht, dass es den beiden Herren im Eifer des Gefechts aufgefallen ist, aber ich weiß es nicht sicher.«

»Na gut!« Ulrike packte ihre Unterlagen zusammen und rauschte aus dem Besprechungsraum. Wie gnadenlos und berechenbar diese Person doch war! Isabell hatte früher natürlich auch nach diversen Hintertürchen gesucht und manchmal auch die Legalität der Projekte ausgereizt, aber sie hatte niemals falsch gespielt und sich vor allem nicht vor den Karren des Kunden spannen lassen. Ihr oberstes Gebot war es stets gewesen, so viele Arbeitsplätze wie möglich zu erhalten, das hatte ihr bei der Mehrzahl der Kunden einen guten Ruf eingebracht. Aber das, was Ulrike hier veranstaltete, war nicht nur gewissenlos, sondern auch höchst gefährlich. Für die Firma. Die des Kunden und ihre eigene.

Isabell sah auf die Uhr: Mittagszeit! Das würde ihr im Gegensatz zu früher nicht mehr passieren, dass sie ohne Pause über Mittag durcharbeitete – sie brauchte diese Stunde für sich, zur Erholung. Sie brachte den Ordner zurück ins Büro und beschloss, bei diesem sonnigen Wetter eine Runde um den Block zu gehen. Ein bisschen frische Luft zu schnappen.

Sie spazierte an den Firmengebäuden entlang und sog die warme Stadtluft ein. Frische Luft war allerdings Fehlanzeige. Es stank nach Autoabgasen und Kupplungsabrieb – das musste von dem uralten Opel Kadett kommen, der gerade mit kreischendem Keilriemen an ihr vorbeigerauscht war. Der Stadtlärm hallte von den Häuserfronten wider, wurde wie ein Echo hin- und hergeworfen und verstärkte sich dabei.

An der nächsten Straßenecke kaufte Isabell bei einem Obststand eine Banane und einen Apfel und bog in einen kleinen Stadtpark ein. Dort ließ sie sich auf einer Parkbank nieder, aß ihre Früchte und lauschte den durch die Stadtbäume etwas gedämpften Geräuschen des Stadtverkehrs. Sie sah einer Gruppe Spatzen zu, die von Strauch zu Strauch hüpften und sich lautstark stritten. Ihre Gedanken wanderten zurück – zu dem kleinen Häuschen in der Provence. Auch dort hatten sich die Spatzen um die Brotkrumen gestritten, die sie ihnen hin und wieder hingeworfen hatte, oder sie waren in den Sträuchern gesessen und hatten gezetert, wenn eine streunende Katze über das Grundstück geschlichen war. Doch sie hatte das Gefühl, dass sich selbst die Spatzen dort leiser gestritten hatten, als hier inmitten der Hektik der Großstadt.

Ein Fahrradfahrer, der zwei ältere Damen, die plaudernd nebeneinander auf dem Weg spazierten, mit lautem Geklingel zur Seite scheuchte, ließ Isabell hochschrecken. Sie musste sich langsam wieder auf den Rückweg zum Büro machen.

Als sie aus dem Aufzug trat, kam Ulrike ihr entgegengeschossen: »Wo bist *du* denn gewesen? Ich habe dich schon überall gesucht!«

»Ich war in der Mittagspause.«

»Mittagspause?«, fragte Ulrike fassungslos. »Aber wir haben doch noch so viel zu tun!«

»Ich hatte Hunger! Ist das ein Problem für dich?«, fragte Isabell angriffslustig. Inzwischen ging ihr dieses hektische Gehabe von Ulrike mächtig auf die Nerven.

Ulrike ging nicht darauf ein, sondern drehte sich auf dem Absatz um und sagte: »In 30 Minuten beginnt die Web-Konferenz – wir sollten uns dafür noch kurz zusammensetzen!« Mit erhobenem Kopf stöckelte sie davon.

Isabell atmete tief ein und sprach sich selbst beruhigende Worte zu. Als sie an ihren Schreibtisch kam, sah sie ihr Telefon dort liegen. Sie hatte es vergessen, ohne es vermisst zu haben. »Drei Anrufe in Abwesenheit« leuchtete auf dem Display. Drei Anrufe einer ihr unbekannten Nummer, höchstwahrscheinlich die von Ulrike Sanders. Sie ließ sich seufzend in den Stuhl fallen.

Langsam verstand Isabell, was Adam mit »Beißzange« gemeint hatte. Sie überlegte, was sie tun sollte. Sollte sie nun zu Ulrike gehen, um sich, wie verlangt, mit ihr wegen der Web-Konferenz abzusprechen? Isabell widerstrebte es, sie hatte überhaupt keine Lust, sich herumkommandieren zu lassen. Oder sollte sie einfach abwarten und die Dinge kommen lassen, wie sie kamen?

Und tatsächlich sah Isabell Ulrike bis zur Web-Konferenz nicht mehr. Als es soweit war, loggte sich Isabell von ihrem Laptop aus in die Telefonkonferenz ein und hörte über Kopfhörer zu. Was sollte sie denn auch anderes machen? Ulrike erwartete Unmögliches von ihr. Sie war drei Monate aus diesem Thema heraus und musste sich erst wieder in die Materie einarbeiten. Dazu sollte man ihr ein bisschen Zeit gönnen. Aber auch mit Zeit fiel ihr das Einarbeiten schwer genug! Es hatte sich viel verändert – aber vor allem *sie* hatte sich verändert.

Anfangs versuchte Isabell ernsthaft, dem Gespräch zu folgen, doch je länger es dauerte, umso öfter wanderte ihr Blick anstatt zum Bildschirm zum Fenster und ihre Gedanken nach Südfrankreich. Sie sah Jean mit seinem Block in der Hand am Pool sitzen. Er lächelte sie an, stand auf, ging um den Pool herum auf sie zu und nahm sie bei der Hand. Er hielt ihre Hände fest an seine Brust gedrückt und sah ihr tief in die Augen. Sie verlor sich in ihnen, tiefer Frieden herrschte in ihr, und Stille umgab sie.

Dann schreckte sie hoch. Es war tatsächlich still, niemand sprach mehr, und die Teilnehmerliste auf dem Bildschirm zeigte ihr an, dass nur noch sie in der Leitung war. Sie legte auf und loggte sich aus.

Die Uhr zeigt kurz vor drei – was für ein zäher erster Tag! Isabell schaffte es gerade noch, sich bis kurz nach vier Uhr zusammenzureißen und im Büro zu bleiben und war froh, dass sich Ulrike nicht mehr blicken ließ. Die Konferenz später sollte Ulrike alleine bestreiten, sie musste hier raus. Isabell schrieb ihr eine kurze Nachricht über Mail, dass sie fortmüsse und sie sich am nächsten Tag wieder sehen würden, dann fuhr sie den Rechner herunter und schaltete gleichzeitig das Handy aus. Isabell wollte heute keine Anrufe mehr. Sie kam sich vor wie auf der Flucht, als sie das Büro verließ, und war froh, niemandem mehr zu begegnen.

Sie fuhr in die Innenstadt und legte einen entspannten Shopping-Bummel ein, setzte sich in ein Café und genoss die Sonne – so sollte ein Tag enden!

Die nächsten Tage im Büro verliefen ähnlich. Isabell kam mit Ulrikes Arbeitsweise überhaupt nicht klar, und Ulrike war mit Isabells fehlendem Engagement spürbar unzufrieden. Jeder weitere Tag, an dem Isabell ins Büro fuhr, wurde für sie anstrengender. Sie spürte die in Frankreich neu gewonnene Leichtigkeit schwinden. Immer öfter, wenn sie über ihren E-Mails saß, hörte sie Jeans Worte: »Tue nur das, was du wirklich tun möchtest und lass dich zu nichts zwingen!«

»Und«, fragte sie sich laut. »Was möchtest du tun? Auf jeden Fall nicht hier sitzen und in diesen verdammten Rechner glotzen! Und auch nicht herumkommandiert werden, von dieser, dieser …« Schnepfe, vervollständigte sie den Satz in Gedanken. Isabell merkte, dass ihr jemand fehlte, mit dem sie reden konnte. Eine Freundin. Ihr fehlte Sylvie.

»Vergiss niemals, worauf es im Leben wirklich ankommt«, hatte Jean gemahnt. Und Isabell hatte es in Frankreich begriffen, es war die Zufriedenheit. Und? War sie zufrieden in ihrem jetzigen Zustand? Nein, überhaupt nicht! Aber was sollte sie denn tun? Sie konnte doch nicht alles hinschmeißen! So etwas war immer viel leichter gesagt als getan!

Kapitel 12

Am folgenden Morgen erntete Isabell erneut verständnislose Blicke von Ulrike, als sie verkündete, heute mittags schon Schluss zu machen, um einen Arzttermin wahrzunehmen. Auf Drängen von Ulrike, den Termin doch auf den Abend zu verlegen, antwortete Isabell nur knapp, dass da kein Termin mehr frei gewesen sei.

Wenig später saß Isabell entspannt in der Praxis ihres Arztes. Sie fühlte sich gut und war zuversichtlich, dass dieses Mal ihre Werte alle in Ordnung sein würden. Als sie aufgerufen wurde, ging sie selbstsicher in das Besprechungszimmer des Arztes, begrüßte ihn und setzte sich auf den freien Stuhl. Es war derselbe Arzt und derselbe Stuhl wie vor drei Monaten, und doch lagen Welten zwischen diesen beiden Terminen.

»Sie sehen gut aus, Frau Jacoby«, begrüßte sie der Arzt. Er wirkte überrascht.

»Danke, ich fühle mich auch großartig.« Isabell strahlte regelrecht.

»Sie haben demzufolge meinen Rat befolgt und sich eine Auszeit genommen?«, fragte der Arzt.

»Ja, das habe ich.« Und Isabell erzählte von ihrem Aufenthalt in Südfrankreich.

»Das freut mich zu hören. Nicht viele Menschen bekommen das so ohne weiteres geregelt. Passen Sie nur auf, dass sie nicht in alte Strukturen zurückfallen. Das ist jetzt die größte Gefahr.« Er tippte etwas in seinen Computer. »Ich würde sie trotzdem gerne noch einmal untersuchen. Blutbild, EKG und die Schilddrüse, damit wir von der medizinischen Seite her sicher sind.«

Isabell nickte und ließ sich die Termine für die Untersuchungen geben.

Danach steuerte sie in Richtung Westfriedhof und kaufte unterwegs einen Strauß Sonnenblumen – diese Blumen hatte ihre Mutter ganz besonders gemocht. Die hohen Fichten und Ulmen schienen den Lärm der Stadt zu schlucken, denn die Geräuschkulisse drang nur gedämpft zu ihr auf den Friedhof. Nur hin und wieder erinnerte sie ein entferntes Hupen daran, dass der Friedhof mitten in einer Großstadt lag. Sie schlenderte zum Grab ihrer Mutter und ließ ihren Blick auf dem einfachen Holzkreuz ruhen. Isabell legte die Blumen auf das Grab. Es würde nicht lange dauern und der Efeu würde auch dieses Grab für sich einnehmen und überwuchern, so wie die Gräber daneben. Isabell ging in die Hocke und fegte ein paar vertrocknete Blätter weg.

»Ach Mama, wenn du wüsstest, dass ich mich hier in München gar nicht mehr wohl fühlte, was soll ich nur machen?«

Isabell faltete die Hände und blickte auf das Grab daneben. Hier hatte auch schon lange niemand mehr vorbeigeschaut. So war das: aus dem Auge, aus dem Sinn. Ach herrje, ermahnte sich Isabell, das war doch nicht dasselbe! Allerdings bei ihr war es so gewesen. Sie war nun drei Monate aus diesem Leben hier verschwunden und schon fühlte sie sich wie ein Fremdkörper – nicht mehr dazugehörig! Doch fairerweise musste sie sich eingestehen, dass die Ablehnung des alten Lebensstils in erster Linie von ihr ausging. Wollte sie denn überhaupt noch dazugehören? Oder lieber kein Teil dieses Lebens mehr sein? *Was hält mich dann noch hier?*

Sie fuhr sich mit der Hand durchs Haar und sah auf. Ein Eichhörnchen sauste zwischen den Gräbern umher und suchte nach etwas Essbarem, das es sich in die Backen schieben konnte. Jetzt war die beste Zeit Vorräte zu sammeln, Vorkehrungen für den Winter zu treffen, um die harte Zeit zu überstehen. Isabell stand auf, das Eichhörnchen sprang auf den nächsten Baum und war verschwunden. Sie sprach noch ein kurzes Gebet und wandte sich dann zum Gehen.

Am Nachmittag legte sie sich in den englischen Garten und genoss die Spätsommersonne. Danach kühlte sie sich im Eisbach ab, allerdings nur ganz kurz, denn der Eisbach machte seinem Namen alle Ehre. Am Abend ging sie in der Innenstadt in ein italienisches Restaurant und setzte sich an einen gemütlichen Tisch in einer Nische. Von dort aus konnte sie das Lokal gut überblicken, selbst aber im Hintergrund bleiben. Das Lokal war sehr geschmackvoll dekoriert mit Weinblättern, die um die freistehenden Säulen gebunden waren, und der Boden war mit Papierschnipseln aus zerrissenen Speisekarten vom Vortag bedeckt – das hatte hier Tradition.

Sie bestellte Tagliatelle alla Panne mit einem frischen Salat und sehr viel frisch geriebenen Parmigiano, dazu gönnte sie sich ein Glas eines leichten Chardonnays. Es machte ihr nichts aus, alleine zu sitzen, ganz im Gegenteil, sie genoss es. Sie genoss die Ruhe beim Essen, sie genoss es, ihre Gedanken in alle Richtungen wandern lassen zu können und bemühte sich, nicht über die Arbeit nachzudenken. Früher hätte sie sich allein unwohl gefühlt, wäre niemals ohne Begleitung in ein Lokal gegangen, hätte sich – in Ermangelung einer Freundin – mit einer Arbeitskollegin verabredet und sich zwangsläufig wieder über die Arbeit unterhalten. Auch mit Simon hatte es kaum Gespräche gegeben, die sich nicht um die Arbeit gedreht hätten.

Ihr Pasta-Teller und der Salat wurden gebracht, und sie begann genussvoll zu essen. Weitere Gäste betraten das Lokal. Als Isabell vertraute Stimmen hörte, sah sie auf. Ein Paar wurde nicht weit von Isabell zu einem Tisch geführt. Zuerst stutzte sie, dann musste sie schmunzeln, als sie den verliebten Gesichtsausdruck auf Irenes Gesicht entdeckte, während Simon etwas zögerlicher wirkte. Dennoch war Isabell klar, dass die beiden nicht zum ersten Mal miteinander ausgingen, dazu behandelten sie einander viel zu vertraut. Isabell horchte in sich hinein, um zu erkennen, was dieses Zusammentreffen für sie bedeutete, ob es ihr etwas ausmachte, Simon mit einer anderen Frau – und ausgerechnet mit Irene zu sehen. Sie fühlte ... nichts. Ganz im Gegenteil: Isabell gönnte Simon eine neue Freundin – nein, mehr: Sie wünschte ihm von ganzem Herzen, dass er glücklich war. Amüsiert beobachtete sie, wie Irene Simon anschmachtete und dabei vollkommen vergaß, in ihre eigene Speisekarte zu schauen, und wie Irenes Fuß unter dem Tisch langsam zu Simons Bein wanderte.

Isabell widmete sich wieder ihren Nudeln und versuchte, nicht hinzuhören, worüber die beiden sprachen – was aber gar nicht so einfach war. Immer wieder schnappte sie Wörter auf wie Arbeitspensum, Dienstreise und Geschäftsfelder. Auch diese beiden waren nicht imstande, die Arbeitsthemen in der freien Zeit mal beiseite zu lassen.

Nach dem Essen gönnte sich Isabell noch einen Espresso und bezahlte. Nun musste sie zwangsweise an Simon und Irene vorbeigehen, wollte sie nicht den ganzen Abend hier am Tisch verbringen. Sie stand auf und trat an den Tisch der beiden.

»Hallo Simon, hallo Irene, was für ein Zufall euch hier zu treffen«, sagte Isabell freundlich.

Wie vom Blitz getroffen schoss Simon aus dem Stuhl in die Höhe und starrte Isabell entgeistert an.

»Hey, es ist okay, Simon.« Sie tätschelte seine Schulter und lachte. Dann gab sie ihm einen Kuss auf die Wange und sagte noch einmal leise. »Wirklich! Es ist okay!«

An Irene gerichtet, die sie immer noch mit schuldbewusster Miene anstarrte, fügte sie hinzu: »Ich wünsche euch beiden noch einen schönen Abend.« Sie lächelte und verließ gutgelaunt das Restaurant. Es war gut so, und trotzdem fühlte sie einen Funken Schadenfreue: Die beiden hatten so herrlich entsetzt ausgesehen.

Die Tage vergingen, ohne dass sich bei Isabell die Freude an ihrer Arbeit wieder einstellen wollte. Als Isabell eines Morgens das Büro betrat, brannte die Luft. Große Aufregung herrschte in den Gängen, und durch die offenen Türen erhaschte sie Sätze wie: »Das darf doch nicht wahr sein!«, »Wie konnte das nur passieren?« oder »Wie konnte sie es soweit kommen lassen?«

Was war denn hier los? Isabell stutzte und stellte sich dem aufgelösten Adam in den Weg, der gerade an ihr vorbeirauschen wollte.

»So, jetzt haben wir den Salat«, fing er sofort an zu schimpfen, ohne dass Isabell fragen musste. »Das hat sie nun davon mit ihren falschen Spielchen!« Sein Gesicht zeigte rote Flecken und sein Blick flackerte.

»Warte! Was ist denn passiert?«, fragte Isabell und hielt Adam am Arm fest.

»Was passiert ist? KMT hat seinen Auftrag zurückgezogen! Das ist passiert!«

»Was? Aber wieso das denn?«

»Frag doch deine Chefin! Sie soll es dir erklären!« In diesem

Moment wurde ihm sein harscher Ton bewusst. »Es tut mir leid, Isabell! Ich wollte dich nicht so anblaffen. Aber es ist zum aus der Haut fahren.«

Er sprach nicht weiter, schaute sie noch kurz an, schüttelte den Kopf und verschwand in sein Zimmer.

Isabell ging ohne Umwege zu Ulrikes Zimmer und trat ein ohne anzuklopfen. Im Büro stand Ulrike mit verschränkten Armen am Fenster, der Firmenchef, Peter Whitehead, ihr gegenüber. Er schäumte.

»Wie konnten Sie diesen Alleingang nur wagen? War Ihnen denn nicht klar, was passieren würde, wenn das herauskommt?« Whitehead schüttelte den Kopf und fuhr fort. »Ich verstehe das nicht! Solche Spielchen haben wir doch gar nicht nötig! Wir sind ein seriöses Unternehmen und begeben uns doch nicht auf solch ein Niveau!«

Ulrike stand mit verschränkten Armen hinter ihrem Schreibtisch, blickte zu Boden und schwieg.

»Ich werde versuchen, die Geschäftsleitung vom KMT zu erreichen, habe aber wenig Hoffnung, dass da noch etwas zu retten ist.« Mit diesen Worten drehte sich Whitehead um und rauschte, ohne Isabell zu beachten, zur Tür hinaus. Lange Zeit standen Ulrike und Isabell bewegungslos im Raum und blickten sich an, bis Ulrike sich als erste aus der Starre löste.

»Du hast wahrscheinlich schon gehört, was passiert ist. Mein Kunde hat die Zusammenarbeit mit uns gekündigt. So eine Schei…« Lautlos formte sie das Wort mit ihrem Mund, schickte noch einen weiteren Fluch hinterher und schlug mit der flachen Hand auf die Tischplatte. »Und ich war so sicher, dass das klappen würde!«

Isabell setzte sich. »Was ist denn genau passiert?«

»Die Idee, mit dem Prokuristen schon vorher die Entwicklung abzusprechen, ist nach hinten losgegangen. Er hat mir versichert, dass er die Rückendeckung der Geschäftsleitung haben würde, dem war aber nicht so.«

»Oh je!«

»Ja genau, oh je! Der Prokurist hat auf eigene Faust gehandelt, aber du kannst dir ja vorstellen, dass der schwarze Peter auf uns zurückgefallen ist. Heute Morgen kam eine entsprechende Mail von einem Anwalt der Firma, die unmissverständlich war. Sie werfen uns vor, dass wir sie hintergangen hätten. Auf betrügerische Weise.« Ulrike schüttelte ungläubig den Kopf.

Isabell wiederum konnte nicht verstehen, warum Ulrike nicht einmal in diesem Moment der Gedanke kam, dass sie nicht unerhebliche Mitschuld an dem augenblicklichen Dilemma hatte. Der Verlust dieses Kunden war ein herber Schlag für das Unternehmen. Isabell lehnte sich in ihrem Stuhl zurück und betrachtete Ulrike, die irgendwelche Dokumente auf dem Schreibtisch von rechts nach links stapelte und wieder zurück legte. Sie schien irritiert, ja, fast verunsichert vom Verhalten des Kunden und seiner Anwälte, aber erstaunlicherweise sah sie in ihrer Vorgehensweise nichts Verwerfliches. Auch schien sie sich des Ausmaßes dessen, was sie angerichtet hatte, gar nicht bewusst zu sein.

Isabell überlegte, wie sie selbst sich denn gerade fühlte. Schließlich war es ihr Projekt gewesen, das Letzte, das sie vor ihrer Auszeit an Land gezogen und betreut hatte – es war aber wohl auch das Projekt gewesen, das sie in die Krankheit getrieben hatte. Obwohl, ganz so stimmte es nicht. Anders betrachtet war es nämlich das Projekt, das ihr zu ihrer neuen Sichtweise auf das Leben verholfen hat. War es nicht symbolisch zu sehen, dass nun auch dieses Projekt den Bach runterging? So wie sich ihr Leben verändert hatte und nicht mehr das war, was es damals gewesen war. Dieses Projekt hatte ihr quasi zu der Zeit in Südfrankreich verholfen.

»An was denkst du gerade?«

Isabell schreckte hoch. Ihr wurde bewusst, dass sie die ganze Zeit auf ihre Finger gestarrt hatte, während Ulrike sie ungeduldig angesehen hatte.

»Ähm, nichts«, winkte Isabell ab.

»Sag nicht »nichts«. Ich sehe doch, dass dir etwas im Kopf herumgeht. Wenn du eine Idee hast, dann raus damit! Wir können jetzt jede Idee gebrauchen, die uns hier weiterhelfen kann. Vielleicht ist doch noch nicht alles verloren ...«

Wie erstaunlich selbstsicher und beherrscht doch die Worte aus Ulrikes Mund klangen.

»Ich habe gerade nicht an das Projekt oder den Kunden gedacht.«

»Sondern?«

»Ich habe gerade an meine Auszeit denken müssen, die mir dieses Projekt verschafft hat.« Sie betonte das Wort »Projekt« besonders und machte mit ihren Fingern das Zeichen von Gänsefüßchen.

»Wir versinken hier im Morast und du denkst an deinen Urlaub?«, fragte Ulrike entsetzt.

»Das war kein Urlaub!«, erwiderte Isabell, nicht weniger scharf.

»Was denn dann?«

»Ich war krank und diese Auszeit war ein Heilungsprozess, den ich mit vielen Tiefen durchschritten habe. Und glaube mir eins, es gab heftige Tiefen.« Isabell funkelte Ulrike an, blieb aber betont ruhig.

Ulrike schüttelte verständnislos den Kopf. »Ich verstehe dich nicht! Als ich den Kunden übernommen habe, hat man mir erklärt, du wärest taff, zielstrebig und würdest dich in die Arbeit reinhängen. Du seist innovativ und würdest Ideen entwickeln, an die bis zu diesem Zeitpunkt keiner gedacht hätte. Und du wärst fähig, in kürzester Zeit ein Konzept auszuarbeiten, das jeden Kunden überzeugen würde. Und jetzt stelle ich fest: Du bist überhaupt nicht so, wie man dich mir beschrieben hat!«

Isabell schlug entspannt ein Bein über das andere. »Du hast recht! Ich bin nicht mehr die Isabell von früher. Die Person, die du gerade beschrieben hast, die gibt es nicht mehr!« Isabell stand auf und strich sich ihre Bluse glatt. »Was passiert jetzt? Ich meine mit den Projektmitarbeitern, wenn das Projekt tatsächlich gekippt ist. Werden die Leute in anderen Projekten unterkommen? Oder wird es Entlassungen geben?«

»Es wird bestimmt Entlassungen geben! Ich für meinen Teil werde meine alten Kontakte spielen lassen und bin sicher, dass ich in meinen alten Bereich zurückkehren kann.«

»Und die anderen?«

Ulrike zuckte mit den Achseln. »Pfff. Da muss schon jeder selbst sehen, wo er bleibt! Ich bin doch kein Kindermädchen.«

Was für ein unverfrorenes Verhalten! Sie hatte den Karren an die Wand gefahren und kümmerte sich einen Dreck um ihre Mitarbeiter. Aber so war das heute: Ulrike spiegelte nur die aktuelle Arbeitswelt wieder. Es gab keine Rücksicht mehr auf andere, jeder dachte nur noch an sich selbst!

Nach diesem ernüchternden Gespräch ging Isabell zurück an ihren Springerplatz und überlegte, wer alles an diesem Projekt mitgewirkt hatte und eventuell gefährdet wäre. Als erstes kam ihr Adam in den Sinn. Was würde mit ihm passieren? Isabell hatte keinen Überblick mehr, wie es in den anderen Projekten aussah, aber sie war sich sicher, es würden nicht alle Kollegen einen Platz in einem der anderen Projekte bekommen können. Es würde Entlassungen geben, da stimmte sie mit Ulrikes Meinung überein. Und Adam würde es bestimmt treffen. Er war gut, engagiert und sehr kompetent, aber wenn es nach einem Sozialplan ginge, würde er den Kürzeren ziehen. Jung, alleinstehend, keine Kinder. Ulrike würde bestimmt wieder irgendwo unterkommen, dafür würde sie schon selbst sorgen. Aber was war mit ihr selbst? Sie war ebenfalls alleinstehend, hatte keine Kinder zu versorgen und hatte gerade eben erst gezeigt, dass sie nicht belastbar genug für diesen Job war. Würde man nicht versuchen, sie mit dieser unweigerlich kommenden Entlassungswelle ebenfalls wegzuspülen? Aber nein, das würde die Personalleitung nicht wagen, nicht bei ihrem Krankheitsbild. Mit einer Kündigung könnte sie sofort vor jedes Arbeitsgericht gehen und auf Wiedereinstellung klagen, der vermutlich auch jedes Gericht stattgeben würde. Nein, sie war sich sicher, dass ihr Arbeitsplatz nicht zur Diskussion stand. Aber wollte sie denn überhaupt hierbleiben? Sie war nun seit drei Wochen zurück in diesem System und musste feststellen, dass sich die Freude an der Arbeit einfach nicht mehr einstellen wollte. Im Gegenteil. Isabell musste sich überwinden, morgens aufzustehen und hinzugehen. Der Arzt hatte ihr nach ihren Untersuchungen die besten Blut- und Herzwerte bescheinigt und ihr zu ihrer positiven Wandlung sogar gratuliert. Nicht viele wären imstande, den Schritt so konsequent zu gehen, wie sie es getan hatte. Doch was war inzwischen mit ihrer Freude, Leichtigkeit, Zufriedenheit geschehen? Sie waren fort! Ersetzt worden durch Druck, Stress und Negativität. War es das alles hier wert?

Nein, entschied Isabell. Sie musste hier raus. Sollten sie doch alle denken, was sie wollten, sie musste sich über ihre Zukunft Gedanken machen, so konnte es jedenfalls nicht weitergehen! Sie packte ihre Tasche, öffnete die Bürotür und wäre fast mit einem Sanitäter zusammengeprallt, der mit einem Arztkoffer in Richtung Peter Whiteheads Büro rannte, dicht gefolgt von zwei Kollegen mit einer Trage. Viele ihrer Kollegen standen in den Türöffnungen, überall sah Isabell entsetzte Gesichter. Isabell ging eine Türe weiter, wo die Sachbearbeiterin der Personalchefin stand und leise schluchzte.

»Herr Whitehead …«, sagte sie leise.

»Was ist mit ihm?«, fragte Isabell erschrocken.

»Ich weiß nicht genau. Er ist an seinem Schreibtisch zusammengebrochen, man vermutet einen Herzinfarkt.«

Erschrocken lief Isabell in Richtung Whiteheads Zimmer, wurde aber von einem Sanitäter aufgehalten.

»Ich *muss* da durch!« Energisch versuchte Isabell, sich an dem Mann vorbeizuschieben.

»Sind Sie eine Angehörige? Sonst müssen Sie hier gar nichts.« Der Sanitäter hielt Isabell an der Schulter fest und drängt sie zurück. »Wir kümmern uns um ihn«, sagte er etwas versöhnlicher. »Wir bringen ihn ins Krankenhaus. Aber bitte behindern Sie nicht unsere Arbeit.«

»Wird er …« Sie konnte das Wort nicht aussprechen, sie wollte nicht einmal daran denken. Eine entsetzliche Situation!

»Das können wir in diesem Moment nicht sagen, aber wir waren sehr schnell hier, das ist in so einer Situation von Vorteil.« Der Sanitäter sah Isabell mitfühlend an.

»In welches Krankenhaus bringen sie ihn denn?«

Der Sanitäter nannte ihr den Namen, doch Isabell war mit ihren

Gedanken schon nicht mehr anwesend. Sie wollte fort, sie wollte nur noch ganz weit weg von hier sein. Wie in Trance drehte sie sich um und ging auf die andere Seite in Richtung Treppenhaus. Sie musste hier raus – die Situation drohte ihr die Kehle zuzuschnüren, sie bekam keine Luft mehr.

Ein Kribbeln durchfuhr ihren Nackenbereich und lief den Rücken hinunter. Oh, nein! War das ein neuer Zusammenbruch? Im Moment konnte sie nicht sagen, was ihr mehr Angst machte: die Ungewissheit über Whiteheads Zustand oder die Sorge, dass ihre Panikattacken wieder auftreten könnten. Im Treppenhaus ging sie die Stufen nach unten, zuerst langsam, dann immer schneller, sie wollte hier nur raus, wollte niemandem begegnen, mit niemandem reden. Sie verließ die Firma durch den Hinterausgang und ging um das Gebäude herum. Im Eingangsbereich sah sie den Krankenwagen stehen. Whitehead wurde gerade eben mit der Trage aus dem Gebäude geschoben und in den Krankenwagen verfrachtet. Aus der Ferne beobachtete sie die Szene, die ihr so unwirklich vorkam, als würde sie einen Film anschauen. Der Krankenwagen rauschte mit Blaulicht vom Parkplatz und die Menschentraube löste sich langsam auf.

Als niemand mehr auf dem Parkplatz stand, rannte Isabell schnell zu ihrem Auto, stieg ein ohne nach links und rechts zu schauen, und fuhr los. Sie würde ihren Chef später im Krankenhaus besuchen, aber jetzt musste sie erst einmal weg von hier. Sie bog ab, einmal nach links, dann nach rechts und wieder geradeaus – sie fuhr durch die Straßen ohne ein bestimmtes Ziel. Irgendwann kreuzte sie den Mittleren Ring, ordnete sich auf die rechte Spur ein und fuhr. Am Ende wusste sie nicht mehr, wie oft sie auf dem Ring um München herumgefahren war. Einmal? Zweimal, dreimal? Herzinfarkt? Würde Peter Whitehead sterben? Hätte ihr das auch passieren können? War es dann nicht ein Segen, dass sie *nur* an einem Erschöpfungszustand gelitten hatte? Nur? Sie dachte an die Panikattacken. Oh doch, diese waren in der Tat sehr heftig gewesen.

Was musste denn noch alles geschehen, damit sie verstand? Isabell war auf einmal klar, dass sie für sich dem Ganzen hier ein Ende setzen musste. Sie gehörte nicht mehr hierher, das wurde ihr von Kilometer zu Kilometer, die sie abspulte, immer deutlicher. Erst als sie zum wiederholten Male am Olympiastadion vorbeikam, wurden ihre Gedanken langsam wieder klarer. Der Nebel in ihrem Kopf lichtete sich – sie hatte einen Entschluss gefasst!

Noch nie war sie sich einer Sache so sicher gewesen. Der Verkehr auf dem Ring nahm zu, die Autos fuhren dicht an dicht. Isabell nahm die nächste Ausfahrt und steuerte ihren Wagen in Richtung des Krankenhauses »Rechts der Isar«. In der Nähe einen Parkplatz zu bekommen, schien ein Ding der Unmöglichkeit zu sein, deshalb stellte sie ihren Wagen in einem nahegelegenen Wohngebiet ab und ging die restliche Strecke zu Fuß.

Es fühlte sich gut an, der Entschluss war richtig. Sie fühlte sich auf einmal befreit, beschwingt, von aller Last befreit. Warum hatte sie nicht schon früher daran gedacht? Aber alles war eben ein Prozess. Man musste die unterschiedlichen Phasen erst durchleben, um am Ende das Richtige tun zu können. Und es war das Richtige, das wusste sie.

Erst nachdem sie sich den Weg durch dieses riesige Krankenhaus von diversem Personal hatte beschreiben lassen und sich trotzdem zweimal in den unübersichtlichen Gängen, die alle gleich aussahen, verirrt hatte, stand sie endlich vor der Türe des Krankenzimmers von Peter Whitehead. Isabell wollte gerade klopfen, als die Türe von innen energisch aufgerissen wurde und Peter Whiteheads Ehefrau heraustrat. Frau Whitehead schloss die Tür hinter sich, nahm Isabell an der Schulter und zog sie mit sich.

»Wie geht es ihm?«, fragte Isabell mit leichter Panik in der Stimme. Sie hatte die Frau ihres Chefs bei diversen Geschäftsessen als eine energische, selbstbewusste und durchsetzungsfähige Frau kennen und schätzen gelernt. Jetzt wirkte sie verstört und besorgt.

»Es geht ihm soweit gut, denke ich. Es war nur ein Schwächeanfall, sagen die Ärzte, aber es hätte auch schlimmer kommen können.« Frau Whitehead blickte geistesabwesend zu Boden.

»Darf ich zu ihm?«

»Was? Aber ja, natürlich.« Frau Whitehead ließ Isabell los. »Ich hole mir einen Kaffee, möchten Sie auch einen?«

»Nein, danke, das ist sehr nett von Ihnen, aber ich werde nicht allzu lange bleiben.«

Isabell klopfte zaghaft und öffnete die Tür. Ihr Chef lag blass und hohläugig in seinem Bett, winkte aber Isabell freudig herbei, als er sie erkannte. Er schien in diesen wenigen Stunden um Jahre gealtert zu sein.

»Isabell! Schön, Sie zu sehen. Setzen Sie sich!« Er deutete auf den Stuhl, der neben seinem Bett stand.

»Ich habe gerade eben Ihre Frau gesprochen. Sie hat mir gesagt, dass es kein Herzinfarkt war.«

»Ja, die Ärzte sagen, es war ein Schwächeanfall. Macht zum Teil die gleichen Symptome und ist nicht immer leicht zu unterscheiden. Aber es geht mir schon viel besser.« Whitehead versuchte Zuversicht auszustrahlen. Doch wem wollte er etwas vormachen, fragte sich Isabell? Ihr, seiner Frau oder sich selbst? Er sah einfach nur fürchterlich aus!

»Gott sei Dank war es nichts Schlimmes.« Isabell empfand tiefstes Mitgefühl für diesen Mann und hätte am liebsten seine Hand genommen. Und als hätte Whitehead ihre Gedanken erraten, legte er seine Hand auf ihre und drückte sie.

»Das ist die Zeit, in der wir leben, Isabell. Vielleicht überleben nur die Starken«, sagte er und lächelte gequält. »Und so wie es aussieht, gehören wir beide nicht dazu!«

Isabell nickte schwach und sah auf seine Hand hinunter, die ihre festhielt. Eine Weile sagte keiner von beiden etwas, und Isabell lauschte dem monotonen Piepston der Apparate.

Sie musste es ihm sagen!

Whitehead beobachtete sie. Er spürte, dass sie etwas auf dem Herzen hatte. »Spucken Sie es schon endlich aus: Was beschäftigt Sie?«

Sie zögerte, dann atmete sie tief durch und sagte: »Herr Whitehead, ich habe einen Entschluss gefasst. Ich möchte kündigen!« Endlich war es ausgesprochen.

»Dann machen Sie das!« Whitehead zwang sich zu einem schwachen Lächeln, während Isabell irritiert in sein Gesicht starrte. Hatte sie erwartet, dass er enttäuscht war oder gar sauer reagierte, wurde sie nun angenehm überrascht. Ihr Chef lächelte, und das erste Mal, seit sie in sein Krankenzimmer gekommen war, sah sie so etwas wie Farbe in sein Gesicht zurückkehren.

»Ich wusste es schon, Isabell. Ich habe nur darauf gewartet, dass Sie zu mir kommen. Vielleicht nicht unbedingt in dieser Umgebung …«, er deutete lächelnd auf das Krankenzimmer, »aber grundsätzlich habe ich diese Nachricht von Ihnen erwartet.«

Isabell sah ihn verwundert an.

»Sie haben sich in der letzten Zeit sehr verändert. Das ist mir schon in den ersten Tagen klargeworden, nachdem Sie wieder zurückgekommen sind. Ich habe vorher schon überlegt, ob ich Sie überhaupt zu Ulrike Sanders schicken soll. Ich habe befürchtet, Sie beide würden zu unterschiedliche Auffassungen zur Projektarbeit haben. Nun gut, dass Ulrike Sanders das Projekt so gnadenlos in den Sand setzen würde, das hätte ich nun auch wieder nicht vermutet. Aber ich habe gehofft, dass Sie Ulrike durch Ihre besonnene Art mäßigen und bremsen, oder aber, dass Ulrike Ihnen mit ihrem Verhalten die Augen öffnet und Ihnen zeigt, dass Sie aus Ihrem Leben etwas Besseres machen müssen. Ich glaube, ich wollte dem Schicksal einfach etwas nachhelfen.« Er drückte ihre Hand noch einmal und ließ sie dann los. »Ich weiß, das war vielleicht nicht unbedingt die allerfeinste Art, aber wenn ich Sie nun hier sehe, würde ich mal sagen, es war sehr wirkungsvoll.«

Isabell war überrascht über Whiteheads Worte, aber böse war sie ihm nicht. Vielleicht war es genau das, was sie gebraucht hatte.

Einen Schubser.

»Was werden Sie jetzt tun?«, fragte Whitehead.

»Ich gehe zurück nach Südfrankreich!«

»Das ist eine gute Entscheidung!« Er tätschelte noch einmal ihre Hand.

»Ich habe nur eine letzte Bitte. Behalten Sie Adam. Er ist ein guter Mann und verdient die Chance.«

In diesem Moment ging die Türe auf und Whiteheads Frau betrat das Krankenzimmer mit einem mit dampfenden Kaffee gefüllten Pappbecher. Sie strahlte ihren Mann an und sagte fröhlich: »Der Besuch scheint dir ja richtig gut getan zu haben, du hast wieder etwas Farbe im Gesicht und wirkst entspannter, so sehe ich dich gerne.«

Isabell stand auf und lächelte ihren Chef an. »Gute Besserung!«, sagte sie und ging zur Tür hinaus.

Kapitel 13

Auf den Tag genau zwei Monate später fuhr Isabell auf der Autobahn aus München hinaus in Richtung Garmisch-Partenkirchen. Es war mittlerweile Ende September und die Dämmerung setzte schon wieder deutlich früher ein. Es war ein sonniger Spätsommertag gewesen, aber langsam wurde es frisch und dünne Nebelschwaden zogen auf. Diese sehr schöne Jahreszeit, in der sich die Blätter der Bäume leuchtend gelb, orange bis purpur- und dunkelrot färbten, würde Isabell dieses Jahr in ihrer alten Heimat nicht miterleben. Einmal sah sie noch in den Rückspiegel und konnte gerade noch die Silhouette der beiden Türme der Münchner Frauenkirche erkennen, bevor sie, nach der nächsten Biegung verschwunden waren. Langsam wurden auch die Lichter der Stadt immer weniger und auch der Berufsverkehr ebbte ab, je weiter Isabell aus der Stadt herausfuhr. Bald würde die Dunkelheit sie verschluckt haben.

Nachdem die Entscheidung, zu kündigen und nach Frankreich zu gehen, in Isabells Bewusstsein vorgedrungen war, war alles sehr schnell gegangen. Vielleicht war es schon immer ihr vorgegebener Weg gewesen? Auf jeden Fall fühlte es sich so unglaublich richtig an, so stimmig, so endlich.

Sie konnte sich noch gut daran erinnern, wie sie nach dem Besuch bei Whitehead im Krankenhaus umhergeirrt war, sie freute sich, konnte aber gleichzeitig kaum fassen, dass sie gerade eben ihren Job gekündigt hatte, und doch fühlte es sich so gut, so befreiend an. Am nächsten Morgen hatte sie in reihenweise ungläubige Gesichter gesehen, als sie ihren Entschluss im Büro verkündet hatte.

Ulrike hatte sich zurückgezogen gehabt, hatte mit niemandem sprechen wollen. Der Schock über den verlorenen Auftrag saß ihr offenbar tiefer in den Knochen, als sie zugeben wollte. Sie hatte Isabells Kündigung kurz zur Kenntnis genommen und war wortlos in ihrem Büro verschwunden.

Adam hingegen hatte ihr Ausscheiden sehr bedauert, war aber sehr erleichtert gewesen, als ihm Isabell versicherte, dass seine Arbeitsstelle nicht in Gefahr sei.

Die größte Befriedigung empfand Isabell allerdings, als sie mit Kuvert mit der ausgedruckten schriftlichen Kündigung in der Hand erhobenen Hauptes in die Personalabteilung ging. Nicht per E-Mail, nicht per Post, sondern persönlich überreichte sie der Personalchefin ihr Schreiben, auf ganz altmodische Art und Weise, und sie hätte in diesem Moment einen Luftsprung machen können.

Hochkonzentriert fuhr sie den steilen Zirler Berg Richtung Innsbruck hinunter und mit diesem Gefälle verließ sie Deutschland. Auf der anderen Seite des Tales ging es wieder hoch in Richtung Italien. Die Zeit verflog, wie die Landschaft neben ihr. München war Vergangenheit! War sie traurig? Sie überlegte – nein, es war alles in allem keine zufriedenstellende Zeit gewesen.

Auf der Brennerautobahn, da, wo sich die Straße hoch über der Schlucht auf Stelzen durch das Tal schwang, überkam sie die Erinnerung an die Jugend. Hier war für sie schon als Kind die Grenze zum Süden gewesen, wenn sie mit ihren Eltern in den Urlaub gefahren war. Auch dieses Mal, dreißig Jahre später, machte Isabells Herz einen Sprung, als sie dem Süden entgegenfuhr und Bozen am Lichtermeer vor ihr erkannte. Und selbst jetzt in der Nacht war es hier wärmer als in München bei Tag.

Sie musste noch einmal an das letzte Gespräch mit ihrem Chef zurückdenken. Whitehead war einige Tage später wieder aus dem Krankenhaus entlassen worden und hatte sofort wieder zu arbeiten angefangen. An seinem ersten Arbeitstag hatte Isabell ihn aufgesucht. Er lächelte sie von seinem Schreibtisch aus an, mit seinen müden, eingefallenen Augen in seinem immer noch blassen Gesicht. Dann erhob er sich, ging um den Schreibtisch herum und umarmte Isabell herzlich.

»Ich habe schon gehört, dass Sie Ernst gemacht haben. Ich möchte Ihnen zu dieser Entscheidung noch einmal von ganzen Herzen gratulieren. Ich finde es unbeschreiblich mutig von Ihnen, diesen Schritt zu gehen. Setzen Sie sich einen Moment und erzählen mir, was Sie vorhaben?«

Er führte sie zu seiner legendären Sofaecke, setzte sich ihr gegenüber und Isabell erzählte ihm von ihrem Vorsatz, endgültig ein neues Leben zu beginnen.

»Und was wollen Sie konkret *tun*?«

Isabell hatte diese Frage befürchtet. Eigentlich wollte sie gar nicht so viel von ihrer Entscheidung erzählen, sie wollte nicht, dass jemand ihre Pläne für die Zukunft kannte. Sie empfand es als ein Geheimnis – als ihr Geheimnis. Am liebsten würde sie einfach nur sang- und klanglos aus diesem Leben hier verschwinden. »Ich gehe nach Südfrankreich«, erwiderte sie daher nur knapp.

Whitehead schwieg, lehnte sich in der Couch zurück und legte seine Fingerspitzen aufeinander.

»Warum Südfrankreich? Ich weiß, Sie waren drei Monate dort und es hat Ihnen gutgetan, aber für immer?«

Isabell sah an ihrem Vorgesetzten vorbei an die Wand – dort hing eine Europakarte und die Orte der ehemaligen und aktuellen Kundenprojekte waren mit bunten Fähnchen gekennzeichnet, auf denen der Kundenname und das Datum vermerkt waren. Instinktiv suchte Isabell nach den Projekten, die sie betreut oder mitgewirkt hatte, konnte sie aber nicht alle ausmachen. Dann wandte sie sich wieder an Whitehead und sagte schlicht: »Weil das der Ort war, an dem ich das erste Mal in meinem Leben richtig glücklich war!«

»Ich gebe zu, das sollte Grund genug sein«, gab er lächelnd zurück, und sie unterhielten sich noch einige Zeit über allgemeine Dinge und ehemalige Projekte, bis ihr Vorgesetzter das Gespräch langsam in Richtung Ende führte. »So, liebe Isabell, es tut mir leid, für mich wird es Zeit.« Er schälte sich behäbig aus der Couch. »Ich wünschte mir, wir könnten uns noch länger unterhalten, aber die Arbeit ruft. Bevor Sie gehen, möchte ich Ihnen noch etwas geben.« Er ging um seinen Schreibtisch herum, öffnete eine Schublade und hielt Isabell ein Briefkuvert entgegen.

»Was ist das«, fragte sie und nahm den Umschlag entgegen.

»Das sind Ihre Papiere. Ich habe veranlasst, dass Sie mit sofortiger Wirkung bei vollem Gehaltsausgleich freigestellt werden. Sie haben ja keinen Urlaub mehr, aber vor Ihrer Abreise bestimmt unheimlich viel zu erledigen, deshalb denke ich, dass Ihnen diese Zeit sehr zugute kommen wird. Außerdem ...«, und dabei hatte er ihr zugezwinkert, »... könnten Sie ja theoretisch zur Konkurrenz gehen und da wäre es im Sinne des Unternehmens, Sie so früh wie möglich aus allem herauszuhalten.«

Damit hatte Isabell nicht gerechnet, sie nahm den Umschlag

freudig entgegen. In diesem Augenblick fühlte sich ihr Plan so endgültig an, von diesem Moment an gab es kein Zurück mehr.

»Ich wünsche Ihnen viel Glück auf Ihrem neuen Weg, Isabell. Und ich wünschte mir, ich hätte ebenfalls den Mut dazu«, sagte Whitehead und seufzte.

Isabell nickte. »Vielen Dank und passen Sie gut auf sich auf, Chef. Dieses Mal mag es nur ein Schwächeanfall gewesen sein, aber wer weiß, wie es das nächste Mal ausgeht!«

Das Gespräch mit Herrn Whitehead hatte sie emotional sehr aufgewühlt. Einige Zeit später saß sie auf ihrem Springerplatz und drehte den Umschlag in ihrer Hand hin und her. Das war es jetzt also! Diese Ära hier, diese Zeit ihres Lebens war nun endgültig vorbei. Es war doch ein sehr komisches Gefühl – schließlich hatte ihr diese Arbeit einmal *alles* bedeutet – weil sie sonst *nichts* gehabt hatte. Einen Moment lang blieb sie noch sitzen, dann schob sie Ihren Firmenlaptop energisch von sich und stand auf. Es war Zeit zu gehen.

Vor der Zimmertür überlegte Isabell kurz, ob sie noch zu Ulrike Sanders gehen sollte. Die hatte in den letzten Tagen ihr Büro kaum verlassen, sich nirgends blicken lassen, mit niemandem gesprochen. Isabell hatte sie komplett ignoriert. Sollte sie sich wirklich von ihr verabschieden? Nein, entschied Isabell, Ulrike Sanders würde wohl kaum Wert darauf legen und Isabell war auch nicht danach. Stattdessen ging sie in das Personalbüro, verabschiedete sich dort von der Teamassistentin, von Adam und einigen weiteren Kollegen.

Beim Vorbeigehen an Simons Büro blieb sie kurz stehen und zögerte, doch dann öffnete sie doch die Tür. Er war nicht da. Sein Schreibtisch war aufgeräumt – wahrscheinlich war er auf Dienstreise. *Auch okay.* Seit dem Treffen im Restaurant, das für Simon sichtlich unangenehm gewesen war, hatte sie ihn nicht mehr gesehen. Sollte sie ihm eine Nachricht hinterlassen, überlegte Isabell, entschied sich aber dann dagegen.

Während sie auf den Aufzug wartete, warf sie einen letzten Blick den langen Flur zurück. In ihre Erleichterung wollte sich doch ein Funken Melancholie, ein bisschen Angst vor ihrem eigenen Mut mischen. Aber nein, dieser Abschied fühlte sich gut an, und Isabell schwor sich in diesem Moment, sich nie mehr wieder in solch eine Abhängigkeit zu begeben. Ab jetzt war sie die Hauptperson in ihrem Leben, auf die sie achtgeben musste, und das würde sie nie vergessen.

Im Lift wäre sie am liebsten in die Luft gesprungen, hätte sie nicht Angst gehabt, dass der dann stecken bleiben würde. Am Empfang im Erdgeschoß verabschiedete sie sich von Mandy, ging vergnügt aus dem Gebäude und stieg ins Auto.

Die darauffolgenden Tage waren aktionsreich gewesen. Isabell hatte einen Anwalt für französisches Immobilienrecht beauftragt und ihn gebeten, Kontakt mit dem Besitzer »ihres« kleinen Häuschens in der Provence aufzunehmen. Der Eigentümer war sofort einverstanden gewesen, das Haus zu verkaufen und die Formalitäten waren schnell abgewickelt. Ebenso problemlos gestaltete sich der Verkauf von Isabells München Wohnung. Da sie sowohl zentrumsnah als auch in ruhiger Lage in einem angesagten Stadtteil lag, war es nicht schwer gewesen, haufenweise Interessenten zu finden. Der Verkauf der Wohnung hatte Isabell mehr eingebracht, als sie sich erhofft hatte. Die Immobilienpreise waren in den letzten fünfzehn Jahren enorm angestiegen.

Mittlerweile war sie vorbei am Gardasee, war Richtung Mailand gefahren, danach nach Alessandria abgebogen und würde bald die

Stadt Genua erreichen. Dort würde sie das erste Mal wieder einen Blick aufs Meer werfen können. Es war trocken und mild und Isabell genoss die Ruhe der nächtlichen Autobahn ohne Berufsverkehr in der Nähe der italienischen Großstädte. Sie hatte unterwegs einige kleinere Pausen eingelegt und fühlte sich, obwohl es schon nach Mitternacht war, erstaunlich fit.

Am meisten überrascht hatte sie zu guter Letzt noch Simon. Sie lächelte, als sie an ihn zurückdachte. Er war kein schlechter Typ, aber sie hatten sich einfach zu weit auseinandergelebt. Oder eher, Isabell hatte sich von ihm weggelebt.

Sie war gerade in ihrer Wohnung damit beschäftigt gewesen, Sachen auszusortieren, die sie nicht mit nach Südfrankreich nehmen wollte. Das ganze Wohnzimmer war mit Kisten und Schachteln übersäht. Sie räumte ständig Dinge von einem Stapel wieder auf einen anderen, weil sie unsicher war, was sie in ihrem neuen Leben brauchen würde und was nicht.

Einige der schon vollgepackten Schachteln standen abholbereit an der Wand. Die meisten Möbel, die ohnehin an die entsprechenden Zimmer angepasst waren, hatte sie mit der Wohnung verkauft. Sie würden hierbleiben.

Als sie gerade einen Stoß Handtücher aus dem Bad ins Wohnzimmer trug und überlegte, ob sie in eine »Mitnehmen«- oder in eine »Dalassen«-Kiste gepackt werden sollten, klingelte es an der Haustür. Isabell war im ersten Moment so überrascht, Simon dort stehen zu sehen, dass sie fast vergaß, ihn hereinzubitten.

»Darf ich ...«, fragte er vorsichtig.

»Oh, entschuldige! Natürlich, komm rein!« Sie trat von der Tür zurück und ließ ihn in die Wohnung.

»Du packst also!« Er deutet auf die Kisten. »Whitehead hat mir erzählt, was du vorhast. Du ziehst es also wirklich durch?«

»Ja«, sagte Isabell und schob einen Stoß Bettwäsche zur Seite, damit Simon sich auf das Sofa setzen konnte.

»Lass mal, mach dir keine Umstände, ich möchte dich gar nicht lange stören. Ich bin eigentlich nur kurz vorbeigekommen, um dir den hier wieder zu geben.« Er hielt ihr den Hausschlüssel hin. Als Isabell ihn an sich nahm, berührten sich ihre Hände.

»Danke!«

Eine Weile war es ganz still, nur das Ticken einer Uhr aus irgendeiner der schon gepackten Kisten war zu hören. Ein Geräusch, so ungewöhnlich und doch so passend für diese Situation, dass sie sich gegenseitig ansahen und aus der Anspannung heraus zu lachen begannen.

»Ich würde dir gerne etwas zu trinken anbieten, kann aber im Moment nur mit Wasser dienen. Und die Gläser ...« Sie sah sich suchend um. Als sie in die Küche gehen wollte, hielt Simon sie am Handgelenk fest.

»Isabell«, sagte er sanft. »Ich möchte dir etwas sagen.«

Isabell sah ihn erstaunt an.

»Ich wollte dir sagen, dass es mir leidtut«, begann er umständlich und senkte seinen Blick zu Boden. »Es tut mir leid, dass ich nicht für dich da war, als du mich gebraucht hast. Es tut mir leid, dass ich dir nicht geholfen habe, als du mich darum gebeten hast. Ich hab's nicht verstanden, ich meine ... wie dringend es war.« Er sah hoch und ihr direkt in die Augen. »Es tut mir wirklich aufrichtig leid!«

In seinem Blick war so viel ernstgemeinte Aufrichtigkeit, dass Isabell in seinen Augen versank, überrascht von so viel Offenheit und Gefühl, das sie bei Simon so nie erwartet hätte. Sie nahm seine Hand und hielt sie fest.

»Vielleicht musste es aber genauso kommen! Vielleicht war das ein Weg, den ich alleine gehen musste! Wir hatten eine schöne Zeit miteinander und ich werde immer gerne an dich zurückdenken.«

Simon schlang beide Arme um Isabell und drückte sie innig an sich. Was für ein vertrautes Gefühl! Isabell genoss es in vollen Zügen, das letzte Mal an seiner Brust zu liegen, seine Wärme zu spüren und seinen Geruch einzuatmen. Sie hegte keinen Groll gegen ihn und würde ihm auch nichts nachtragen, es hatte einfach alles so kommen müssen. Auf eine schwer nachvollziehbare Art hatte Simon ihr sogar geholfen, den Schritt in ein neues Leben zu wagen. Hätte er sie nicht so stehengelassen, sondern sie vielleicht getröstet und umsorgt, dann wäre sie heute noch dort, wo sie vor einem halben Jahr gestanden hatte.

Langsam lösten sie sich voneinander, aber Simon hielt noch Isabells Hand fest.

»Ich wünsche mir, dass du glücklich wirst und dass alles so kommt, wie du es dir wünschst.«

»Danke.«

Er hatte ihr einen zärtlichen Kuss auf die Stirn gegeben und sie mit geneigtem Kopf lange betrachtet, als wolle er sich ihr Gesicht einprägen: das Gesicht der neuen Isabell!

Isabell lächelte, als sie an diese Situation zurückdachte. Ob er bereute, sie verloren zu haben? Und was war mit ihr? Hätte sie sich erneut in ihn verlieben können? Vielleicht war es gut, dass er sich in diesem Moment abgewandt hatte und gegangen war.

Sie hatte ihm noch ein »Pass auf dich auf!« hinterhergerufen, aber ob er das noch gehört hatte, wusste sie nicht. Er war zur Tür hinaus verschwunden, endgültig fort aus ihrem Leben.

Sie hatte mittlerweile die Küstenautobahn hinter Genua erreicht. Noch einhundert Kilometer bis zur französischen Grenze! Die Straße verlief erhöht an der Steilküste entlang der ligurischen Küste, vorbei an Solino und San Remo. Mittlerweile war es vier Uhr morgens. Bald würde die Dämmerung einsetzen. Isabell hoffte, noch vor dem Berufsverkehr an Nizza vorbei zu sein.

Sie warf einen Blick auf das ruhige Meer. Der Mond ließ die Oberfläche des Wassers in Millionen kleinen Sternchen erglitzern. Die Ortschaften an der Küste reihten sich wie eine Lichterkette aneinander, und mit jedem einzelnen Kilometer, den sie hinter sich brachte, spürte Isabell, wie sie ihr altes Leben losließ. Sie fühlte, wie ihre Seele entspannte, ihre Freude und positive Aufregung aber gleichzeitig anstieg. Sie freute sich so sehr, Sylvie wiederzusehen, freute sich auf ihr Häuschen und – sie mochte es sich selbst kaum eingestehen – auf Jean. Wie würde er reagieren, wenn er sie wiedersah? Ob er überhaupt noch da war? Welche Bilder würde er nun von ihr zeichnen und welchen Ausdruck würde ihr Gesicht auf seinen Zeichnungen bekommen? Mehr als zufrieden und glücklich ging ja nicht!

Und es gab noch etwas, das sie spürte, tief in ihrem Inneren. Zuerst ganz zaghaft und sie war sich im ersten Moment nicht sicher, ob es war, was sie vermutete. Dann fühlte sie noch einmal hin, und ja, in der Tat, es geschah. Eine Türe in ihr, die sich vor einer Ewigkeit geschlossen hatte, war im Begriff sich wieder zu öffnen.

Es war bereits sechs Uhr morgens, als sie an Nizza vorbeifuhr und der Liefer- und Pendlerverkehr einsetzte. Kleine Sprinter schossen von einer Ausfahrt zur nächsten, aber noch war an den französischen Mautstellen, die sie alle paar Kilometer passieren musste, kein Stau.

Nach einer längeren Pause im Hafen von Antibes und einem Café Latte mit einem Schokocroissant zeigte die Uhr kurz vor Mittag, als sie endlich um die letzte Kurve auf den Hof ihres neuen Domizils fuhr. Sie hielt an, machte den Motor aus und blickte erst einmal überwältigt auf das Haus. *Ihr Haus!* Jetzt war es wirklich ihres. *Jetzt gehört es mir, hier bin ich nun zu Hause!* Sie musste sich diese Worte laut vorsagen, sonst hätte sie sie nicht geglaubt. Langsam stieg sie aus dem Wagen und blieb vor dem Haus stehen. Es war nach Angaben des ehemaligen Besitzers, seit ihrem Besuch nicht mehr vermietet worden – als ob es auf sie gewartet hätte.

Ende September hatte die Sonne bei weitem nicht mehr die Kraft wie im Juli, trotzdem schwitzte Isabell in ihrem leichten Pullover, den sie für die Nachtfahrt getragen hatte. Sie zog ihn über den Kopf und ging auf das Haus zu.

Meins, schoss es ihr durch den Kopf, *tatsächlich meins*! Sie schloss mit dem Schlüssel, den ihr der Makler zusammen mit einer Flasche Champagner überreicht hatte, die Haustüre auf und betrat fast andächtig den Eingangsbereich. Es war alles noch so, wie sie es in Erinnerung hatte, mit dem einzigen Unterschied, dass das halbe Erdgeschoss mit ihren Umzugskisten vollgestellt war, die sie von einem Umzugsunternehmen schon vorab nach Frankreich hatte bringen lassen.

»Jean?«, rief sie in die Stille hinein. *Oh bitte, bitte, bitte.*

Keine Antwort.

Sie öffnete die Terrassentüre und trat auf die Terrasse. Es sah aus, als wäre schon seit geraumer Zeit niemand mehr hier gewesen. Aufgeweichte Blätter und eine Algenschicht schwammen auf dem Wasser im Pool und der Wind hatte vertrocknete Kiefernadeln in die Ecke der Terrasse geweht. Die Hitze des Sommers hatte im Garten deutliche Spuren hinterlassen.

Sie drehte sich zum Haus um und sah nach oben in den ersten Stock. Sämtliche Fensterläden waren verschlossen und verriegelt. Sie lief wieder ins Haus, die Treppen hinauf und blieb kurz vor dem Wandteppich stehen, bevor sie ihn auf die Seite schob und die Türe zu Jeans Zimmer öffnete.

»Jean?«

Wie gelähmt blieb sie im Türrahmen stehen. Keine Spur von Jean, schlimmer noch, der Raum war leer. Keine Staffelei, keine Malutensilien, keine Bilder, keine Hosen und Shirts von Jean, die in alle Himmelsrichtungen verstreut am Boden lagen. Nichts! Absolut *gar nichts* deutete darauf hin, dass hier einmal solch ein begabter junger Maler gewohnt hatte. Nur noch das Bett in der Ecke, der große Spiegel mit seinem goldenen Rahmen und der klapprige alte Tisch standen im Zimmer. Doch! Etwas lag auf dem Tisch. Langsam ging sie hin. Es war eine langstielige rote Rose, komplett vertrocknet. Daneben lag ein Brief. Vorsichtig, mit leicht zittrigen Fingern nahm sie den Brief und öffnete ihn. Sie zog ein dünnes Pergament aus dem Kuvert und faltete es auseinander.

Ma chérie,

ich wusste, dass du wiederkommen würdest, ich habe es schon bei unserem Abschied in deinen Augen lesen können. Wenn du in dieses Haus zurückkehrst, werde ich nicht mehr hier sein, ich

muss weiterziehen und Neues kennenlernen. Dir habe ich alles gezeigt, was ich wusste, mehr kann ich dir nicht geben.
Du bist eine unglaubliche Frau und hast einen wundervollen Weg vor dir. Du hast etwas erleben dürfen, wozu nicht viele die Möglichkeit bekommen. Du warst in der glücklichen Lage, zwei unterschiedliche Leben führen zu dürfen und deine Erfahrungen daraus zu schöpfen. Nun kannst du selbst entscheiden, welchen Weg du gehen wirst und es liegt an dir, deine endgültige Zufriedenheit zu erlangen. Ich wünsche dir dabei alles Glück der Welt und meine Gedanken werden dich immer begleiten.
In tiefster Liebe, ma chérie,

dein Jean

Isabell setzte sich langsam auf das Bett und starrte ungläubig auf den Brief. Aber bevor sie sich ihrer Gefühle bewusst wurde, und auch bevor sie sich ihrer Enttäuschung hingeben konnte, hörte sie von unten eine vertraute Stimme.

»Isabell?«

Isabell sprang auf, sauste mit dem Ruf »Sylvie« aus dem Zimmer, rannte die Stufen hinunter und sprang freudestrahlend in Sylvies weit ausgebreitete Arme. Sie würde Sylvie am liebsten gar nicht mehr loslassen und Sylvie schien es ähnlich zu gehen. Freudentränen rannen Isabell die Wangen hinunter, und auch in Sylvies Augen schimmerte es verdächtig.

»Isabell, ich freue mich so, dass du zurückgekommen bist. Du hast mir gefehlt, du hast uns allen gefehlt. Selbst grand-mère fragt täglich nach dir.« Sie hatten einander losgelassen, und Sylvie wischte sich noch die letzte Träne aus den Augen. »Sie hat vergessen, dass du wieder nach Deutschland gefahren bist, oder wollte es einfach nicht wahrhaben. Bei unserer grand-mère weiß man ja nie. Auf jeden Fall hat sie sich gewundert, dass du keine Madeleines mehr gekauft hast. Und mich gefragt, ob ich eventuell das Rezept geändert hätte, und sie dir nicht mehr schmecken würden.«

»Die gute grand-mère«, sagte Isabell und lachte. »Richte ihr aus, deine Madeleines sind die weltbesten, und ich werde bald jeden Tag vorbeikommen und welche davon kaufen.«

Sylvie hakte sich bei Isabell unter. »Ich konnte es im ersten Moment gar nicht glauben, als ich deine Nachricht erhalten habe. Du hast nur kurz geschrieben, dass du wieder kommst und hier leben möchtest. Isabell, ich wusste gar nicht, was ich denken sollte, ich war total sprachlos. Aber ich freue mich so unglaublich, dass du wieder hier bist. Du musst mir alles erzählen, was in den letzten Monaten passiert ist!«, forderte Sylvie ihre Freundin auf.

»Mein Herz ist hier geblieben, das ist passiert.« Isabell hob die Hände und deutete auf das Haus. »Komm mal mit!«

Sie führte Sylvie auf die Terrasse und zeigte auf die Landschaft. »Hier möchte ich mein weiteres Leben verbringen!«

Sylvie nickte verständnisvoll, dann richtete sie ihren Blick auf den Brief, den Isabell immer noch in der Hand hielt. »Was hast du da?«

Isabell hielt Sylvie die Zeilen wortlos entgegen.

»Das tut mir leid für dich«, sagte Sylvie nach einer Weile. »Der Brief ist sehr schön geschrieben«, sagte sie, in Gedanken versunken. »Jean muss kurz nach dir weggegangen sein, denn seit dem Lavendelfest hat ihn hier keiner mehr gesehen.«

»Ach, vergessen wir das!« Isabell nahm Sylvie den Brief aus der Hand, faltete ihn zusammen und steckte ihn in die Gesäßtasche ihrer Jeans. »Lass uns lieber feiern, dass ich nun hier zuhause bin!«

Isabell ging zurück ins Haus und öffnete einige Kisten. »Ich dachte hier … nein … warte … die verdammten Sektgläser müssen doch …«

»Was für ein Chaos! Du wirst einige Zeit brauchen, um das hier alles auszupacken«, sagte Sylvie.

»Ja, aber das macht nichts. Ich habe ja Zeit.« Sie grinste ihre Freundin an und öffnete die nächste Kiste. »Irgendwo habe ich doch noch eine Flasche Champagner. Wo ist die bloß? Ahh, ich hab sie.« Sie hielt die Flasche in die Höhe, holte zwei Saftgläser aus dem Schrank und schenkte ein.

»Leider keine Sektgläser, aber die tun es auch.«

»Und lauwarm, aber das tut es auch«, ergänzte Sylvie und lachte.

Sie stießen an und tranken auf ihr Wiedersehen. Auf Freundschaft, Liebe und Madeleines. Ohne, dass Sylvie noch einmal nachfragen musste, sprudelten die Erlebnisse der letzten Monate aus Isabell heraus und sie erzählte alles, was sich in München ereignet hatte. Die beiden Freundinnen saßen auf der Terrasse, und ganz wie Isabell es in Erinnerung hatte, war Sylvie eine gute Zuhörerin. Sie lauschte gebannt, staunte im passenden Moment und stellte die richtigen Fragen. Und, was das Wichtigste war: Sylvie bestätigte sie in dem Entschluss, genau das Richtige getan zu haben.

Der Wind frischte auf und es wurde merklich kühler, die Sonnenstrahlen hatten eindeutig nicht mehr die Kraft des Sommers.

Sylvie sah auf ihre Armbanduhr und schreckte auf. »Ach, du liebe Zeit, schon so spät! Isabell sei nicht böse, aber ich muss gehen. Grand-mère ist im Laden, und ich habe sie schon viel zu lange alleine gelassen.« Sie stand auf und umarmte Isabell. »Soll ich morgen kommen und dir auspacken helfen?« Sie deutete auf die Kisten. »Dabei können wir uns weiter unterhalten. Ich denke, heute bist du zu müde.«

»Ja, da wartet einiges an Arbeit auf mich.«

Isabell begleitete Sylvie nach draußen und umarmte sie. »Ich bin so froh wieder hier zu sein«, gestand sie der Freundin, »und ein Teil der Freude bist du!«

Kapitel 14

Nachdem Sylvie gegangen war, verbrachte Isabell den restlichen Nachmittag damit auszupacken. Sie öffnete Kisten, holte einiges heraus, packte es weg, verschloss sie und stapelte sie wieder übereinander. Dann schob sie Kartons von links nach rechts in eine Ecke und kramte sie wenig später wieder hervor. Machte Listen, was sie noch kaufen musste. Stand mit zerzaustem Haar vor den Kisten, wischte sich mit dem Handrücken über die Stirn. Es würde noch lange dauern, bis sie sich durch die Türme von Kisten und Umzugskartons gewühlt und alles verstaut hatte. Sie lachte laut auf, als ihr klar wurde, dass das nichts machte: Ab heute hatte sie alle Zeit der Welt! Durch den Überschuss beim Verkauf ihrer Münchner Wohnung und ihr Erspartes hatte sie für die nächste Zeit ausgesorgt. Sie würde für eine ganze Zeit nicht ans Geldverdienen denken müssen, doch kannte sie sich zu gut, dass sie wusste, dass sie das so nicht lange durchhalten würde. Sie würde sich bald darüber Gedanken machen.

Die halbleeren Kisten trug sie in das ehemalige Zimmer von Jean und stapelte sie dort in einer Ecke. Sie schmunzelte über ihren Wortgebrauch, aber es würde immer »Jeans Zimmer« bleiben.

Gegen Abend tauchte sie gerade in eine leere Kiste ein, aus der sie noch einige Würfelzuckerstückchen einer aufgebrochenen

Zuckerschachtel aus den Ecken fischte, als es an der offenen Haustüre klopfte und jemand ihren Namen rief. Sie blickte auf und kroch aus dem Kistengewirr hervor.

»Christian, das ist eine Überraschung, komm herein!«, rief sie erfreut. »Was machst du denn hier?«

»Ich soll dir das hier von meiner Mutter vorbeibringen.« Er reichte ihr eine Schale, die mit einem Küchentuch zugedeckt war. »Vorsicht! Ist vielleicht noch heiß!«

Isabell nahm ihm die Schale aus der Hand und sah unter das Küchentuch.

»Eine Quiche Lorraine!«, rief sie erfreut auf, und stellte die Schale auf der Anrichte ab. »Richte deiner Mutter einen ganz lieben Dank aus.«

Die Sonne senkte sich langsam über die Sträucher und der Garten versank im Schatten. Mit einem Mal fühlte Isabell eine bleierne Müdigkeit über sich kommen. Die ganze Aufregung fiel nun auf einmal von ihr ab und die letzte Nacht ohne Schlaf forderte langsam ihren Tribut.

Zufrieden setzte sie sich mit der Quiche auf die Terrasse. Es war ein unbeschreiblich schöner Abend und sie war glücklich. Das letzte Mal, dass sie sich so wohl gefühlt hatte, war der letzte Tag gewesen, an dem sie hier gewesen war – und es war genauso, wie sie es in Erinnerung behalten hatte. Die Dämmerung legte sich über den Garten, die große Hitze war vorüber und sie schlüpfte gerne wieder in ihren leichten Pullover hinein. Es war wie immer: friedlich und beruhigend. Isabells Augenlider wurden schwer, sie lehnte sich in ihrem Stuhl nach hinten. Sie wollte die Augen nur für einen kurzen Moment schließen, nur kurz ausruhen.

Als sie sie wieder öffnete, herrschte tiefste Dunkelheit. Der Mond war schon über das Firmament gezogen, dafür leuchteten die Sterne umso heller.

Das Essen, das sie nicht angerührt hatte, war mittlerweile kalt geworden. Sie setzte sich auf und hörte dabei Jeans Brief in der Gesäßtasche rascheln. Langsam holte sie ihn heraus und las ihn erneut, Wort für Wort. Sie betrachtete lange das Fenster zu Jeans Zimmer, ohne wirklich benennen zu können, was sie fühlte. Dann seufzte sie und begann, die Quiche zu essen, die kalt genauso köstlich schmeckte wie warm.

Später räumte sie die Sachen von der Terrasse und ging ins Haus. Diese Nacht war wohl die allererste Nacht, in der sie tatsächlich alleine im Haus war, dachte sie und grinste. Sie stieg langsam die Stufen hinauf ins obere Stockwerk und ging in Jeans Zimmer. Eine Weile stand sie still im Zimmer, sog die Luft tief ein und meinte, seinen Duft riechen zu können. Oder war das Einbildung?

Sie stellte sich vor »Jeans« Spiegel und betrachtete sich. Sie sah gut aus! Ihre Haut im Gesicht wirkte straff und gesund. Die dunklen Augenringe, die sie von früher kannte und immer versucht hatte, mit Schminke abzudecken, waren schon seit Längerem verschwunden. Isabell hatte aufgehört, sich zu schminken, sie wollte ihr Strahlen mit keiner Kosmetik verfälschen. Sie hatte abgenommen, nicht viel, aber genug, dass sie sich selbst gefiel. Das alles hatte sie Jean zu verdanken. Vielleicht auch ein bisschen sich selbst und ihrer Courage, aber in erster Linie hatte Jean ihr bewusst gemacht, worauf es im Leben wirklich ankam.

Sie drehte sich um ihre eigene Achse. War sie traurig darüber, dass Jean nicht mehr hier war? Sie hielt kurz inne. Nein! Enttäuscht ja, im Moment, aber nicht traurig. Sie ging in ihr eigenes

Schlafzimmer, öffnete beide Flügel der Balkontüre und trat hinaus auf den Balkon. Sie hatte ja immer gewusst, dass es nichts von Dauer sein konnte. Sie hatte von Anfang an gewusst, dass Jean nur eine kurze Episode in ihrem Leben sein würde, und sie war sehr glücklich darüber, dass sie diese Zeit hatte mit ihm verbringen dürfen. Was sie allerdings wirklich glücklich und zufrieden machte, war das hier, was vor ihr lag. Diese Landschaft hier, die Art der hiesigen Bevölkerung, mit dem Land zu leben. Das hier war es, was sie faszinierte. Das hier war es, worin sie sich verliebt hatte. Das wurde ihr in diesem Moment klar – und das würde ihr niemand mehr nehmen können.

Sie ging zurück in ihr Zimmer, griff nach einer Reisetasche und stellte sie aufs Bett. Vorsichtig fasste sie hinein und holte ein Bild hervor – ein ganz besonderes Bild – und sah es lange an. Es war die Zeichnung, die ihr Jean zum Abschied geschenkt hatte. Der schlichte weiße Rahmen ließ die Zeichnung noch besser zur Geltung kommen. Isabell betrachtete es lange und hielt es andächtig, wie einen Schatz, in ihren Händen. Dann stellte sie es auf die Kommode gegenüber ihrem Bett, es würde sie jeden Morgen, wenn sie aufwachte, an ihre Entwicklung erinnern und daran, was im Leben wichtig war.

Sie faltete Jeans Brief auseinander und las noch einmal seine Zeilen. Diesen Brief würde sie hinter dem Bild in den Rahmen stecken, damit sie ihr großes Abenteuer, das sie gewagt hatte einzugehen, niemals vergessen würde. Dann legte sie sich aufs Bett und schlief augenblicklich ein.

Den nächsten Tag verbrachte Isabell damit, die Kisten und Kartons weiter auszupacken, Dinge zu sortieren und einzuräumen und freute sich, als ihre Bemühungen Früchte trugen und es tatsächlich lichter im Erdgeschoss wurde.

Gegen Abend lief sie durch die Felder zu Sylvie. Am Horizont türmten sich ein paar Wolken auf, die kühlen Regentage würden wohl nicht mehr lange auf sich warten lassen. Die Ortschaft hatte sich verändert. Viel mehr Einheimische waren nun auf den Straßen unterwegs, hielten einen Plausch. Einige erkannten Isabell wieder und winkten ihr freudig zu.

Kurze Zeit später saß sie bei Sylvie auf der Terrasse, eingewickelt in eine Decke, und aß ein paar von Sylvies kleinen Häppchen, die die Freundin für diesen Abend vorbereitet hatte.

Die Grillen hatten ihr Zirpen inzwischen eingestellt, es war schon zu spät im Jahr. Und trotzdem waren die Geräusche des Südens deutlich zu vernehmen. Es wehte ein leichtes Rauschen über die Landschaft, als ob man das Meer bis hierher hören konnte, was eigentlich nicht möglich war. Und doch schmeckte die Luft salzig und roch nach Meer. Nach Meer, nach dem Staub der Felder und dem Harz der Pinienbäume. Das war es, wonach sich Isabell gesehnt hatte. Sie seufzte.

»Du genießt es richtig«, sagte Sylvie und lächelte.

Isabell nickte, den Blick immer noch in die Weite gerichtet. »Ja, ich genieße es!« Dann gab sich Isabell einen Ruck und drehte sich zu Sylvie um.

»Aber jetzt erzähl du mir, wie es dir geht und was in den letzten Wochen hier passiert ist.«

»Ach, das Übliche! Viel Arbeit, aber nichts Aufregendes.« Sylvie zuckte mit den Schultern. »Bei weitem nicht so interessant wie bei dir!«

»Das kann nicht sein. Das Leben hier ist so aufregend.«

»Für dich vielleicht«, sagte Sylvie. »Für uns ist es Routine.«

Sie schwiegen eine Zeit lang, als Isabell fragte: »Wie geht es André?«

»Es geht ihm gut!« Sylvies Gesicht hellte sich auf. »Er hat in Nizza eine Anstellung in einer Manufaktur für Parfüm-Flacons bekommen und arbeitet dort in einem Team als Lifestyle-Berater fürs Produktdesign. Sie haben junge Leute gesucht, die den Zeitgeist der jüngeren Bevölkerung ansprechen sollen. Die Bezahlung ist gut und es macht ihm sehr viel Spaß, weil er seiner Fantasie freien Lauf lassen kann, wie er sagt. Er wohnt bei einem Freund und kann somit etwas Geld zusammensparen. Stell dir vor, er hat uns sogar ein bisschen Geld geschickt, um uns zu unterstützen.« Sylvie wirkte ganz kleinlaut. »Das hätte ich nie von ihm erwartet.«

»Er ist ein guter Junge«, sagte Isabell, und Sylvie stimmte nickend zu.

»Du hast überhaupt tolle Jungs, alle drei.«

»Stimmt. Christian hat während der Erntezeit seinem Vater fleißig auf den Feldern geholfen. Er war für Mathéo eine große Unterstützung und ist fest entschlossen die Lavendelfelder weiter zu bewirtschaften, wenn Mathéo eines Tages nicht mehr dazu in der Lage ist.«

»War die Lavendelernte dieses Jahr gut?«

»Durchschnittlich würde ich sagen, aber wir waren zufrieden. Nun haben wir viel Arbeit damit, die Waren für unseren Laden vorzubereiten und den Lavendel einzulegen.«

»Wie läuft denn der Laden?«

»Sehr gut, wir haben dieses Jahr viel verkauft. Im August sind mehr Touristen von der Küste in unsere kleine Ortschaft gekommen als bisher.«

»Das freut mich, Sylvie. Da wirst du bald Hilfe brauchen, die dich in dem Laden unterstützt. Ich meine, nicht nur grand-mère, sondern eine vollwertige Unterstützung.«

»Ja, darüber habe ich auch schon nachgedacht.« Sie sah Isabell von der Seite an. »Und ehrlich gesagt, wollte ich dich auch etwas fragen.«

Isabell schaute neugierig zu Sylvie.

»Könntest du dir vorstellen, bei mir hin und wieder auszuhelfen?«, fragte Sylvie zaghaft.

»Aber ja, das mache ich sehr gerne.« Isabell schaute Sylvie begeistert an. »Das kann ich mir wirklich sehr gut vorstellen, ich hätte bestimmt große Freude daran.«

»Aber nur, wenn ich dich nicht von etwas anderem abhalte.«

»Nein, das ist nicht der Fall. Ehrlich gesagt, weiß ich im Moment noch nicht so genau, was ich tun werde.«

Sylvie beobachtete Isabell, wie sie verträumt in die Landschaft hinaussah.

»Aber du hast eine Idee, nicht wahr.«

»Ja, habe ich. Und doch bin ich mir nicht sicher«, wich Isabell aus.

»Was ist es?«, drängte Sylvie neugierig.

»Ich würde gerne Menschen helfen, die in einer ähnlichen Situation sind, wie ich es war. Weißt du ...«, unsicher sah sie zu Sylvie, doch die beobachtete sie mit offenem Interesse, »... so wie Jean mir geholfen hat. Mir die Augen geöffnet und gezeigt hat, worauf es im Leben ankommt.«

»Ich finde, das ist eine großartige Idee«, antwortete Sylvie begeistert. »Du könntest so viel von deinen eigenen Erfahrungen berichten. Kurse anbieten. Ein Buch schreiben.« Sylvie sprudelte fast über vor Ideen. »Und wenn du Madeleines für deine Kursteilnehmer brauchst, dann weißt du, wo du die besten der Welt herbekommst!«, fügte sie mit Augenzwinkern hinzu.

Isabell lachte über Sylvies Euphorie. »An ein Buch habe ich in der Tat schon gedacht und mir überlegt, einfach meine Geschichte niederzuschreiben.«

»Tue es!«, sagte Sylvie, jetzt wieder ernst, zu Isabell. »Ich bin mir sicher, du könntest sehr vielen Menschen damit helfen.«

Isabell nickte nur und ließ ihren Blick in die Ferne schweifen.

In den darauffolgenden Tagen hatte Isabell noch Vieles zu erledigen, bevor sie ihren Alltag und ihr neues Leben beginnen konnte. Sie musste auf diverse Ämter, um sich an ihrem neuen Wohnsitz anzumelden, und zu der nahegelegenen Bankfiliale, um ein Konto zu eröffnen. Danach war sie auf dem Markt einkaufen gewesen, hatte sich mit frischem Obst und Gemüse aus der Region eingedeckt und die nötigen Grundnahrungsmittel für den Vorratsschrank eingekauft.

Wieder zuhause verbrachte sie viel Zeit damit, ihren Garten in Ordnung zu bringen. Fischte die Blätter aus dem Pool, schnitt die Rosen zurecht und fegte die Kiefernadeln aus den Terrassenecken.

Als sie damit fertig war, setzte sie sich an den Tisch und dachte nach. Sie war unschlüssig. War das jetzt schon der richtige Zeitpunkt? Fühlte sie sich schon bereit, ihre jüngste Vergangenheit aufzuarbeiten? Nachdem Isabell eine ganze Zeit lang grübelnd dagesessen war, lächelte sie. Ja, sie war soweit, die Zeit war gekommen.

Sie stand auf, eilte ins Haus und kam mit einem Schreibblock und Stift zurück auf die Terrasse. Wie sollte sie anfangen? Isabell lehnte sich auf dem Stuhl zurück und überlegte. Dann begann sie zu schreiben:

»Mit zittrigen Fingern tippte Lisa auf der Tastatur ihres Laptops, während acht Augenpaare sie gespannt anstarrten.

»Frau Bond! Wir warten!« Die Stimme des Besprechungsleiters klang ungeduldig. Und genervt.

Lisa wagte nicht aufzublicken und flog mit dem Cursor über ihre Ordnerstruktur. Wo hatte sie nur die Präsentation abgelegt? Sie hatte doch alles vorbereitet und in den entsprechend überschriebenen Ordner kopiert. Warum konnte sie ihn nun nicht finden?«

Einige Stunden später, als Isabell, wie mit Sylvie abgesprochen, im Laden bei der Zubereitung der Produkte und beim Verkauf mithalf, fühlte sie sich immer noch aufgewühlt. Es hatte sie doch mehr angestrengt, in ihre Vergangenheit einzutauchen, als sie gedacht hatte. Aber es tat gut, ihre Geschichte aus diesem Abstand noch einmal zu betrachten.

In den folgenden Wochen zog sich grand-mère immer weiter zurück, ihr fiel das Arbeiten immer schwerer. Vielleicht fühlte sie aber auch, dass Sylvie in Isabell eine tatkräftige und verantwortungsvolle Hilfe gefunden hatte. Der Touristenstrom ebbte ab und nur noch vereinzelnd verirrten sich Kunden in den Laden, um Lavendelprodukte zu kaufen.

Wenige Tage später, als Isabell gerade dabei war, die frischgebackenen Madeleines in der Theke zu stapeln, kam ein älteres Touristen-Ehepaar in den Laden und kaufte ein paar davon ein. Als die Frau bezahlen wollte, glitt ihr eine Zeitung aus der Hand, deren Seiten sich über den ganzen Boden verteilten. Isabell sprang hinter der Kasse hervor und half der Kundin die einzelnen Blätter zu sortieren, als ihr Blick auf eine Annonce fiel.

Wie erstarrt blieb sie am Boden knien und las: »Kunstausstellung in Antibes – besichtigen Sie jetzt im Herbst die Werke junger Künstler. Zu Ehren des berühmten Pablo Picasso findet eine Ausstellung in der großen Markthalle statt, in der junge Künstler aus ganz Frankreich ihre Werke zeigen.«

Für Isabell war sofort klar: Da musste sie hin! Es war eine verschwindend kleine Möglichkeit, aber doch wollte sie sich den Funken Hoffnung bewahren, dort vielleicht auf Jean zu treffen oder eines seiner Bilder zu sehen.

Die Fahrt nach Antibes dauerte länger, als sie vermutet hatte, obwohl weit weniger Verkehr herrschte als in den Sommermonaten. Sie fuhr die Küste entlang und genoss die Aussicht auf das Meer. Hin und wieder blieb sie an einem der Küsten-Parkplätze stehen und ließ ihren Blick über das ruhige Blau gleiten. Wie herrlich es hier außerhalb der umtriebigen Sommermonate war.

Endlich in Antibes angekommen, war die Markthalle schnell gefunden. Isabell schlenderte durch die Reihen der Aussteller und betrachtete die einzelnen Bilder.

In dem Moment, als sie die Ausstellung betreten hatte, war ihr klar geworden, dass sie Jean hier nicht treffen würde. Diese Ausstellung wurde eher von Kunststudenten bevölkert und die gezeigten Werke waren qualitativ nicht mit Jeans Bildern zu vergleichen. Außerdem wäre Jean das Gewimmel der Menschen hier ein Gräuel gewesen.

Trotz dieser Enttäuschung ließ sich Isabell nicht die Stimmung verderben, schlenderte durch die Gassen und blieb vor einem Bild stehen, um es näher zu betrachten. Es erinnerte sie entfernt an eines von Jeans Bildern, obwohl es nicht dasselbe Gefühl in ihr auslöste.

Es zeigte eine typische französische Landschaft aus der Provence mit Lavendelfeldern und einigen Bauern, die sie bewirtschafteten.

Plötzlich hörte sie eine leise Stimme neben ihrem Ohr. »Excusez-moi, Madame, gefällt Ihnen das Bild?«

Ein Mann war dicht hinter sie getreten, ohne dass sie es bemerkt hatte. Ruckartig drehte sie sich um und starrte ihn an. Sie sah in wunderschöne, durchdringende blaugraue Augen, tief wie das Meer, in einem markanten sehr männlichen Gesicht. Der Mann hatte kurze schwarze Haare, die an den Schläfen schon leicht ergraut waren, und seine tiefe Stimme passte zu seiner Erscheinung. Er war groß und schlank und wirkte vermutlich jünger als er war. Isabell schätzte ihn auf Mitte fünfzig, und in seinem hellgrauen Anzug sah er einfach umwerfend aus. Er blickte sie erwartungsvoll an, während Isabell noch nach Worten suchte und schließlich verlegen antwortete: »Naja, teils, teils!«

Der fremde Mann legte den Kopf schräg, hob eine Augenbraue und sah sie fragend an.

Was für ein gutaussehender und interessanter Mann, schoss es Isabell erneut durch den Kopf. Diese Augen! Ihr wurde heiß und sie zwang sich, an das Bild zu denken. Sie schuldete dem Mann schließlich eine Erklärung. »Sehen Sie hier, diese Harmonie in der Landschaft, diese Umgebung hier ist perfekt dargestellt. Die Farben stimmig abgeglichen, weich und lieblich. Doch was ist hiermit?« Sie deutete auf die Gesichter der Personen auf dem Bild. »Sehen Sie hier diese Gesichter! Einfallslos! Kein Gefühl! Das erzeugt in mir eine negative Spannung, die nicht zu dem Rest des Bildes passt.«

»Oh, Sie sind eine Kunstkennerin!«, sagte der Mann überrascht.

»Nein, das bin ich nicht«, sagte Isabell und lachte. »Aber ich habe gelernt, Bilder mit anderen Augen zu betrachten. Und ich habe das Leben von unterschiedlichen Seiten kennen gelernt. Und zwar von Seiten der Spannung und von Seiten der Harmonie.«

»Jetzt machen Sie mich aber neugierig! Wissen Sie, was ich jetzt gerne täte? Ich möchte Sie durch die Ausstellung begleiten und Ihre Meinung zu weiteren Bildern erfragen. Die würde mich wirklich sehr interessieren. Und vielleicht könnten wir danach bei einem Abendessen die unterschiedlichen Ansichten besprechen.«

Ohne ihre Antwort abzuwarten, reichte er ihr seinen Arm und Isabell ließ sich von ihm führen, erstaunt über die unglaubliche Vertrautheit, die sie diesem Mann gegenüber fühlte.

Er war wie Jean.

Ein älterer Jean.

– ENDE –

Auch von Sandra Haussmann

Bald als Ebook und Print erhältlich

Leseprobe

Kapitel 1

Dumpfes Gemurmel drang aus dem Wohnzimmer. Marie-Sophie stand mit einer leeren Puddingschüssel in den Händen inmitten ihrer Küche und fand keinen Platz, wo sie sie noch hätte hinstellen können, ohne Gefahr zu laufen, die ohnehin schon wackeligen Türme aus gebrauchtem Geschirr ins Rutschen zu bringen. Auf der Küchenanrichte, dem Herd, dem Sideboard, dem Küchentisch – überall stapelten sich schmutzige Teller, Töpfe mit eingetrockneten Speiseresten und fettige Pfannen. Diverse Cromargan-Schüsseln und Glasschalen mit Essensresten waren übereinandergestapelt, dazwischen türmten sich Ess- und Kochbesteck. Der Handmixer stand in der Ecke, an den Quirlen klebte festgetrockneter Eischnee. Mehrere Kunststoffschüsseln und ein Backblech belegten die Spüle, alles große Stücke, die sie gleich hätte abwaschen sollen. Aber dazu war keine Zeit mehr gewesen.

Eine Welle der Trauer überkam Marie-Sophie, als sie an den Grund für dieses Chaos dachte. An den Grund, warum sie fast dreißig Personen in ihrem Wohnzimmer hatte bewirten müssen und weswegen sie heute morgen um fünf Uhr aufgestanden war, um zu backen, kochen und all diese Speisen vorzubereiten, bevor sie sich auf den schweren Weg zum Friedhof gemacht hatte.

Aber sie war froh um diese Arbeit gewesen, hatte es sie doch beschäftigt, sie von der unfassbaren Tatsache abgelenkt, dass sie ihren weiteren Lebensweg würde alleine bestreiten müssen. Ohne ihren Mann, ohne Peter, den sie heute Vormittag auf dem städtischen Westfriedhof beerdigt hatte. Sie würde sich an diesen Gedanken gewöhnen müssen, künftig allein zu sein, auch wenn sie sich das im Moment überhaupt noch nicht vorstellen konnte.

Das schrille Auflachen einer Nachbarin aus dem Wohnzimmer schreckte Marie-Sophie aus ihren Gedanken hoch. Die Puddingschüssel, richtig. Sie versuchte, den Reis mit dem Ellenbogen auf der Arbeitsplatte nach hinten zu bugsieren, mit dem Ergebnis, dass die Tüte zur Seite kippte, umfiel und sich die Reiskörner zwischen den gebrauchten Tellern verteilten.

Sie seufzte, setzte sich auf einen Stuhl an den Küchentisch, stellte die Schüssel auf ihrem Schoß ab und betrachtete das Chaos in der Küche. Kraftlos fuhr sie sich mit ihren Händen über das Gesicht, so, als könne sie damit ihre trüben Gedanken fortwischen, und rieb sich die Augen. Über ihr Make-up musste sie sich keine Gedanken machen, denn sie hatte heute wohlweislich keines aufgelegt, das beim Weinen hässliche schwarze Spuren hinterlassen würde. Aber die Vorsichtsmaßnahme war überflüssig gewesen: Sie hatte nicht geweint. Nicht als der Pfarrer seine Rede gehalten und auch nicht, als ihre Tochter noch ein paar letzte Worte des Gedenkens an ihren Vater gesprochen hatte. Sie hatte keine einzige Träne vergossen.

Marie-Sophie sah ein blondes Haar auf dem Ärmel ihrer schwarzen Bluse und zupfte es ab. Wie lang es war, dachte sie, und zog es zwischen ihren Fingern glatt. Peter hatte immer gesagt, eine Frau müsse lange Haare tragen, um weiblich zu wirken. Auch Marie-Sophie mochte lange Haare – als Kind hatten ihre Haare bis zur Hüfte gereicht, und sie erinnerte sich noch gerne an ihren Großvater zurück, der sie deshalb immer »mein kleines blondes Engelchen«

genannt hatte. Auch als junge Frau hatte sie lange Haare getragen und damit dem einen oder anderen jungen Burschen den Kopf verdreht. Aber sie war keine zwanzig mehr, sie war jetzt 55 Jahre alt. Die langen Haare waren unpraktisch geworden und die Pflege nervte sie. Sie wünschte sich schon seit langem einen Kurzhaarschnitt, der weniger Arbeit machte und ihr ein pfiffigeres Aussehen verleihen würde. Aber Peter hatte das nicht gewollt. Marie-Sophie seufzte und ließ das Haar auf den Boden gleiten.

Sie sah sich erneut in der unaufgeräumten Küche um und plötzlich stieg Wut in ihr hoch. So war es immer gewesen, wenn Gäste gekommen waren. Peter hatte hin und wieder seine Vorgesetzten oder seine Arbeitskollegen aus dem Büro eingeladen oder hatte mit seinen Freunde aus dem Kaninchenzüchterverein, in dem er sich leidenschaftlich engagiert hatte, irgendwelche Preise für seine Rammler gefeiert, und sie als seine gehorsame Ehefrau hatte stundenlang in der Küche verbracht, um das Essen vorzubereiten und es zu servieren, während er sich mit den Gästen köstlich amüsiert hatte. Sie hatte noch deutlich seinen Tonfall in den Ohren, wenn er sagte »Meine Frau, die Perle im Haushalt« oder »Meine Marie-Sophie, ohne sie würde hier im Haus alles zusammenbrechen«.

Zu Beginn ihrer Ehe war sie stolz gewesen, wenn er das vor den Gästen erwähnt hatte, doch heute klang es in ihren Ohren nicht mehr nach einem Kompliment, eher nach einer Erniedrigung. War sie denn tatsächlich nur für den Haushalt gut genug gewesen, seine Bedienstete, die für den reibungslosen Ablauf seines Privatlebens sorgte? Marie-Sophie starrte apathisch auf einen Klecks Schlagsahne auf dem Boden und zuckte zusammen, als ihr die Schüssel vom Schoß zu rutschen drohte. Wie sie diese Schüssel hasste! Sie war aus dickem Bleiglas gefertigt, mit großen gelben und orangefarbenen Punkten. Sie hatte sie vor dreißig Jahren von ihrer Schwiegermutter zur Hochzeit geschenkt bekommen. Marie-

Sophie konnte sich noch ganz genau an den ersten Einsatz dieser Schüssel erinnern. Kaum hatte sie die Schale ausgepackt, hatte ihre Schwiegermutter darauf bestanden, dass sie sofort für das Hochzeitsbuffet verwendet wurde. Marie-Sophie hatte sie bis oben hin mit Tomatensalat gefüllt, damit man das grauenhafte Muster nicht mehr erkennen konnte. Das zweite Mal wurde die Schüssel verwendet, als die Schwiegermutter gestorben war und die Trauerfeier ausgerichtet werden musste. Danach hatte Marie-Sophie sie wieder in die Tiefen ihres Küchenschranks verschwinden lassen – bis heute. Heute hatte sie diese verhasste Schüssel aus Mangel an Gefäßen zur Trauerfeier ihres eigenen Mannes hervorgeholt.

Marie-Sophie biss sich auf die Lippen. Erneut hörte sie ein lautes Auflachen aus dem Wohnzimmer. Die Gäste amüsierten sich offensichtlich gut. Es erschien ihr so ungerecht, denn eigentlich sollte doch heute sie selbst im Mittelpunkt stehen, sie sollte getröstet werden, denn schließlich war es ihr Mann gewesen, der heute zu Grabe getragen worden war. Stattdessen stand sie hier in der Küche wie immer, bediente die Gäste – wie eine Haushälterin. Sie fühlte Hitze in den Kopf steigen und mit einem Mal steigerte sich ihre Wut zu einem unbezähmbaren Zorn. Zorn auf ihren Mann, der sie allein und durcheinander zurückgelassen hatte, Zorn auf die Gäste, die sich bedienen ließen, ohne auf sie Rücksicht zu nehmen und sie zu trösten, Zorn auf das Leben, das sie ungerecht behandelte.

Sie dachte mit Verbitterung an den Anruf, der sie vor ungefähr einer Woche erreicht hatte. Ein Anruf, der ihr Leben verändert, sie aus der Bahn geworfen und gleichzeitig zu einer emotionslosen Maschine gemacht hatte. Es war der Chef ihres Mannes gewesen, der ihr, völlig aufgelöst, davon berichtete, dass Peter während der Arbeitszeit an seinem Schreibtisch zusammengebrochen war und jetzt gerade mit dem Rettungswagen ins Krankenhaus gebracht wurde. Marie-Sophie hatte alles stehen und liegen gelassen und war sofort in die Klinik geeilt. Doch dort konnten die Ärzte ihr nur die entsetzliche Mitteilung machen, dass ihr Mann trotz aller Wiederbelebungsversuche bereits im Rettungswagen verstorben war. Diagnose: plötzlicher Herzstillstand nach einem Herzinfarkt. Einfach so. Mit nur 63 Jahren.

Die darauffolgenden Tage hatte sie erlebt, als hätte man eine Käseglocke über sie gestülpt. Sie hörte wenig, empfand kaum etwas, sie funktionierte lediglich und tat, was man in solch einer Situation tun musste.

Und nun saß sie hier in der Küche, inmitten eines Schlachtfeldes, in schwarz gekleidet mit dieser verhassten Schüssel auf dem Schoß, und sollte eigentlich vor Trauer zerfließen. Stattdessen hatte sie die Wut überwältigt, war über sie gerollt wie eine schwarze Welle. Marie-Sophie hätte am liebsten geschrien und alle Gäste aus dem Haus gejagt – sie wollte nur noch alleine sein. Und das tun, was ihr guttat, ihr Kraft geben würde. Das, was sie brauchte.

Plötzlich sprang sie auf, nahm die Glasschüssel in beide Hände und knallte sie mit voller Wucht auf den Küchenboden. Das Glas zersprang in Millionen kleine Scherben, die wie kleine Geschosse durch die ganze Küche flogen und über den Boden verstreut liegen blieben. Augenblicklich herrschte im Wohnzimmer Totenstille. Eilige Schritte waren zu hören, dann stand Vanessa in der Küchentür.

»Mutter, was ist denn passiert?«

Marie-Sophie gab keine Antwort, sondern hatte ihren Blick starr auf den Boden gerichtet. Vanessa schüttelte stumm den Kopf, holte aus dem Flur einen Besen und begann die Scherben zusammenzukehren. Gäste, die ihren Kopf neugierig in die Küche gestreckt hatten, hatte sie wieder zurück ins Wohnzimmer geschickt, mit den Worten, dass alles in Ordnung sei. Nein, gar nichts war in Ordnung, dachte Marie-Sophie, während sie ihrer Tochter zusah, wie sie die Scherben in den Abfalleimer kippte. Überhaupt nichts! Mit einer sinnlosen Genugtuung sah Marie-Sophie, dass an der Stelle, an der die Glasschüssel auf dem Boden aufgetroffen war, ein feiner Sprung in der Fliese entstanden war. Mit einem Mal umfasste ihre schwarze Wut auch diese Fliesen, diese kleinen, dunkelbraunen, altbackenen Fliesen. Und den Rest dieses tristen, dunklen Eichenholzmobilars. Gefallen hatte ihr diese Kücheneinrichtung schon lange nicht mehr, aber noch nie zuvor hatte sie diese dunklen Möbel als so bedrohlich empfunden wie jetzt in diesem Moment. Dieses finstere Holz überall um sie herum raubte ihr den Atem, drohte sie zu ersticken. Marie-Sophie bekam keine Luft mehr – sie musste hier raus, weg aus dieser Umgebung, weg von diesen Menschen, die sich einen feuchten Kehricht darum kümmerten, wie es ihr tatsächlich ging.

»Mutter, bist du sicher, dass es dir gutgeht?«, fragte Vanessa und sah sie beunruhigt an.

Gutgeht? Marie-Sophie sah Vanessa ins Gesicht. Was sollte sie denn darauf antworten? Natürlich ging es ihr nicht gut – überhaupt nicht! Doch wie gewohnt, wie so oft in ihrem Leben, lächelte sie ihre Tochter an und sagte: »Ja, alles in Ordnung, ich muss nur kurz raus. An die frische Luft.«

Dann verließ sie fluchtartig die Küche, riss im Flur beim Vorbeigehen ihren Mantel vom Garderobenhaken und eilte zur Haustüre hinaus. Sie ging ein paar Schritte die Straße entlang, atmete tief durch und schloss die Augen. Der kalte Wind, der ihr ins Gesicht fuhr und an ihrem Haarknoten zerrte, tat gut. Es fühlte sich an, als wollte er ein paar von ihren Sorgen fortreißen und mit sich nehmen. Sie schlang die Arme um sich und verharrte in der Stellung. In der Ferne hörte sie das dumpfe Dröhnen eines Flugzeugstarts. Eine Transall – Marie-Sophie musste nicht hinsehen, um zu wissen welche Maschine es war, sie erkannte jedes einzelne Modell allein am Klang seiner Turbinen. Zu lange wohnte sie schon in der

Nähe des Fliegerhorsts, in dessen Verwaltung ihr Mann arbeitete. Gearbeitet hatte. Nächstes Jahr wäre Peter vierzig Jahre lang an dem Standort tätig gewesen, aber diese Jubiläumsfeier sollte er nun nicht mehr erleben.

»Du hättest ein Restaurant die Trauerfeier ausrichten lassen sollen«, sagte plötzlich eine Stimme neben ihr und Marie-Sophie sah erschrocken hoch. Vor ihr stand Georg, ein Arbeitskollege und Freund ihres Mannes und sah sie mitfühlend an. Sie hatte nie sehr viel mit ihm zu tun gehabt. Auch er gehörte dem örtlichen Kaninchenzüchterverein an, den einige der Kollegen vom Militärstützpunkt gegründet hatten und der neben seiner Arbeit Peters zweite Leidenschaft gewesen war. Sie hatte Georg hin und wieder getroffen, wenn er mit seinem Jeep Peters Kaninchen zu einer Ausstellung abgeholt hatte, aber über ein freundliches Händeschütteln bei den Begrüßungen waren sie nie hinausgekommen. Umso überraschter war sie nun von seiner aufrichtigen Anteilnahme.

»Ja, das hätte ich wirklich machen sollen«, sagte Marie-Sophie und sah der schwerfälligen Transall nach, die mittlerweile abgehoben hatte. »Das wäre vernünftiger gewesen«, fügte sie noch leise hinzu. Vernünftig – eines von Peters Lieblingsworten. Wie sie es hasste! Ihr ganzes Leben konnte man mit diesem »vernünftig« zusammenfassen. Das war das Wichtigste für Peter gewesen, alles musste vernünftig sein. Vernünftig ablaufen. Vernünftig geplant sein. Und was hatte er jetzt von seiner Vernunft: Er war tot, gestorben mit 63 Jahren. Frustration machte sich in Marie-Sophie breit.

Sie ging ein paar Schritte weiter und Georg folgte ihr unaufgefordert. Wortlos liefen sie eine Zeitlang nebeneinander die Straße entlang, vorbei an einem Spielplatz, bis Georg die Stille durchbrach. »Wie geht es dir?« fragte er und setzte hinzu: »Ich meine, wie geht es dir wirklich?«

Marie-Sophie war stehen geblieben, drehte sich zu Georg um und sah ihm in die Augen. Dort las sie ernsthaftes Mitgefühl. Obwohl seine Haare schon weiß waren, waren seine Augen dunkel wie die Nacht. Sie wusste kaum etwas über ihn – Peter hatte nie viel von seinen Kollegen gesprochen. Er war, laut Peter, ein eingefleischter Junggeselle.

Sie musterte ihn eine Weile, dann sagte sie: »Du bist der Erste, der mich das fragt.« Sie ließ ihren Blick über den verwaisten Spielplatz gleiten. »Ich kann dir nicht sagen, wie es mir geht. Ich weiß es nicht.« Sie drehte sich wieder zu ihm um, sah über seine Schulter hinweg zu ihrem Haus zurück. »Ich bin durcheinander. Ich denke, ich habe noch nicht wirklich begriffen, dass Peter nicht mehr da ist.

Georg nickte verständnisvoll. »Wenn ich irgendetwas tun kann …«, begann er.

Marie-Sophie nickte ihm rasch zu, verzog ihr Gesicht zu dem in den letzten Tagen perfekt eingeübten Lächeln und winkte ab. »Danke.« Doch dann fiel ihr etwas ein. »Georg, du könntest tatsächlich etwas für mich tun. Würdest du bitte Peters Hasen übernehmen? Ich schenke sie dir.«

Georg sah sie überrascht an. »Aber das sind zwei Deutsche Großsilber und drei Langhaar-Angora-Kaninchen, ich meine, ich nehme sie sehr gerne, aber du solltest es dir noch einmal in Ruhe überlegen. Die sind wertvoll.«

»Das mag sein, Georg, aber ich mache mir nichts aus Hasen …«

»Kaninchen«, korrigiert er.

»Kaninchen«, wiederholte Marie-Sophie folgsam und sah ihn mit erhobener Augenbraue an. Dann fügte sie noch hinzu. »Das war Peters Hobby, nicht meines. Peter hat erzählt, dass du ein großes Gehege für die Tiere hast. Dort werden sie sich bestimmt wohlfühlen.«

»Wenn du das möchtest«, sagte Georg, »nehme ich die Kaninchen sehr gerne.«

»Ja, hol sie bitte ab, sobald wie möglich«, sagte Marie-Sophie und atmete tief durch. Der Wind hatte aufgefrischt und sie begann trotz ihres Mantels zu frösteln.

»Wir sollten wieder zurückgehen«, sagte Georg und legte ihren Arm um Marie-Sophies Schulter. Die Transall war in der Zwischenzeit nur noch als kleiner Punkt am Horizont auszumachen, ihr dunkles Brummen kaum noch zu hören. Ohne weitere Worte gingen sie langsam wieder zurück zum Haus.

Dort machte sich gerade Aufbruchsstimmung breit. Arbeitskollegen und Vorgesetzte von Peter verabschiedeten sich und auch Georg nutzte die Gelegenheit, gab Marie-Sophie die Hand, sprach ihr noch einmal Mut zu und versicherte ihr, dass er die Kaninchen in den nächsten Tagen abholen würde. Auch die anderen Trauergäste fanden wohl, dass es an der Zeit war, die Feier zu verlassen, und mit einem Male standen alle im Hausflur, suchten nach ihren Jacken und Mänteln und verließen, nachdem alle Marie-Sophie noch einmal die Hände geschüttelt, sie umarmt und ihr wiederholt Beileid ausgesprochen hatten, das Haus. Die letzten, die gingen, waren Marie-Sophies Kinder, ihr Sohn Felix und dessen japanische Freundin, und Vanessa und deren Mann Stefan. Vanessa legte ihre Arme um Marie-Sophie und drückte sie: »Mama, wenn du irgendetwas brauchst, melde dich.«

Marie-Sophie nickte und hielt ihre Tochter fest im Arm, dann reichte sie Stefan die Hand und winkte ihnen nach, bis das Auto mit den vieren am Ende der Straße um die Kurve bog.

Marie-Sophie seufzte, schloss die Türe und lehnte sich dagegen. Binnen weniger Minuten war es still geworden im Haus – totenstill. Sie schloss die Augen und genoss die Ruhe, die sie gleichzeitig erlöste und ihr dabei gehörig Angst einjagte. Denn nochmals verdeutlichte die Stille ihr, dass sie nun alleine war. Allein im Haus, allein ohne Partner, allein im Leben.

Sie ließ sich langsam an der Haustüre entlang nach unten gleiten, setzte sich auf den Boden, legte ihre Stirn auf die Knie und schlang ihre Arme um die Beine. Doch immer noch wollten keine Tränen kommen. Sie würde so gerne weinen, sich ausheulen, vielleicht auch toben, schreien, Sachen durch die Gegend werfen, sich dann in Tränen aufgelöst in ihr Bett legen und sich in ihr Schicksal fügen. Aber nichts dergleichen geschah. War es ihr denn gleichgültig, dass Peter gestorben war? Aber nein, dachte sie erschrocken, soweit wollte sie nicht gehen. Aber sie spürte, wie sich ihre Muskeln anspannten, wenn sie nur an ihn dachte. Erneut machte sich Zorn in ihr breit und auch den konnte sie sich nicht erklären. Sie schob ihre merkwürdigen Empfindungen zur Seite und stand auf. Es war zu mühselig, darüber nachzudenken.

Sie ging zurück in die Küche und betrachtete das unglaubliche Chaos dort. Resigniert ging sie ins Wohnzimmer, doch auch dort sah es auch nicht besser aus. Überall standen gebrauchte Gläser und Teller, lag schmutziges Besteck. Keiner von den Gästen – und auch nicht ihre Kinder – waren auf die Idee gekommen, sie zu fragen, ob sie noch bleiben und Marie-Sophie beim Aufräumen helfen sollten. Im Aschenbecher schwammen aufgeweichte Zigarettenstummel – irgendjemand hatte Wasser darauf gegossen, wohl in der irrigen Annahme, dass es denn nicht so stinken würde. Sie hatte gar nicht bemerkt, dass überhaupt jemand geraucht hatte. Zerknüllte Servietten lagen auf dem Tisch, den Sesseln und dem Sideboard.

Wo sollte sie anfangen? Marie-Sophie presste ihre Zähne zusammen, krempelte die Ärmel ihrer schwarzen Bluse hoch, dann ging sie energisch zurück in die Küche. Doch beim Anblick der Kuchenbleche in der Spüle und der Stapel von Schmutzgeschirr blieb sie im Türrahmen stehen.

Georg hatte Recht – warum war sie nicht auf die Idee gekommen, ihre Gäste in ein Restaurant einzuladen? Die Antwort lag allerdings auf der Hand. Zu viele Jahre lang war ihr eingetrichtert worden zu sparen. Lieber zweimal überlegen, bevor man unnötigerweise Geld ausgab, das man sich hart erarbeitet und zusammengespart hatte. Schon in Marie-Sophies Elternhaus hatte man ihr von Kind an eingebläut, ihre Ausgaben zu überwachen. Aber Peter war der Meister im Sparen gewesen. All die Jahre in ihrer Ehe hatte er sie angewiesen, darauf zu achten, was in welchem Laden gerade im Angebot war. Kleidung musste man nicht im Überfluss besitzen und wenn man unbedingt etwas brauchte, konnte man es auch im Secondhandladen kaufen, hatte er immer betont. Die Röcke waren doch deswegen auch nicht schlechter, nur weil sie eine andere Person schon vorher getragen hatte. In einem Restaurant zum Essen zu gehen war nur in seltenen Ausnahmefällen vorgekommen, denn die Restaurantbesitzer verlangten, nach Peters Ansicht, sowohl bei den Getränken als auch beim Essen viel zu viel Geld. Und genau aus diesem Grund, wegen Peters jahrelanger, erfolgreicher »Erziehung«, war sie nun seit Tagen auf den Beinen gewesen, hatte alle Besorgungen erledigt, und die für die Feier benötigten Lebensmittel selbstverständlich in dem Laden besorgt, wo sie gerade im Angebot und entsprechend günstiger waren. Hatte stundenlang selbst in der Küche gestanden, um für ihre Trauergäste zu backen und sie zu bekochen. Selbstverständlich hatte sie auch die Beerdigung ihres Mannes selbst organisiert und auf die zwar kostspieligen, aber sie als Trauernde sicher entlastenden Angebote des Bestattungsunternehmens verzichtet.

Und warum, fragte sie sich, hatten die Kinder eigentlich nicht geholfen? Weder Vanessa noch Felix waren auf die Idee gekommen, sie zu unterstützen. Vielleicht, weil sie nie jemanden um Hilfe gebeten hatte, Hilfe eingefordert hatte? Wahrscheinlich war sie zu gutmütig gewesen. Marie-Sophie überfiel der Gedanke, dass Peter genau diese Eigenschaft in ihren 38 Ehejahren vielleicht auch ausgenutzt hatte. Vielleicht hätte sie darauf bestehen sollen, dass nicht alles auf sie abgeladen wurde und auch andere im Haus ihren Beitrag leisteten.

Sie setzte einen weiteren Schritt in die Küche und betrachtete mit Genugtuung den Schaden auf dem Küchenfliesenboden, den die zerberstende Salatschüssel verursacht hatte. Dieser Sprung in der Fliese war für Marie-Sophie ein Symbol der Rache. Rache für das ultravernünftige Leben, das sie die letzten Jahrzehnte gelebt hatte. Mit Peters Tod hatte ihr vernünftiges Leben einen Riss bekommen, genau wie die beschädigte Fliese.

Dann drehte sie sich auf dem Absatz um, verließ die Küche, ließ das Chaos hinter sich und ging hinauf in den ersten Stock. Im Hochgehen öffnete sie schon den Reißverschluss ihres Rocks. Sie musste aus dieser Trauerkleidung raus, sie musste zuallererst das Schwarz ablegen!

Printed in Poland
by Amazon Fulfillment
Poland Sp. z o.o., Wrocław

73042121R00155